Een schitterende middag

Gin Phillips

Een schitterende middag

Vertaald uit het Engels
door Ernst de Boer en Ankie Klootwijk

Ambo|Anthos
Amsterdam

MIX
Papier van verantwoorde herkomst
FSC® C004472

ISBN 978 90 263 3898 4

Oorspronkelijke titel *Fierce Kingdom*
Oorspronkelijke uitgever Viking U.S.
Omslagontwerp Studio Jan de Boer
Omslagillustratie © Jacket design by Richard Ogle /
TW Photography by Silas Manhood
Foto auteur © Brad Daley

Verspreiding voor België:
Veen Bosch & Keuning uitgevers nv, Antwerpen

Voor Eli, die hele werelden in zich heeft

gekregen van Thierry
30/5/18

'Ik wil alleen maar weten of een geluid een jongen kan voortbrengen. Of dat een vrouw een moeder wordt als ze denkt dat ze een baby om haar hoort huilen.'

Elizabeth Hughey, 'Questions for Emily'

16.55 uur

Joan heeft een hele tijd op haar hurken gezeten, balancerend op de bal van haar blote voeten; de zoom van haar rok strijkt over het zand. Maar nu geven haar benen het op. Ze steunt op haar hand en laat zich voorzichtig zakken.

Er prikt iets in haar bil. Ze voelt onder zich en trekt een kleine plastic speer tevoorschijn, zo lang als een vinger. Daar kijkt ze niet van op, want ze vindt altijd wapens, op de meest onverwachte plekken.

'Ben je een speer kwijt?' vraagt ze. 'Of is het een scepter?'

Lincoln geeft geen antwoord, maar pakt het ding uit haar hand. Kennelijk heeft hij zitten wachten tot hij op haar schoot kon gaan zitten: hij draait zich om en nestelt zich er, zonder dat er een korreltje zand aan hem zit. Hij heeft iets pietluttigs: vingerverven heeft hij bijvoorbeeld nooit leuk gevonden.

'Wil je een neus, mama?' vraagt hij.

'Ik heb al een neus.'

'Wil je geen extra neus?'

'Wie wil dat nou niet?'

Zijn donkere krullen moeten nodig weer worden geknipt, want hij strijkt ze telkens uit zijn gezicht. Om hen heen dwarrelen er bladeren omlaag. Onder het houten dak zitten ze volledig in de schaduw, maar verderop vertoont het grijze zand licht- en schaduwpatronen die bewegen als de wind door de bomen waait.

'Waar heb je die extra neuzen vandaan?'

'Uit de neuzenwinkel.'

Ze lacht en leunt achterover. Ze peutert wat plakkerig zand onder haar vingernagels vandaan. Het is altijd koud in de dino-opgraving omdat er nooit zon komt, maar ondanks het zand op haar rok en de bladeren die aan haar trui blijven kleven is dit haar lievelingsplek in de dierentuin, weg van de drukke paden, voorbij de draaimolen, de kinderboerderij en de hokken met de sierhanen en dan door het met onkruid overwoekerde bos, langs een bordje waar alleen BOS op staat. Hier zie je naast de smalle paden vooral bomen, rotsblokken en een paar eenzame dieren. Er woont een gier die om de een of andere reden een verroeste pick-uptruck in zijn kooi heeft staan. Een uil die bozig naar een opgehangen kauwspeeltje kijkt. Wilde kalkoenen die altijd onbeweeglijk zitten. Ze weet niet eens of ze eigenlijk wel poten hebben. Het zou een grap van een sadistische jager kunnen zijn, met om zijn hals een door zweet uitgebeten leren veter waaraan kalkoenpoten bungelen.

Ze houdt van het vage, onbestemde karakter van dit stuk bos, dat altijd een halfslachtige poging lijkt te doen om een echte attractie te zijn. Er is nu een tokkelbaan tussen de bomen gespannen, maar ze heeft er nog nooit iemand aan zien hangen. Een paar jaar geleden stonden er bewegende dinosauriërs, en ooit was er een pad met spookattracties. Ook zijn er overblijfselen van nog oudere trekpleisters: grote zwerfkeien, vermoedelijk echte, maar misschien ook niet, houten hekken en een pioniershut. Het lijkt allemaal niet met een bepaald doel te zijn neergezet. De lege betonnen vijvers hebben misschien als drinkplaats voor grote zoogdieren gediend. Hier en daar zijn pogingen gedaan een educatief natuurpad uit te zetten, met lukraak geplaatste bordjes die je in plaats van meer juist minder houvast bieden op de wandeling – één boom draagt een bordje met SASSAFRASBOOM erop, terwijl de twintig andere bomen eromheen naamloos blijven.

'Mama,' zegt Lincoln, en hij legt zijn hand op haar knie. 'Weet je wat Odin wel kan gebruiken?'

Ze is de laatste tijd behoorlijk goed op de hoogte van Noorse goden. 'Een ogenwinkel?' zegt ze.

'Ja! Want dan zou hij zijn ooglapje niet meer hoeven dragen.'

'Maar misschien vindt hij zijn ooglapje wel stoer.'

'O, ja,' zegt Lincoln instemmend.

Om hen heen liggen een hele hoop kleine plastic helden en schurken in het zand: Thor, Iron Man, Loki, Captain America en Green Lantern. Alles draait de laatste tijd om superhelden. In de kuil onder hen liggen nepskeletten; achter hen steken de ruggenwervels van een uitgestorven dier uit de grond en er staat een emmer vol versleten verfkwasten om het zand mee weg te borstelen. Vroeger, in Lincolns vorige leven als driejarige, gingen ze hiernaartoe om dinobotten te zoeken. Maar nu, twee maanden na zijn vierde verjaardag, heeft hij sinds zijn archeologenbestaan al weer verschillende andere incarnaties aangenomen.

Op dit moment fungeert de dino-opgraving als het Eiland der Stilte, de gevangenis waar Loki, Thors gemene broer, opgesloten zit en waar – als er tenminste geen vragen over extra neuzen komen – geluiden van een heroïsche strijd weerklinken terwijl Thor probeert Loki tot de bekentenis te dwingen dat hij een vuurdemon heeft geschapen.

Lincoln buigt zich voorover en gaat verder met zijn spannende verhaal.

'De slechterik lachte gemeen,' vertelt hij, precies zoals zij dat weleens voorleest. 'Maar toen kreeg Thor een idee!'

Lincoln noemt het zijn verhalen, en als ze hem zijn gang laat gaan kunnen die uren duren. De verhalen waarin hij zijn eigen personages bedenkt vindt ze het mooist.

Joan is zich er vaag van bewust hoe Lincolns stem van klank en intonatie verandert terwijl hij van rol wisselt. Ondertussen droomt ze prettig weg. 's Morgens is het druk in de dierentuin, met wandelaars en moeders in yogabroeken, maar aan het eind van de middag zijn de meeste bezoekers vertrokken. Ze gaat hier weleens met Lincoln naartoe nadat ze hem bij de crèche heeft opgehaald – ze wisselen af tussen de dierentuin, de bibliotheek, een park en het wetenschapsmuseum – en als het even kan probeert ze hem mee te nemen naar het bos. Hier hoor je geen mensen, alleen krekels of iets wat op een krekel lijkt, en vogels en ritselende bladeren, en Lincoln natuurlijk, die zijn dialogen speelt; hij heeft het jargon van de superhelden opgezogen, en kan het na-apen en er zijn eigen draai aan geven.

'Hij heeft een geheim wapen aan zijn riem!'

'Zijn gemene plan is mislukt!'

Hij trilt letterlijk van opwinding. Alles aan hem schudt, van zijn stampende voeten tot zijn mollige vuistjes. Thor springt op en neer, en Lincoln wipt opgewonden mee. Ze zou graag weten wat hem het meest opwindt: het idee dat het goede het kwade overwint, of gaat hij gewoon op in een spannend gevecht? Op welk moment moet ze hem duidelijk maken dat er een grijs gebied is tussen goed en kwaad, waar de meeste mensen zich in bewegen. Hij zit zo tevreden te spelen dat ze de zaken niet nodeloos wil compliceren.

'Weet je wat er toen gebeurde, mama?' vraagt hij. 'Toen Thor hem een stomp gaf?'

'Nee, wat dan?' Ze kan feilloos met de ene helft van haar bewustzijn luisteren terwijl de andere helft rondtolt en alle kanten uit schiet.

'Eigenlijk heeft Loki Thors geest in zijn macht. Maar door die klap verliest hij zijn kracht!'

'O,' zegt ze. 'En wat gebeurt er dan?'

'Thor wint!'

Hij blijft doorpraten terwijl zij haar tenen kromt en strekt. Ze denkt na.

Ze moet nog een huwelijkscadeau voor haar vriend Murray kopen – ze kent een kunstenaar die schilderijen van honden maakt, en dat lijkt haar een goed cadeau, dus misschien moet ze hem even een e-mail sturen om de order te plaatsen, hoewel 'order' misschien een beledigend woord is voor een kunstenaar. Ze had vanmorgen haar oudtante willen bellen en bedenkt dat ze in plaats daarvan – ze is links en rechts problemen aan het oplossen en krijgt de ene na de andere brainwave terwijl Loki onder het zand bedolven raakt – dat ze in plaats daarvan haar oudtante misschien die grappige aap kan sturen die Lincoln op de crèche van een papieren zak heeft gemaakt. Zo'n knutselwerkje is natuurlijk beter dan een telefoontje, hoewel er bij dit idee ook wel enig eigenbelang komt kijken, want ze heeft een hekel aan bellen. Oké, het is gewoon een smoesje om niet te hoeven bellen – dat weet ze – maar ze kiest er toch voor om het aapje op te sturen. Ze denkt opeens aan de pompoendressing die haar oudtante maakt, en aan het restje bananenchips in het keukenkastje. En dan plotseling aan acteur Bruce Boxleitner. Toen ze nog op school zat, in de onderbouw, was ze lichtelijk geobsedeerd van hem in *Scarecrow and Mrs. King*, en onlangs heeft ze ontdekt dat de serie in zijn geheel online te zien is. Ze is hem aan het terugkijken en vindt dat hij niet eens tegenvalt voor een serie uit de jaren tachtig, met koudeoorlogspionnen en foute kapsels. Ze weet niet meer of Lee en Amanda elkaar nou aan het einde van het tweede of het derde seizoen voor het eerst kusten, en ze heeft nog zes afleveringen van het tweede seizoen te gaan, maar die kan ze natuurlijk overslaan en alvast met het derde beginnen.

Vlakbij hamert een specht, waardoor ze weer naar het hier en nu wordt getrokken. Ze ziet dat de wrat op Lincolns hand groter wordt. Hij lijkt op een anemoon. Er is een prachtig spel van schaduwpatronen op het zand, en Lincoln lacht zijn gemene schurkenlach en ze beseft dat deze middagen, met het gewicht van haar zoon op schoot en het bos om hen heen iets idyllisch hebben.

Thor valt tegen haar voet aan, met zijn plastic hoofd op haar teen.

'Mama?'

'Ja?'

'Waarom heeft Thor in de film zijn helm niet op?'

'Ik denk dat hij met een helm op minder goed kan zien.'

'Maar wil hij zijn hoofd dan niet beschermen?'

'Ik denk dat hij hem af en toe op heeft. Als hij er zin in heeft.'

'Ik vind dat hij zijn hoofd altijd moet beschermen,' zegt hij. 'Het is gevaarlijk om zonder helm te vechten. En waarom denk jij dat Captain America alleen een masker draagt? Dat is toch geen goeie bescherming?'

Paul krijgt op een gegeven moment genoeg van dat superheldengeklets – hij heeft het liever over football- en NBA-opstellingen – maar Joan vindt het niet vervelend. Zelf was ze ooit helemaal wild van Wonder Woman. Super Friends. De Hulk. Toen ze een keer aan haar oom vroeg *Wie zou er winnen, Superman of de Hulk?* had hij gezegd: *Nou, als Superman dreigt te verliezen kan hij altijd nog wegvliegen*. Dat had ze een verbluffend briljant antwoord gevonden.

'Captain America heeft zijn schild om zich mee te beschermen,' zegt ze tegen Lincoln.

'En als hij dat dan niet snel genoeg boven zijn hoofd kan krijgen?'

'Hij is heel snel.'

'Maar toch,' zegt hij, niet helemaal overtuigd.

'Weet je, je hebt gelijk,' zegt ze, want dat is zo. 'Eigenlijk moet hij een helm dragen.'

De achterkant van de kuil is een grijsbruin namaakrotsblok dat naar voren uitstulpt, en daarachter hoort ze gewroet. Ze hoopt dat het geen rat is maar een eekhoorntje en dwingt zich niet te kijken.

Ze doet haar tas open om een blik op haar telefoon te werpen. 'Ik denk dat we over vijf minuten maar eens naar de uitgang moeten lopen.'

Zoals zo vaak wanneer ze zegt dat het tijd is om te stoppen met spelen doet Lincoln alsof hij niets heeft gehoord. 'Heeft Dr. Doom altijd een masker?' vraagt hij.

'Heb je gehoord wat ik zei?'

'Ja.'

'Wat zei ik dan?'

'Dat we bijna weggaan.'

'Oké,' zegt ze. 'Ja, Dr. Doom draagt altijd een masker. Vanwege zijn littekens.'

'Wat zijn dat dan?'

'Dat zijn die brandwonden die hij aan dat experiment in zijn lab heeft overgehouden.'

'Waarom wil hij dan een masker dragen?'

'Om ze te verbergen,' zegt ze. 'Hij vindt ze lelijk.'

'Waarom vindt hij ze lelijk?'

Ze kijkt naar een oranje blad dat op de grond valt. 'Nou, daardoor ziet hij er anders uit,' zegt ze. 'En dat willen mensen soms niet.'

'Ik vind ze niet lelijk.'

Net als hij dat zegt weerklinkt er een scherp, hard geluid door het bos. Twee knallen, en daarna nog meer. Alsof er ballonnen knappen. Of vuurwerk wordt afgestoken. Ze probeert zich voor te stellen wat iemand in een dierentuin zou kunnen doen dat het geluid van vuurwerk maakt. Iets wat met Halloween te maken heeft? Ze hebben overal feestverlichting opgehangen; niet hier in het bos, maar overal langs de drukke paden. Of misschien is er een transformator doorgebrand? Zijn ze aan het bouwen? Is het misschien een drilboor?

Er klinkt nog een knal. En dan nog een en nog een. Het geluid is te hard voor ballonnen. En te onregelmatig voor een klopboor.

De vogels zijn stil, maar de bladeren blijven omlaag dwarrelen.

Lincoln maakt zich er niet druk om.

'Kan ik mijn Batman als Dr. Doom gebruiken?' vraagt hij. 'Die heeft ook zwarte kleren. En kun jij dan het goeie masker voor hem maken?'

'Ja hoor,' zegt ze.
'Waar maak je dat dan van?'
'Van zilverpapier.'
Er scharrelt een eekhoorntje over het dak boven de kuil, en ze hoort een zachte plof als hij naar een boom springt.
'En wat gebruiken we dan als tekens?'
Ze kijkt hem aan. 'Tekens?'
Hij knikt. Ze knikt ook, denkt na, en haalt het gesprek in haar hoofd terug. Ze probeert zijn gedachtegang te ontcijferen: dat is een van de leukste aspecten van het moederen. Zijn gedachten zijn ingewikkeld en uniek en weven een eigen wereld. In zijn slaap roept hij soms hele zinnen – 'Niet van de trap!' – en af en toe krijgt ze een inkijkje in zijn innerlijk, maar dat zal ze nooit helemaal kennen, en dat is het spannende eraan. Hij is een zelfstandig wezen, net zo eigen als zij zelf.
Tekens. Eindelijk heeft ze het raadsel opgelost.
'Bedoel je op zijn gezicht?' vraagt ze.
'Ja. Die hij zo lelijk vindt.'
Ze lacht. 'O, ik zei "littekens" – je weet wel, zoals papa heeft, omdat hij als kind kokend water over zijn arm kreeg. Of dat litteken op mijn knie van toen ik gevallen was?'
'O,' zegt hij schaapachtig. Hij lacht ook. Hij ziet snel ergens de grap van in. 'Dus tekens vindt hij niet lelijk?'
'Ik weet echt niet wat Dr. Doom daarvan vindt.'
'Die heeft hij niet op zijn gezicht.'
'Nee. Dat zijn littekens.'
Ze luistert nog altijd, zich half afvragend of die knallen schoten kunnen zijn geweest. Nee, dat kan niet. Want dan hadden ze nu ook wel andere dingen gehoord. Geschreeuw of sirenes of een stem uit een luidspreker die iets omroept.
Het blijft stil.
Ze heeft te veel superhelden zien vechten.
Nog eens kijkt ze op haar telefoon. Over een paar minuten gaat

de dierentuin dicht, en omdat ze hier in het bos zijn kunnen ze zomaar over het hoofd gezien worden. Dit scenario heeft ze zich meer dan eens voorgesteld – een nacht kamperen in de dierentuin, misschien kunnen ze zich hier wel een keer met opzet laten insluiten en de dieren in het pikkedonker bezoeken, daar zijn vast kinderboeken over geschreven. Maar nee, dat is belachelijk natuurlijk, want er lopen ongetwijfeld beveiligers rond. Niet dat ze die hier ooit heeft gezien.

Ze moeten opschieten.

'We gaan ervandoor, schatje,' zegt ze, en ze tilt hem van haar schoot, wachtend tot hij gaat staan, wat hij met tegenzin doet. Ze vond eigenlijk dat hij zijn jack aan moest, maar omdat hij bij hoog en bij laag volhield dat hij het niet koud had mocht hij het in de auto laten liggen.

'Kunnen we niet nog even blijven?' vraagt hij.

Ze staat op en schiet haar teenslippers aan. 'Nee,' zegt ze. 'Het is bijna halfzes. Sluitingstijd. Sorry. We moeten nu snel naar de uitgang, anders sluiten ze ons nog in.'

Nu begint ze zich zorgen te maken dat het misschien echt zover komt. Ze heeft te lang gewacht en ze moeten nog helemaal het bos uit en dan nog het hele eind door de speeltuin: het wordt echt kantje boord.

'Kunnen we bij de speeltuin even stoppen en over de brug lopen?' vraagt Lincoln.

'Vandaag niet. Morgen misschien.'

Hij knikt en staat op. Hij houdt er niet van regels te overtreden. Als de mensen van de dierentuin zeggen dat het tijd is om naar huis te gaan, dan gaat hij naar huis.

'Kun je me helpen met mijn schoenen? En mijn mannetjes pakken?'

Ze knielt, veegt het zand van zijn voetjes en trekt zijn sokken over zijn bleke tenen en brede plompe voetjes. Ze trekt het klittenband van zijn tennisschoenen open en ziet vlakbij een kardinaalvogel neerstrijken. De dieren hier zijn totaal niet schuw. Soms ziet ze wel een stuk of vijf eekhoorns vanaf een meter afstand kijken naar een veldslag die Lincoln aan het uitvechten is.

Ze stopt de plastic mannetjes in haar tas.

'Klaar.'

17.23 uur

Ze kijkt snel even om zich heen om te zien of er nog speelgoed ligt, pakt Lincolns hand en loopt het pad op dat het bos uit voert. Er komt natuurlijk een dag dat hij haar hand niet meer zal willen vasthouden, maar nu zijn ze er allebei nog dik tevreden mee. Na nog geen twintig stappen wijken de bomen uiteen – dat de zandkuil zich op een afgelegen plek bevindt is slechts een illusie – en horen ze de waterval voor het otterverblijf tegen de rotsen spetteren.

De otters zijn een van hun lievelingsdieren: een van de weinige diersoorten die Lincoln nog uit zijn verhalen kunnen wegrukken. De twee otters hebben een enorm grotachtig verblijf met overhangende neprotsen, en de beesten buitelen, tuimelen en duiken in een groenig bad achter een brede glazen wand. De neprotsen hangen helemaal over het voetpad heen, en boven de hoofden van de bezoekers stroomt een waterval die zich in een schildpadvijver stort, vol plompenblad, riet en paarse bloemen met lange stengels. Het houten voetpad dat zich over de vijver slingert heeft ze altijd het mooiste stukje van het bos gevonden, maar nu maakt het alleen maar een verlaten indruk.

Naast haar moet Lincoln lachen. 'Moet je die otter zien. Moet je kijken hoe hij zwemt.'

Hij heeft nog moeite met woorden die op '-er' eindigen. 'Ottuh' zegt hij in plaats van 'otter'. Lex Luth-uh. Dr. Doom is sup-uh.

'Ik vind zijn pootjes mooi,' zegt ze.

'Heeft hij pootjes? Geen vinnen? Pootjes zoals een hond, of pootjes met vingers zoals een aap?'

Het liefst zou ze nu blijven staan en samen naar de otters kijken. Het liefst wil ze dat hij begrijpt dat het leven vol verbazingwekkende dingen zit, dat je die moet leren zien. *Kijk eens wat mooi*, zei hij een keer toen hij naar een plas olie keek op het parkeerterrein van de dierentuin, maar nu hebben ze geen tijd. Ze trekt hem mee aan zijn hand terwijl hij zijn hoofd nog even naar de otter omdraait. Als ze over de houten brug lopen, met aan weerszijden plompenbladeren, zou ze willen dat ze andere mensen zagen, een ander keuvelend gezin dat aan de late kant is. Niet dat het ongebruikelijk is dat ze het pad voor zich alleen hebben, want ze komen vaak niemand tegen als ze aan het eind van de middag naar de uitgang lopen, en vandaag zijn ze nog later dan anders. Ze zet de pas erin.

'Wedstrijdje doen?' vraagt ze.

'Nee.'

'Huppelen?'

'Nee.'

Hij sloft voort.

Is zijn tegenzin om bepaalde dingen te doen misschien recht evenredig met het enthousiasme dat zij er zelf voor heeft? Hij blijft treuzelen op de brug, kijkt omlaag naar een gespikkelde koikarper en blijft dan stilstaan om aan zijn kin te krabben. Als ze hem vraagt op te schieten, ziet ze aan zijn gezicht al wat hij gaat vragen.

'Wil je me dragen?'

'Ik kan je niet helemaal naar de auto dragen,' antwoordt ze. 'Je wordt te zwaar.'

Ze ziet zijn lip in de pruilstand gaan.

'Oké, we doen het zo,' zegt ze, voordat het uit de hand loopt en ze nog langzamer gaan. 'Ik til je op wanneer we bij de vogelverschrikkers zijn, en vandaar draag ik je. Als je je best doet om tot daar te lopen.'

'Oké,' zegt hij, hoewel zijn stem wat bibberig klinkt. Hij begint wanneer hij met haar in de pas loopt zachtjes te jammeren.

Tja, ze heeft niet gezegd dat hij onder het lopen niet mag huilen. Formeel gezien voldoet hij dus aan haar voorwaarden. Het zou kunnen dat hij binnen een paar seconden vanzelf ophoudt doordat hij wordt afgeleid door een gedachte aan een superheld. Of dat hij nog harder gaat huilen en ze hem toch optilt omdat hij zonder te klagen eigenlijk al best ver gelopen heeft met zijn kleine beentjes.

Ouder zijn is een subtiel evenwicht tussen verwachtingen, giswerk en kosten-batenanalyses.

Een libelle zweeft in de lucht en schiet weg. Een reiger stapt langs de rand van het water. Het houten plankier loopt tussen bomen en wilde grassen door.

Lincoln is opgehouden met huilen. Ze merkt opeens dat hij het strijdlied van de Georgia Bulldogs mompelt: 'Glory, glory to old Georgia', en dan meteen overschakelt op de Texas Longhorns. Niemand in hun familie is fan van een van deze teams, maar hij absorbeert de tekst van strijdliederen zoals hij dat ook doet met de verhalen van superhelden en schurken. Alles blijft in zijn hoofd zitten.

Door de bomen heen ziet ze het tentdak van de draaimolen. Het steekt wit af tegen de grauwe lucht. Ze lopen langs de met kippengaas afgeschermde kooi van een arend met één poot, en langs een vrijwel onzichtbare omheining waarachter een stel zilverreigers zit. Er liggen vermolmde boomstammen en er groeit leliegras en lichtgroen onkruid. Ze loopt op een overhangende tak af en een van de blaadjes laat los en verandert in een gele vlinder die zigzaggend de lucht in vliegt.

Eindelijk komen ze weer uit op de verharde voetpaden, die zo breed zijn als een weg. Op de paaltjes van het hek zijn uitgeholde pompoenen neergezet.

Aangekomen in de bewoonde wereld kijkt ze naar de draaimolen. Hij staat daar onbeweeglijk en stil, en ook de beschilderde giraffen, zebra's, beren, gorilla's en struisvogels verroeren geen vin. Boven de dieren van de carrousel bewegen plastic vleermuizen en spookjes van stof in de wind, er opgehangen vanwege Halloween natuurlijk. Lincoln en zij zijn nu zo dichtbij dat het witte canvas dak van de draaimolen zich boven hen uitstrekt, helder en kalm.

'Mama,' zegt hij. 'Wil je me dragen?'

'Als we bij de vogelverschrikkers zijn,' zegt ze, zijn uitgestrekte armen negerend. 'Nog een klein eindje.'

Deze keer protesteert hij niet. Ze haasten zich langs de draaimolen, langs het restaurant en het Spetterparadijs, waar de fonteintjes nog steeds schouderhoge boogstraaltjes in het rond sproeien op de rood-blauwe plateaus.

'Medusa is hier geweest,' verkondigt Lincoln, en ze kijkt langs de fonteintjes naar de schaduwrijke plek met de beelden van een schildpad, een kikker en een hagedis. Tegenwoordig is elk standbeeld een teken dat Medusa daar langs is gekomen. Bij spinnenwebben zegt hij: *Spiderman is hier geweest.*

'Och, wat zielig,' zegt ze, want dat zegt ze altijd als ze langs de slachtoffers van Medusa lopen.

'Ze hadden hun ogen dicht moeten houden,' zegt hij, want dat zegt hij elke keer.

Ze werpt een blik op de donkere ramen van het Koala Café en op de vitrines met in plastic verpakte sandwiches, Jell-O en hardgekookte eieren, maar binnen ziet ze geen beweging. De plastic stoelen staan met hun poten omhoog op de vierkante tafeltjes. Meestal sluit het personeel het restaurant en de gebouwen een kwartier voor sluitingstijd, dus dat verbaast haar niet.

Rechts van hen is de speeltuin met de rotspartijen en de touwbrug. Een tijdlang was Lincoln in Antarctica geïnteresseerd en waren de grote rotsblokken ijsbergen, en dit voorjaar speelde hij riddertje op de touwbrug, roepend tegen onzichtbare koningen dat ze de kanonnen in stelling moesten brengen en de katapulten met keien moesten beladen. Nu fungeert diezelfde brug altijd als Thors regenboogkleurige pad naar de aarde. Over een jaar gaat hij naar de kleuterschool en dan raken die superhelden waarschijnlijk op de achtergrond en wordt hun plaats ingenomen door iets waar ze nu slechts naar kan gissen, en op een zeker moment verdwijnt de dierentuin zelf en is het leven verdergegaan en is dit jongetje dat haar hand vasthoudt heel iemand anders geworden.

Ze lopen nu snel; ze haasten zich langs de souvenirwinkel en de bordkartonnen gorilla met een gat op de plek van zijn snuit, waar kinderen hun hoofd door kunnen steken. Bij de met algen dichtgeslibde aquaria aan de rand van de speeltuin gaan ze wat langzamer lopen – Lincoln kan de verleiding niet weerstaan om te kijken of hij de reuzenschildpad ziet – en een paar meter voor hen zien ze een oudere vrouw – een oma? – net voorbij de ronding van de muren van het aquarium een beetje wankelend een paar stappen achteruitzetten. Ze heeft een schoen in haar hand.

'Het steentje is eruit, Tara,' zegt ze op de vrolijk-wanhopige toon van iemand die een kind moet opjagen. 'Kom nou maar.'

Twee blonde meisjes, vast zusjes, komen in beeld en de oma bukt zich en geeft het jongste meisje de schoen. Ze heeft vlechtjes en lijkt iets jonger dan Lincoln.

'We moeten gaan,' zegt de oma terwijl ze het kleine voetje in de rubberen sandaal wurmt en dan weer rechtop gaat staan.

Het kleine meisje zegt iets, te zacht om te kunnen verstaan, hoewel ze nu maar een meter van elkaar af staan. Er vliegen een paar insecten tegen het glas van de aquariumwand.

'Ik trek ze in de auto wel uit,' zegt oma buiten adem. Ze doet weer een wankele stap en houdt de meisjes bij hun pols vast. Die kijken even naar Lincoln, maar dan trekt de vrouw hen voort.

'Dat is een oma,' zegt Lincoln iets te luid, en hij blijft zo plotseling staan dat Joan een ruk aan haar arm voelt.

'Dat denk ik ook,' fluistert ze.

Joan werpt een blik op de oudere vrouw – er hangt een chemische bloemetjesgeur in de lucht, een parfum dat haar doet denken aan mevrouw Manning in de zesde klas, die op de laatste schooldag haar als enige een exemplaar van *Island of the Blue Dolphins* gaf – maar ze is al met haar kleinkinderen om de bocht van het achterste aquarium verdwenen.

'Als ik een oma had, zou die er dan ook zo uitzien?' vraagt Lincoln.

Hij is de laatste tijd geobsedeerd door grootouders. Ze hoopt dat dat even snel voorbijgaat als alle andere fasen. 'Je hébt een oma,' zegt Joan terwijl ze hem weer voorttrekt. 'Oma, papa's moeder. Ze is hier met kerst geweest, weet je nog? Ze woont alleen ver weg. We moeten verder, schat.'

'Sommige mensen hebben een heleboel oma's en opa's. Ik heb er maar één.'

'Nee, je hebt er drie. Weet je het weer? Nu moeten we echt doorlopen, anders komen we in de problemen.'

De magische woorden. Hij knikt en gaat sneller lopen, met een ernstige, vastberaden uitdrukking op zijn gezicht.

Weer klinkt er geknal, luider en dichterbij dan daarnet: een stuk of tien harde knallen. *Misschien iets hydraulisch?*

Ze zijn bij de rand van een vijver gekomen – de grootste vijver van de dierentuin, bijna een meer – en ze vangt een glimp op van zwanen die door het water glijden. Hier splitst het pad zich: het rechterpad loopt helemaal om de vijver heen en vandaar door naar de Afrika-afdeling, maar als ze linksaf slaan zijn ze over een paar seconden bij de uitgang. Verderop ziet ze de rood-groene flits van de papegaaien, die ongebruikelijk stil zijn. Ze vindt hun eilandje gezellig, te midden van al het beton – een gemetseld vijvertje en een met gras begroeid heuveltje met wat stakerige boompjes. Die plek is altijd hun eerste en laatste stop, hun vaste ritueel bij binnenkomst en vertrek.

'Begin je papegaaiengekras maar vast te oefenen.'

'Ik hoef niet te oefenen,' zegt hij. 'Ik wil alleen de vogelverschrikkers zien.'

'Dan moet je onder het kijken wel doorlopen.'

Tegen het hek rond de vijver is een lange rij vogelverschrikkers neergezet, waarvan de meeste een pompoen als hoofd hebben. Lincoln is erdoor gefascineerd. Hij vindt die met het Superman-hoofd prachtig, net als die met het astronautenhoofd en vooral de Kat met de Hoed.

'Goed, schatje,' zegt ze.

Hij laat haar hand los en heft zijn armen.

Ze kijkt langs het hek en ziet het felblauwe pompoenhoofd van Pete de Kat. Ongeveer halverwege het hek zijn een paar vogelverschrikkers omgevallen. Omvergewaaid, vermoedt ze, maar nee, het heeft niet gestormd. Toch zijn de vogelverschrikkers in elkaar gezakt... Op de weg naar het papegaaieneilandje en wat verderop liggen er nog een stuk of vijf op de grond.

Geen vogelverschrikkers! Het zijn geen vogelverschrikkers!

Ze ziet een arm bewegen. Ze ziet een lichaam dat veel te klein is voor een vogelverschrikker. Een rok, te ver omhoog gekropen over een bleke heup, met de benen gebogen.

Het duurt even voordat ze opkijkt, maar als ze verder tuurt, voorbij de vormen op de grond, voorbij de papegaaien, naar het lange, lage gebouw met de openbare toiletten en deuren waarop PERSONEEL staat, ziet ze een man staan, onbeweeglijk, met zijn rug naar haar toe. Hij staat bij het drinkfonteintje. Hij draagt een spijkerbroek en een donker overhemd, geen jas. Zijn haar is bruin of zwart, en verder kan ze geen details onderscheiden, maar als hij eindelijk in beweging komt is het niet te missen. Hij trapt een toiletdeur open, zijn elleboog komt omhoog om de terug klappende deur tegen te houden, en in zijn rechterhand heeft hij een geweer, lang en zwart. Het dunne gedeelte steekt als een antenne boven zijn donkere hoofd uit als hij tussen de lichtgroene wanden van het damestoilet verdwijnt.

Ze meent bij de papegaaien nog een beweging te zien, iemand die nog overeind staat, maar dan heeft ze zich al omgedraaid. Meer ziet ze niet.

Ze grijpt Lincoln vast en tilt hem op; zijn beentjes zwaaien log heen en weer als ze hem op haar heup zet en onder zijn billen door met haar rechterhand haar linkerpols vastgrijpt.

Ze zet het op een lopen.

17.32 uur

Ze loopt verder, niet in de richting van de lichamen natuurlijk, maar om de vijver heen, richting Afrika. Ze bedenkt dat ze terug naar het bos had kunnen gaan en dat ze zelfs nu nog kan omkeren en teruglopen naar hun schaduwrijke zandkuil of de hoge bomen, maar ze wil niet teruglopen omdat ze niet zeker weet of de man – mannen? – hen heeft gezien, of hij hen misschien achterna komt, op z'n gemak, omdat hij degene is met het geweer en hij geen enkele haast heeft. En een deel van haar vindt het sowieso geen goed idee om terug te lopen, vindt het beter om door te lopen. Veiliger.

Opschieten. Opschieten. Opschieten. De woorden herhalen zich in haar hoofd. Haar voeten dreunen in de maat op het beton.

Ze stelt zich voor dat de schutter naar hen kijkt, de eerste stappen in hun richting zet, om de vijver heen, de glimlach die zich om zijn lippen plooit. Ze stelt zich voor dat hij sneller gaat lopen.

Het is onverdraaglijk. Ze werpt een blik over haar schouder en ziet niemand, maar ze kan niet goed kijken omdat ze niet langzamer wil gaan lopen.

Haar gebreide rok spant zich onder het lopen strak om haar benen, en ze zou hem liever wat optrekken, maar ze heeft geen hand vrij. *Misschien scheurt hij uit*, denkt ze hoopvol. Ze hoort de steentjes onder haar slippers knarsen. Ze klemt het teenstuk tussen haar tenen en hoort de zolen klepperen – nog een angst: dat ze een schoen kwijtraakt.

Langs het hele pad hangen Halloweenlampjes, vlak boven haar hoofd, vrolijk brandende lampjes die haar de hele weg bijlichten, felwit, net als wanneer Lincoln per ongeluk met zijn zaklamp in haar ogen schijnt.

De lucht wordt donkerder.

'Waarom rennen we?' vraagt Lincoln, die met zijn volle achttien kilo tegen haar heup bonkt, en het verbaast haar dat hij zo lang niets heeft gezegd. Misschien heeft hij nu pas gemerkt dat ze niet naar het parkeerterrein lopen.

Haar longen voelen branderig aan terwijl ze voldoende lucht probeert in te ademen om antwoord te kunnen geven.

'Dat vertel ik je...' hijgt ze, ze moet even ademhalen, '... straks wel.'

Zijn armen klemmen zich om haar hals. Het spoorlijntje loopt evenwijdig aan het pad, vlak achter de felle lampjes, en ze zou er op dit moment alles voor overhebben om het rood-zwarte treintje naast hen tot stilstand te laten komen, klaar om hen mee te voeren, hoewel ze denkt dat zij harder kan lopen dan het treintje. Toch wil ze de trein. Haar armen beginnen nu al pijn te doen, en ze denkt terug aan de week daarvoor toen ze door het park liepen – *hebben eenden tanden? gaan ze me echt niet bijten? hebben eenden voeten? waarom kon ik niet lopen toen ik een baby was? had ik toen al voeten? en benen?* Die middag had ze op weg naar huis echt het punt bereikt dat ze hem niet langer kon dragen en hem op het gras moest zetten, hoewel hij moest huilen toen ze dat deed.

Nu zet ze hem niet neer.

'Mama!' zegt hij gefrustreerd, en hij legt zijn hand op haar gezicht. 'Niet straks.'

'Er was een enge man,' zegt Joan, en dat zou ze heel zeker nooit hebben gezegd als ze niet in paniek was geweest.

'Waar?' vraagt hij.

Ze is de draad kwijt. 'Wat?'

'Waar is die enge man?' vraagt hij.

Ze springt in twee stappen over het spoorlijntje heen – trouwens, als de trein eraan kwam zou dat betekenen dat iemand die bestuurde, en ze zou nu dolgraag een ander menselijk wezen willen zien – en dan hebben ze de vijver achter zich, en bevinden de lichamen en de man zich aan de andere kant, en dat is goed. Het kronkelende, omhooglopende pad naar Afrika wordt omzoomd door bomen en planten – tropische planten met grote, brede bladeren – die hen aan het oog onttrekken. Ze zijn nu in elk geval moeilijker te zien, als iemand hen zoekt.

'Daar bij de uitgang,' zegt ze, en ze struikelt bijna.

Ze hoort sirenes. Het valt onmogelijk te zeggen hoe dichtbij, maar dat betekent wel dat de politie eraan komt, en die zorgt ervoor dat alles weer goed komt, maar op dit moment heeft ze daar niets aan.

'Ik heb geen enge man gezien. Hoe weet je dat het een enge man is?' Zijn kin hamert tegen haar schouder.

Hij kan er niet tegen als ze geen antwoord geeft, en ze wil niet dat hij gaat huilen want ze wil geen lawaai maken, en bovendien wordt hij dan ongedurig, en in het ergste geval houdt hij zich dan slap, waardoor hij twee keer zo zwaar wordt.

'We moeten hier snel weg,' zegt ze hijgend. 'Nu meteen. Dus help mama maar en hou je goed vast – klem je benen maar wat steviger om me heen – dan zoek ik eerst een veilig plekje en dan geef ik antwoord.'

Ze krijgt de woorden er nauwelijks uit. Haar longen klappen bijna uit elkaar, haar benen staan in brand. De zon is achter de boomkruinen verdwenen, en onder haar voeten zien de schaduwen van de planten er langgerekt en uitgemergeld uit.

Ze strijkt met haar elleboog langs een bananenblad, compact en breed als een vleugel.

'Waarheen?' vraagt hij, want hij blijft natuurlijk gewoon doorpraten. 'Waar gaan we dan heen?'

Dat weet ze niet. Welke kant op? Hoe zal ze verder lopen? Waar is ze eigenlijk naar op zoek? Haar voeten houden het ritme vast, en ze kromt haar tenen nog krachtiger en zou willen dat het pad niet omhoogliep.

Dit houdt ze niet veel langer vol.

Verstoppen. Ze moeten zich verstoppen.

Dat moeten ze eerst doen, en dan kunnen ze Paul bellen, of de politie, of allebei. Moet ze de politie niet bellen om ze te laten weten dat Lincoln en zij hier zijn ingesloten? Ze moeten toch weten wie er nog in de dierentuin zit? Ze verplaatst Lincoln van haar rechter- naar haar linkerheup en houdt hem wat anders vast.

'Mama!' zegt hij, nog steeds wachtend op een antwoord. Altijd maar een antwoord willen hebben.

Eindelijk hebben ze de top van de heuvel bereikt, het pad met zijn perfect aangelegde, zogenaamd natuurlijke muur van planten en bomen ligt achter hen en ze staart naar het verblijf van de Afrikaanse olifanten, een geheel van zandheuvels, grasland en een stromend beekje, en hier moeten ze links- of rechtsaf slaan. Rechts voert hen naar de giraffen, de leeuwen en de tijgers, links gaat langs de neushoorns, de wilde honden en de apen.

'Mama!'

Ze kust hem op het hoofd en slaat linksaf.

'Ik sla met mijn tanden tegen je schouder, hoor!'

'Sorry,' zegt ze.

Nu is ze blij dat ze niet naar het bos met zijn vertrouwde smalle paadjes en de dinosauruskuil is gegaan, want zelfs met al die bomen zou er weinig plek zijn geweest om je te verstoppen, en de paar goede plekken – de blokhut en het vlinderhuis misschien – zouden veel te veel voor de hand gelegen hebben. Daar zou ze natuurlijk wel genoeg ruimte hebben gehad om weg te rennen en te manoeuvreren, maar hoe kan ze eigenlijk manoeuvreren met Lincoln op haar heup? Nee, ze hebben geen ruimte nodig om te rennen. Als iemand ze in de peiling krijgt, kunnen ze nooit wegkomen.

Die gedachte treft haar als belangrijk. Het bewijs dat haar verstand de overhand krijgt op de paniek.

Ja. Wegrennen is geen optie. Ze moeten zich zo goed zien te verstoppen dat ze niet gevonden kunnen worden, zelfs niet wanneer iemand vlak langs hen loopt. Ze heeft een konijnenhol nodig. Een bunker. Een geheime doorgang.

Hij zegt haar naam niet meer. Haar angst moet op hem zijn overgeslagen, en daar is ze blij om, als het maar de juiste hoeveelheid angst is: genoeg om hem volgzaam te maken maar niet doodsbang. Dat weet ze nu niet, maar daar komt ze wel achter als ze eenmaal veilig zijn.

Het olifantenverblijf strekt zich eindeloos uit, en terwijl ze langs het hekwerk loopt, hoort ze muziek, eerst nauwelijks herkenbaar, slechts hier en daar een noot, maar algauw hoort ze dat het de herkenningsmelodie van *Ghostbusters* is. De muziek klinkt vrolijk en veel te hard tegen de tijd dat ze langs de Coca-Cola-automaten loopt, die in Lincolns fantasie vaak doorgaan voor de Batcomputer.

De Joker is weer bezig met zijn trucs! Naar de Batmobiel! Mama, denk je dat er een speciale autowasserette is voor de Batmobiel, want die wordt natuurlijk vies, maar het is een open auto, dus kunnen ze die wassen, denk je? Ze verdraait haar enkel een beetje, maar gaat niet langzamer lopen. Rechts van haar staat een slaperig kijkende olifant verbazend dicht bij de omheining, en de omvang van het dier heeft een geruststellende uitwerking op haar. Met een half oog registreert ze zijn ritmisch heen en weer zwaaiende slurf, maar ze kijkt al naar de andere kant, naar links, naar het brede gebouw slechts een paar meter verderop. De Savannah Snackbar. Daar hebben ze 's zomers onder het enorme rieten dak rozijntjes gegeten terwijl de ventilator aan het plafond hen koelte toe blies, maar ze hebben nooit binnen in het restaurant gezeten. Ze zit liever buiten om naar de olifanten te kijken en net te doen alsof ze in Afrika zijn – daar wil ze ooit met hem naartoe, ze vindt het leuk om te denken aan al die plekken die ze hem wil laten zien. *Heb je echt op een olifant gereden in Thailand, mama? Ja, dat was voordat jij geboren was.* In het voorbijgaan kijkt ze naar de toiletten, iets langzamer lopend, maar dan denkt ze aan de deuren die werden opengetrapt en gaat weer sneller lopen. Het restaurant zelf is misschien veiliger – de deuren kunnen vast op slot, en er zijn binnen natuurlijk nog meer vertrekken, kantoren en opslagruimtes, met betere sloten, schuilplaatsen en kasten, en misschien kun je wel een deur barricaderen met stoelen en tafels of zware dozen. De gedachte komt in een flits en is verleidelijk, en ze duikt de schaduw van het rieten dak in en probeert beweging in de glazen schuifdeuren te krijgen, maar die zitten op slot, en binnen is alles donker.

OPEN, staat er op het bordje.

Op een ander paars met roze bord staat: HEKSENKETEL-SLUSHY. GRIEZELIG LEKKER!

Joan draait zich om en begint weer te rennen, met Lincolns armen stevig om haar nek, wat het gewicht op haar armen enigszins verlicht, maar ze is uitgeput en raakt uit balans waardoor ze bijna tegen een betonnen pijler loopt.

Boven haar hoofd hangt een luidspreker, hoort ze. Er schalt muziek uit. *An invisible man / Sleeping in your bed / Who you gonna call? / Ghostbusters.*

Ze loopt weg van het paviljoen met de luidsprekers, terug naar het afnemende zonlicht. De olifant met zijn gracieuze slurf is weg – hoe kan zoiets groots nou zomaar verdwijnen? – en ze fluistert keer op keer in Lincolns oor: *het komt goed.* Ze gaat weer harder lopen, hoewel ze geen doel voor ogen heeft. Dit lijkt niet op het gelijkmatige ritme van haar gewone hardlooprondjes door de buurt. Hier is ze niet op berekend. Ze denkt aan haar oudere broer, die toen hij vroeger nog in het leger zat helemaal wild was van een trainingsmethode waarbij je met een rugzak van ruim dertien kilo op je schouders kilometers moest hardlopen. Ze kende hem toen nog nauwelijks, omdat hij met haar vader mee naar Ohio was verhuisd en veel eerder had weten te ontsnappen dan zij. Ze zag hem maar twee weken in de zomer en heel soms op feestdagen. Toen hij bij haar op bezoek kwam was hij al een volwassen vent, en hij had die rugzak met ballast om haar schouders gehangen – dat was zo'n zeven jaar voor haar eerste marathon geweest – en zij wilde graag indruk op hem maken, maar haar rug was drijfnat geworden van het zweet, en na twee blokjes liep ze al te hijgen als een paard. Nu hijgt ze ook, haar biceps branden, Lincolns gewicht brengt haar uit balans, en ze zou veel beter af zijn geweest als ze al die jaren de trainingsmethode van haar broer had gevolgd.

Hoelang is ze nu aan het rennen? Drie minuten? Vier? Nul? Een eeuwigheid?

Boven het geluid van de synthesizermuziek uit hoort ze nog steeds de sirenes. Harder nu.

Ze is bijna bij het neushoornverblijf. Ze ziet hoe twee tieners, een jongen en een meisje, op haar af rennen, rennen alsof ze weten dat er iets mis is en niet alsof ze alleen maar voor sluitingstijd bij de hoofdingang willen zijn. Ze dacht dat ze mensen wilde zien, maar nu komt ze erachter dat ze dat eigenlijk niet wil. Mensen compliceren de zaken alleen maar. Ze gaan langzamer lopen als ze haar zien – de jongen grijpt naar zijn zonnebril, die bijna van zijn hoofd valt – en ze beginnen allebei tegelijk te praten, ze willen iets vragen, maar Joan loopt om hen heen en draait zich in het voorbijgaan naar hen toe.

Het meisje draagt een oranje rokje met een zoom van zwarte kant, zo kort en strak dat het haar ondergoed nauwelijks bedekt. Wat voor moeder moet dat meisje wel niet hebben? Misschien is het wel een heel goede moeder die haar heeft geleerd dat ze zelfs mooi is in een rokje dat als een worstvel strak om haar heen spant.

'Niet naar de uitgang gaan,' zegt Joan, amper vaart minderend. 'Er is daar een man die mensen neerschiet.'

'Neerschiet?' vraagt het meisje.

De jongen laat nog een woordenstroom los, te veel woorden, maar die gaan verloren in de lucht.

‘Hij vermoordt je als hij je ziet,’ roept Joan over haar schouder, maar ze is hen al voorbijgerend. ‘Verstop je ergens tot de politie er is.’

Ze kijkt niet meer om. Alles draait nu om Lincoln. Hij mag niet bloedend op het beton eindigen.

Maar goed dat het restaurant op slot zat. Het zou stom zijn geweest om daar naar binnen te gaan. Misschien hadden Lincoln en zij zich daar kunnen verstoppen, maar die man zou de gebouwen vast nalopen. Hij zou vast eerst daar binnen gaan kijken. Deuren en ramen opentrappen en dingen omvergooien – het moet hem voldoening schenken dingen kapot te maken – en in de openlucht valt er niet veel kapot te slaan, geen massieve dingen als meubels, deuren en botten.

Ze hoort haar ademhaling en haar voetstappen, hoe zacht ze ook probeert te doen, maar ze hoort ook de wind, de trillende blaadjes aan de takken, en iets verder weg op de achtergrond het verkeerslawaai – allemaal achtergrondgeluiden waar ze normaal gesproken geen aandacht aan schenkt. Ze heeft die achtergrondgeluiden nu nodig omdat Lincoln nooit helemaal stil kan zijn. Hij is een lieve jongen maar hij kan natuurlijk nooit muisstil zijn, en één enkele fluistering kan hen de kop kosten.

Ergens buiten.

Maar goed verborgen. Op een plek waar niemand hen zal zoeken.

Ze kijkt achterom naar de open ruimte van het olifantenverblijf, waar een heleboel rotsblokken liggen en waar hele wanden van rotsblokken staan, maar eromheen loopt een diepe gracht waar je niet overheen kunt springen. En er zijn natuurlijk olifanten, en het hele idee is idioot, maar toch gaat er een lampje branden – de schutters zullen de dierenverblijven toch zeker niet doorzoeken?

Dat heeft ze in minder dan tien stappen bedacht, zo snel en zo langzaam – als ze zich omdraait kan ze waarschijnlijk de twee tieners nog zien – en al dat denken levert niets op. Ergens in de verte brult een leeuw, en dat is heel gewoon omdat ze de dieren vlak voor sluitingstijd voederen en de leeuwen dan altijd verwachtingsvol brullen. Hij brult opnieuw, geruststellend bijna. Ze wordt omringd door wilde dieren die opgesloten zitten in kooien. Ze voelt zich met ze verbonden.

Een aap krijst, een hoog en agressief geluid, en ze vraagt zich af of de verzorgers wel aan de avondvoederronde zijn toegekomen. Misschien werden ze wel gestoord.

Dan krijgt ze de ingeving. Het stekelvarken.

De gebouwen zouden allemaal op slot moeten zitten, maar misschien is dat niet gebeurd? Misschien zijn de oppassers hier op hun laatste ronde niet langsgekomen.

Ze bidt zoals ze in lange tijd niet meer heeft gebeden terwijl ze naar het mensapenverblijf holt. Ze rent langs de speeltuin met het Afrika-thema aan haar linkerhand – met trommels, maskers, een wip en het standbeeld van een mestkever –, duikt onder het ingewikkelde touwparcours van de slingerapen door, die onbekommerd rondlummelen of aan hun staart en poten slingeren, bereikt dan de ingang van het mensapenverblijf en duwt tegen de dubbele deuren, die onmiddellijk meegeven. Ze rent dieper de koele, donkere gangen van het gebouw in, langs de lemuren met hun zwart-wit gestreepte staarten, en dan slaat ze een bocht om en is alles in schemerduister gehuld, met boomstammen die door de vloeren groeien. Zoals bij bijna alles hier weet ze niet of het echte of namaakbomen zijn, maar als ze haar hand uitsteekt om steun te zoeken voelt de bast echt aan.

'Was er een man die op mensen schoot?' vraagt Lincoln tegen haar sleutelbeen.

'Ja.'

'Zit hij ons achterna?'

'Nee,' zegt ze.

'Waarom rennen we dan?'

Ze ziet daglicht in de hokken, zonlicht dat door het glas naar binnen valt, en de gedachte komt bij haar op dat de dieren zich achter grote rotsblokken en in grotten kunnen verstoppen. En dat die grotten misschien zelfs toegang bieden tot andere onzichtbare ruimten, als je maar door die glazen wanden kunt komen. Maar ze kan niet door wanden heen zoals The Invisible Woman of een van de X-men, dus holt ze verder door de gangen terwijl ze langs gladde glazen wanden en rechte ruwe muren van B2-blokken schampt.

Op een gegeven moment zullen haar spieren dienst weigeren, dat weet ze. Dan verliezen haar armen hun greep en vallen ze slap langs haar lichaam, hoezeer ze zich er ook tegen verzet. Maar op dit moment is ze zich alleen bewust van een constant kloppend, branderig gevoel, van haar schouders tot haar polsen, van haar heupen tot haar enkels.

'Mama?'

'We zijn er bijna,' zegt ze, maar ze kan nauwelijks articuleren.

Er zijn apen en nog eens apen, allemaal even onbekommerd.

Dan is er een glazen deur die ze met haar schouder open ramt en staan ze weer in de frisse buitenlucht, voor een afgebladderde balustrade die tot borsthoogte reikt. Daarachter ligt een kleine omheinde jungle van pijnbomen en hoog opschietend gras. Ze staat op de houten planken van een vlonder – een soort patio tussen de dierenverblijven. Links van haar leidt een houten deur naar de bavianen, de orang-oetans en andere verblijven met glazen wanden en open gangen waar ze niets te zoeken heeft. Hier zit een bordje op de bakstenen muur waarop de leefwijze van het stekelvarken wordt uitgelegd, hoewel niet duidelijk wordt gemaakt waarom een stekelvarken in het mensapenverblijf is ondergebracht. Een paar maanden geleden beaamde een verzorgster met een notitieboekje in de hand – op gedempte toon, zodat Lincoln het niet hoorde – dat het stekelvarken dood was. Joan en Lincoln zijn regelmatig gaan kijken of er al een nieuw exemplaar woonde. Ze heeft hem de waarheid verteld, want hij had toch ook al dode vogels, eekhoorntjes en platgeslagen kakkerlakken gezien, en waarom zou je moeten doen of er nooit iets doodgaat, en hij hoopte dat er een babystekelvarken zou komen. Maar tot nu toe is het hok leeg gebleven.

Ze hoopt dat het nog steeds leeg is.

Ze doet een stap dichter naar de balustrade toe en bestudeert de lage boompjes en de uitgeholde boomstammen. Het gras moet nodig gemaaid worden, en hier en daar ziet ze kale plekken waar zand en grind ligt, en de hele boel ziet er verwaarloosd uit. In het midden ziet het hok eruit zoals ze het zich herinnert – met een rondlopende muur van gestapelde keien van ruim een meter hoog en een meter of drie lang, waardoor je niet goed kunt zien wat daarachter zit. Het verblijf wordt omringd door een hek van harmonicagaas, half overwoekerd door klimplanten. Het hek is zeker vierenhalve meter hoog, en het bovenste deel helt enigszins naar binnen – zouden ze echt problemen hebben gehad met klimmende stekelvarkens? – en daaromheen torenen pijnbomen.

Het ligt hier goed weggestopt, diep in het labyrint van het apenhuis. Het ziet er niet uitnodigend uit voor mensen, en daarom vindt ze het perfect.

Ze zet Lincoln op de balustrade neer en zucht van opluchting als ze van zijn gewicht is verlost. Over de balustrade zelf komen ze makkelijk heen, en aan de andere kant is een stenen rand die breed genoeg is voor haar voeten. Daar kan ze op gaan staan en Lincoln er vervolgens overheen tillen. En zelfs als er iets mis zou gaan valt hij hoogstens een meter naar beneden en zal hij zich niet erg pijn doen, maar misschien begint hij dan wel te huilen en dat geluid zou – nee, ze hoeft niet bang te zijn dat hij valt. Ze kan hem de hele tijd vasthouden.

'Zo gaan we het doen,' zegt ze. 'Blijf jij hier zo zitten, en dan klim ik over –'

Hij schudt zijn hoofd en pakt haar stevig boven haar ellebogen vast.

'Mama, we mogen niet bij de dieren naar binnen gaan!'

‘Er zijn geen dieren, weet je nog?’ zegt ze, terwijl ze probeert zijn vingers los te maken. ‘Dit is het huis van het stekelvarken. En er is nog geen nieuw stekelvarken.’

‘Hekken zijn bedoeld om dieren binnen te houden en mensen buiten,’ zegt hij.

Nog nooit heeft het haar zo erg gestoord dat hij zich altijd aan de regels houdt.

‘Vandaag gelden er andere regels,’ zegt ze. ‘Nu is er een noodtoestand, en de regels zijn nu dat we ons moeten verstoppen, zodat de man met het geweer ons niet vindt.’

Lincoln lost zijn greep, kijkt achterom, en grijpt haar weer vast.

‘Ik ga vallen,’ zegt hij. ‘Het is te hoog.’

‘Zou ik je laten vallen?’

‘Nee,’ zegt hij, en hij drukt zich steviger tegen haar aan. ‘Mama.’

‘Ik hou je vast. Ik klim er nu overheen –’

‘Mama,’ jammert hij.

‘Sst. Ik heb je vast.’

Ze hijst zich omhoog, gaat schrijlings op de balustrade zitten en houdt nog steeds haar beide handen om hem heen. Het is een ongemakkelijke houding, maar ze zwaait haar andere been ook over de balustrade en haar voeten vinden houvast op de rand.

Hij heeft haar polsen losjes vast. Ze hoort hem ademen, hij kan elk moment gaan huilen. Vanwege de man die mensen doodschiet of vanwege deze radicale overschrijding van de normale grenzen? Ze heeft geen idee.

‘Mama.’

‘Ik heb je vast,’ zegt Joan, en ze slaat een arm om zijn middel heen en trekt hem tegen haar borst aan. Zijn hielen slaan tegen het ijzeren gaas.

‘Nu ga ik je laten zakken,’ zegt ze tegen hem, ‘en dan wil ik dat je je voeten op die smalle rand zet en je met je handen vasthoudt aan de balustrade. Dan spring ik op de grond en til ik je eraf.’

Ze tilt hem al op terwijl ze nog praat, zodat hij niet de kans krijgt om er al te veel over na te denken, want over het algemeen wordt hij er niet moediger op als hij over dingen nadenkt, en deze manoeuvre kan in twee seconden achter de rug zijn. Ze houdt zich met een hand stevig vast aan de balustrade, duwt hem lichtjes van zich af, draait hem om en steekt haar billen naar achteren om ruimte voor hem te maken, en één ogenblik lang hangt hij midden in de lucht, alleen gezekerd door haar arm en elleboog, en ze voelt zijn paniek, maar dan staat hij met zijn voeten op dezelfde rand als zij, zijn tennisschoenen tussen haar leren teenslippers in. Ze klemt zijn vingers stevig om het gaas.

'Goed vasthouden,' zegt ze.

Ze zet zich af en landt zachtjes en veilig op de grond onder hen, waar het gras zo hoog is dat het haar polsen kietelt. Ze tilt hem naar beneden en draait hem weer om zodat hij zijn armen om haar nek kan slaan. Zijn benen klemmen zich om haar heupen en ze begint weer te lopen, en ze probeert zo goed mogelijk te kijken waar ze loopt, want hij belemmert haar zicht – ze herinnert zich dat door haar zwangere buik een ongelijke bodem in een hindernisbaan veranderde – en dan staan ze eindelijk achter de rotsmuur die er zo verleidelijk uitzag.

Ze laat zich zakken zodat ze met haar rug tegen de harde koude rotsblokken leunt, met haar benen voor zich uitgestrekt. Hij is nog steeds met haar verstrengeld.

17.42 uur

Omdat Lincoln zich nog altijd stevig aan haar vastklampt, trekt ze met één hand haar telefoon uit haar tas en houdt die voor zich, net achter de ronding van zijn schedel, waarbij haar hand langs zijn krullen strijkt, die op zijn achterhoofd altijd klitten alsof hij stroop in zijn haar heeft gesmeerd. Ze veegt met haar duim over het scherm en dan stopt ze, omdat ze niet zeker weet wie ze nu moet bellen, de politie of Paul. De politie is hier vast al, en misschien willen ze haar vragen stellen. Maar ze wil de stem van Paul horen.

En dan ziet ze dat Paul al een bericht heeft gestuurd. Ze staart naar het grijs-zwarte bericht, het zo vertrouwde rechthoekige tekstballonnetje.

JE BENT TOCH NIET NAAR DE DIERENTUIN GEGAAN VANMIDDAG? LAAT ME ZSM WETEN.

Hij heeft natuurlijk geen idee waar ze naartoe zijn gegaan. Meestal weet zij dat ook niet, tot Lincoln zijn keus voor die middag meedeelt als ze hem in zijn kinderzitje vastgespt. Paul vraagt het alleen maar omdat hij al iets weet.

Ze typt een bericht terug en overweegt even om hem in plaats daarvan te bellen, maar haar duimen zijn al automatisch aan een antwoord begonnen. Uit gewoonte.

JA. BEN IN DIERENTUIN. WEET JIJ WAT ER AAN DE HAND IS? HEBBEN ONS IN HET STEKELVARKENHOK VERSTOPT.

Het is uitgesloten dat hij weet waar het stekelvarkenhok is. Hij komt veel minder vaak in de dierentuin dan zij. Ze tikt: IN HET APENHUIS.

Ze drukt op Verzenden en tikt dan meteen een tweede bericht.

BEL POLITIE. HEB LIJKEN ZIEN LIGGEN BIJ DE INGANG. VENT MET GEWEER.

Weer drukt ze op Verzenden – er is iets mis met de volgorde van haar berichten, maar haar duimen tikken als vanzelf door. Ze kijkt er graag naar, ze vindt het leuk om te zien hoe de letters zich op het verlichte schermpje aaneenrijgen tot zinnen, en zolang ze aan het typen is bestaan er alleen maar blauwe vierkantjes vol woorden, het ene woord boven op het andere gestapeld.

WE ZIJN OKÉ. VEILIG, schrijft ze, en dan houdt ze haar duimen even stil en denkt na over wat ze hierna kan schrijven.

Lincolns haar kietelt haar arm. Hij begint te draaien en te kronkelen. Ze neuriet zachtjes 'Edelweiss', het slaapliedje dat Paul elke avond voor hem zingt. Maar ze neuriet te snel en te hoog, alsof ze het liedje doorspoelt.

Ze wil nog iets typen. Haar vingers bewegen lichtjes op en neer, zenuwachtig.

'Wat doe je op je mobiel?' vraagt Lincoln, zijn stem klinkt gesmoord tegen haar schouder.

'Papa,' zegt ze, en net op dat moment stuurt Paul haar weer een bericht.

LEES DIT. IK GA JE BELLEN. LIEFS.

Onder het bericht staat een link. Ze werpt een blik op de met blauw onderstreepte reeks letters en cijfers, en dan gaat de telefoon over, veel te luid – het is niet bij haar opgekomen om hem op stil te zetten – en ze neemt direct op.

'Ik kan niet praten,' zegt ze op zakelijke toon, alsof ze in een vergadering zit. Ze weet niet waar ze die toon vandaan heeft. 'We moeten stil zijn. Ik weet niet waar ze zijn.'

Misschien was het niet alleen uit gewoonte dat ze zo-even een berichtje stuurde. Misschien wist ze toen al onbewust wat ze zich zojuist heeft gerealiseerd: de telefoon vormt een risico. Hij maakt geluid. Als ze erin praat maakt *zíj* geluid. Die kerels komen op geluid af.

Het is bijna eenvoudig. Als ze er op een bepaalde manier over nadenkt, is het allemaal heel logisch.

Ze begint weer te praten. 'We zitten hier goed, maar –'

Haar man valt haar meteen in de rede, en zijn stem klinkt veel te hard.

'Wat is er aan de hand?' vraagt hij. 'Is er iemand bij je? Heb je de politie gezien? Is alles goed met Lincoln? Hoe bedoel je dat je veilig bent? Kunnen ze bij je komen? God, wat erg dat ik niet bij jullie ben, schat, wat erg...'

Ze laat hem praten. Ze begrijpt dat hij haar stem wil horen, en ze dacht dat zij daar ook behoefte aan had, maar het horen van zijn stem geeft haar niet het gevoel dat hij bij haar is – daardoor lijkt het juist alsof hij verder weg zit, of nee, daardoor lijkt het alsof *zíj* verder weg zit. Alsof een deel van haar naar hem toe zweeft, de dierentuin uit, naar het leven dat ze kent, maar zij wil nergens naartoe zweven. Dat kan niet. Ze moet hier zijn, ze moet er volledig bij zijn. Ze kan hem op dit moment niet geruststellen.

'We zijn oké,' fluistert ze, nog steeds op de toon van een advocaat of een topmanager. Als dat soort mensen tenminste weleens fluistert. 'We hebben ons verstopt.'

'Wat heb je gezien?' vraagt hij.

'Ik hou van je,' zegt ze, 'en we zijn veilig, maar ik kan niet met je praten. Ik moet opletten. Van een afstandje heb ik een vent gezien. Er lagen –' Ze kijkt omlaag naar Lincolns hoofd. 'Er werd geschoten bij de ingang, en ik liep erlangs nadat het was gebeurd. Toen zijn we weggerend en hebben ons verstopt. Meer weet ik niet. Bel maar niet meer. Ik laat van me horen als we veilig zijn.'

'Ik bel 911 en zeg tegen de politie dat jullie in het stekelvarkenhok zitten,' zegt hij, en de woorden komen er in één ademtocht uit, net zoals hij klinkt als hij de steile heuvel naar zijn kantoor op loopt en haar belt om haar een serenade te brengen met een liedje dat in zijn hoofd zit – hij is altijd aan het zingen – en weet dat ze dan in de lach zal schieten en weer ophangt. 'Ik hou van jullie. Wil je dat tegen hem zeggen? Doe voorzichtig.'

Ze zet de telefoon op stil en kijkt naar Lincoln. Hij zit onrustig te draaien en te wiebelen, maakt schopbewegingen en pookt met zijn tennisschoenen in haar lendenen. Haar handen glijden onder zijn oksels en ze helpt hem omdraaien, zodat hij zijn benen kan strekken. Hij gaat staan en ze houdt haar hand om zijn middel.

'Dat was papa dus,' fluistert ze.

Hij leunt achterover tegen de rotswand achter hen. 'Weet ik.'

'Fluisteren,' zegt ze. 'Hij zegt dat hij van je houdt.'

'Ik weet dat hij van me houdt.'

'Nog wat zachter,' zegt ze.

'Oké,' fluistert hij.

Hij begint met zijn knieën te knikken, waarbij zijn voeten op de grond blijven staan maar zijn hele lijf beweegt. Ook zijn schouders bewegen op en neer in deze vreemde soepele dans.

De lucht begint roze te kleuren, boven de boomtoppen strekken zich lange lavendelkleurige stroken uit.

'Je bent echt heel dapper,' zegt ze.

'Zit de slechte man ons nou achterna?' vraagt hij.

'Dat weet ik niet,' zegt ze. 'Maar als dat zo is, zal hij ons hier niet vinden.'

Nog steeds met zijn knieën knikkend draait hij zijn hoofd van links naar rechts om de nieuwe omgeving in zich op te nemen. Zoals altijd is hij zowel nieuwsgierig als voorzichtig. Ze kijkt toe hoe die twee om voorrang strijden. Zijn ogen schieten alle kanten op, zijn voeten blijven stevig op de grond.

De nieuwsgierigheid wint. Hij doet een stap naar de bakstenen muur van het gebouw en wijst.

'Daar staat een drinkbak,' zegt hij. 'Net als die van Muddles.'

'Klopt,' zegt ze.

Ze laat haar blik weer over het gras glijden, en behalve de gebarsten lege plastic bak die hij heeft gezien liggen er nog allerlei andere voorwerpen rond de omheining. Een vulpen rechts van hen, en dichter bij de balustrade een glitterhaarband. Bij de afrastering meent ze een witte sok te zien liggen.

'Hebben stekelvarkens drinkbakken?' vraagt hij.

'Dat zal wel.'

'Drinken ze water?'

Ze stelt zich voor dat ze een hand over zijn mond legt, hem stevig vasthoudt en hem opdraagt muisstil te zijn. Dat zou ze het liefst willen doen, maar ze ziet niet hoe ze dat voor elkaar moet krijgen. Als ze hem zo aan het schrikken maakt dat hij zijn mond houdt, gaat hij misschien wel snikken.

'Sst,' zegt ze weer. 'Je moet zachter praten. Alles wat leeft drinkt water.'

'Alles?' fluistert hij.

'Alles,' herhaalt ze.

'Dus dat stekelvarken heeft uit die bak gedronken?' zegt hij, terwijl hij een stap naar haar toe doet en tegen haar aan gaat staan. 'En zat hij bij deze rots, net als wij? Denk je dat het een jongetje was, of een meisje?'

Ze ziet geen tekenen van angst bij hem. Zijn blauwe ogen zijn groot, maar dat zijn ze altijd. Hij hangt behaaglijk tegen haar aan en lijkt het eigenlijk wel spannend te vinden dat ze in het huisje van een stekelvarken zitten. Hij heeft geen besef van dingen die echt angstaanjagend zijn – hij is bang voor mascottes, voor Chuck E. Cheese de muis en voor de koeien uit de Chick-fil-A-reclame. Vorige week zagen ze toevallig een Batmanfilm op televisie, die met Heath Ledger, doodeng, maar Lincoln beweerde dat de Joker in de oude versie uit de jaren zestig – hij is een kenner van alles wat met Batman te maken heeft – enger was.

Soms schrikt hij van een onverwachte stem uit een luidspreker, en hij vindt circusdirecteuren akelig, en nu pulkt hij aan de wrat op zijn rechterhand en zingt zachtjes 'Glory, glory to old Georgia / Glory, glory –'

Maar toch. Het valt moeilijk uit te maken wat zich achter zijn kalme, ronde gezichtje afspeelt. Ze moet hem het een en ander uitleggen. Een soort plan. Hij houdt nu eenmaal van een voorspelbare gang van zaken. Hij vindt het fijn om te weten dat er op dinsdag op de crèche muziek wordt gegeven, dat het op woensdag Spaanse dag is en dat ze op donderdag tekenen, en dat ze hem elke dag ophaalt behalve woensdag, want dan doet Paul het, en dat ze zondagavond Chinees eten halen en dat hij op zaterdagochtend een heel uur tekenfilms mag kijken.

Hij vindt het fijn als hij weet wat er gaat gebeuren.

'Dus alles komt goed,' fluistert ze, terwijl hij met zijn vingers over haar kaak glijdt, waar een moedervlekje zit dat hij graag even controleert. 'We zitten hier veilig. Het is net als in een verhaal waarin mensen met elkaar vechten en de slechteriken naar de gevangenis gaan. We hoeven hier alleen maar een poosje stilletjes te wachten tot de boef weg is.'

Hij knikt.

'Hoe heet de boef?' vraagt hij.

'Dat weet ik niet.'

'Heeft hij een naam?'

'Natuurlijk. Iedereen heeft een naam. Ik weet alleen niet hoe hij heet.'

Hij knikt nog eens en kijkt weer naar zijn wrat. Ze drukt zich wat dichter tegen de rotswand aan, trekt haar benen verder op en legt haar hand op zijn been. Ze kijkt achter zich – de rotswand onttrekt hen volledig aan het oog van iemand die uit het apenverblijf komt. Ze kijkt omhoog, niets dan boomkruinen en lucht. Ze kunnen met geen mogelijkheid worden gezien.

Dan laat ze haar ogen onderzoekend van links naar rechts langs het hekwerk rond het hok glijden. Ze heeft niet gelet op wat er achter de omheining ligt, maar nu ziet ze dat het harmonicagaas niet zo dichtbegroeid is met klimop als ze had gewild. Ze kan erdoorheen kijken en heeft zo gedeeltelijk zicht op de achterkant van andere hokken. Ze haalt zich de plattegrond van de dierentuin voor de geest en denkt dat ze naar de hokken kijkt die bij de Afrika-afdeling horen, waarschijnlijk het neushoornverblijf, maar het kan ook een hok zijn dat niet meer wordt gebruikt. Langs het hek van het andere dierenverblijf staan dichte, hoge bamboestruiken, zodat ze niet verder kan kijken. Door een andere opening in de klimop ziet ze een gedeelte van het spoorlijntje en daarnaast een asfaltpad dat afbuigt, zodat ze niet kan zien waar het naartoe loopt. Misschien is het een gewoon wandelpad, maar ze kan zich niet herinneren dat ze het stekelvarkenhok ooit vanaf een wandelpad heeft gezien. Misschien is het een pad dat alleen door verzorgers wordt gebruikt. En waar het eigenlijk om gaat is of iemand die over het pad loopt hen kan zien.

Ze denkt dat de gaten in de klimop niet groot genoeg zijn om doorheen te kijken.

Ze hoort nu niets verontrustends, geen voetstappen, geen geweerschoten. Geen sirenes. Ze vraagt zich af waarom ze geen sirenes meer hoort.

Ze beseft dat ze niet meer heeft gekeken naar de link die Paul haar heeft gestuurd – ze kan het zich niet veroorloven dat haar gedachten alle kanten op schieten – en ze pakt haar telefoon en laat haar duim over het scherm glijden. De link leidt haar naar een site met lokaal nieuws, waar twee korte alinea's over het scherm flitsen, en razendsnel leest ze de woorden 'schoten afgevuurd' en 'één enkele man' en 'vermoeden van meerdere gewonden'. De laatste zin van het korte stukje luidt: 'Politie is ter plaatse.'

Die laatste zin is zo nietszeggend dat je er razend van wordt. Je wordt er niets wijzer van. Staat de politie op het parkeerterrein of staan ze een paar meter verderop? Dalen ze met helikopters neer uit de lucht? Zijn het er een stuk of tien of honderd?

Lincoln maakt zich weer van haar los en ze laat hem zijn gang gaan, in de veronderstelling dat hij zijn benen wil strekken. Maar wanneer hij een paar passen doet, pakt ze hem bij zijn shirt vast en trekt hem terug.

'Dichtbij blijven,' zegt ze. 'We moeten stil en rustig zijn tot de politie komt.'

'Komt de politie ons halen?'

Ze is vergeten dat detail te vermelden.

'Ja,' zegt ze. 'We wachten tot de politie hier is en die man met het geweer oppakt, en dan komt de politie ons vertellen dat we naar huis kunnen. Maar we moeten heel stil zijn, want we willen niet dat de boef ons ziet. Het lijkt een beetje op verstoppertje spelen.'

'Ik hou niet van verstoppertje spelen.'

'Fluisteren,' zegt ze weer.

'Ik hou niet van verstoppertje spelen,' zegt hij op een toon die met wat goede wil voor fluisteren kan doorgaan.

'Je houdt niet van verstoppertje spelen als je je in je eentje moet verstoppen,' zegt ze. 'Maar nu verstop ik me samen met jou.'

Hij staat wat te draaien en schopt met de neus van zijn schoen in het zand, waardoor kleine stofwolkjes ontstaan. Een poos lang zegt hij niets en kijkt hij alleen naar zijn eigen schuifelende voeten. Hij strijkt met zijn hand over de rotswand.

'Namba namba namba namba namba,' zingt hij, en na de eerste vijf noten herkent ze het strijdlied van het rugbyteam van de staat Michigan. Hij zingt soms zonder woorden. Hij zit boordevol geluid en beweging, en een van de twee klotst altijd wel over de rand, en normaal gesproken is dat geen probleem maar nu borrelt haar angst daardoor naar de oppervlakte.

Ze ontspant haar kaken. Ze realiseert zich nu pas dat ze haar kaken op elkaar had geklemd omdat ze pijn begonnen te doen.

'Namba namba namba namba,' herhaalt hij nog steeds, volmaakt toonvast.

'Te hard,' zegt ze, en zij zegt het ook te hard.

Hij knikt, alsof hij die reactie had verwacht. Hij staart alweer naar iets achter haar, op één been balancerend.

'Zeg, mama,' fluistert hij terwijl hij in de richting van het apenhuis knikt. 'Dat is een gnar.'

'Een gnar?' herhaalt ze.

Hij wijst naar een tuit die uit de muur steekt. 'Ja.'

'Dat ding dat op een kraan lijkt?'

'Ja. Dat is geen kraan. Gnarren zien eruit als kranen.'

'Vertel me er eens iets over.'

'Over gnarren?'

'Ja.'

Ze klemt haar kaken niet meer op elkaar. Ze ademt niet meer te snel. Ze denkt dat ze volkomen normaal klinkt. Ze is er bijna zeker van dat ze niet meer als een advocaat klinkt. Telkens als ze iets zegt doet ze daar haar best voor – dan zorgt ze ervoor dat elk woord er rustig en kalm uit komt, dat ze nog steeds klinkt als zijn moeder, en niet als een gestoorde vrouw die elk moment kan gaan krijsen en jammeren en zich de haren uit het hoofd kan trekken.

Hij komt dichter bij haar staan maar gaat niet zitten. Misschien voelt hij dat die gestoorde vrouw op de loer ligt.

'Nou,' zegt hij, 'gnarren hebben een hoofd, en een romp en slagtanden. Ze hebben een lang lijf en benen van haar.'

'En verder?' fluistert ze.

'Ze hebben geen mond. Ze eten met hun neus en ruiken met hun ogen. Ze hebben ook geen tong.'

'En leven ze in dierentuinen?'

'Ja,' zegt hij. 'Alleen in de dierentuin. Ik heb nog nooit van wilde gnarren gehoord.'

'Zijn ze gevaarlijk?' vraagt ze, en ze heeft daar meteen spijt van. Ze probeert hem nu juist af te leiden, dus moet ze hem niet herinneren aan gevaren die op de loer liggen.

Hij lijkt zich er niets van aan te trekken.

'Sommige,' zegt hij.

'Is dat een gevaarlijke?' vraagt ze, wijzend naar de afvoer.

'Nee,' zegt hij, 'dat is een klimmer. Die klimmen van boom naar boom, maar als ze niet kunnen klimmen kruipen ze. Sommige gnarren zijn van gras gemaakt, en andere van planten of ondergoed. Of van vlees.'

Daar denkt ze over na. Ze plooit haar mond tot een glimlach, omdat ze dat onder normale omstandigheden ook zou doen.

Ze geniet ervan als hij dingen verzint. Zoals die keer toen hij in de lobby van een hotel naar haar opkeek en zei: *Ik heb twee kleine meisjes in mijn zak. Piepklein. De ene heet Lucy en de andere Brandweerman.* Of die keer dat hij haar vertelde dat al zijn knuffels naar een kerk gingen waar niemand een broek aanhad.

Dit is oké, denkt ze. Dit is een alternatief voor paniek.

'Maar ze zien eruit als een kraan?' vraagt ze zachtjes door. Ze wist niet dat ze zo zacht kon praten.

'Het is een roofdier,' fluistert hij, alsof dat een antwoord op haar vraag is. 'En ook een reptiel. Maar ze lijken op nijlpaarden – ze kunnen agressief zijn.'

Ze probeert zich te herinneren in welk boek waaruit ze nu voorleest het woord 'agressief' voorkomt – het boek over krokodillen of dat over de oude Grieken? – als haar telefoon tegen haar dij trilt. Ze schermt hem met haar hand af en leest het bericht van haar man.

IK WORD ER GEK VAN. MOET WETEN HOE HET MET JULLIE GAAT. ZEG IETS.

Ze grijpt de telefoon steviger vast. Paul haalt zich natuurlijk de vreselijkste dingen in zijn hoofd. *Als je op het ergste bent voorbereid, kan het alleen maar meevallen*, zei hij tegen haar toen ze een relatie kregen, en toen had ze geantwoord: *Dat is het stomste wat ik ooit heb gehoord.* Soms maken ze grappen over zijn halsstarrige pessimisme, maar dit keer niet. Nu heeft hij recht van spreken.

ALLES OKÉ, typt ze. WE ZITTEN ECHT OP EEN VEILIGE PLEK. IK

ZORG ERVOOR DAT ONS NIKS OVERKOMT. IS DE POLITIE AL IN DE DIERENTUIN?

WEET IK NIET. NIEMAND WIL AAN DE TELEFOON IETS ZEGGEN. ZE ZIJN OP WEG NAAR DE DIERENTUIN.

'Die gnar beweegt niet, mama,' fluistert Lincoln. 'Die gnar daar beweegt helemaal niet.'

'Maar ik dacht dat dat een klimgnar was,' zegt ze onder het typen.

Eén man, denkt ze. *En een complete politiemacht. Is het ondertussen geen tijd voor pantserwagens, nachtkijkers en gas of FBI-agenten? Het is al een halfuur geleden dat ze de eerste geweerschoten hoorde.*

WAAROM DUURT HET ZO LANG? typt ze.

GEEN IDEE. DAT GA IK UITZOEKEN. LIEFS.

Lincoln is aan het praten. Ze denkt dat hij al een paar keer hetzelfde heeft gezegd.

'Wat is er, schat?' vraagt ze.

'Vroeger klom hij altijd,' zegt hij. 'Die gnar kon klimmen, mama. Hij kon altijd –'

Als je hem negeert, gaat hij alleen maar door met steeds hetzelfde herhalen.

'Ja,' zegt ze snel. 'Klopt, dat was een klimgnar.'

Hij kauwt op zijn kraag en staart naar de tuit.

'Ik denk dat hij dood is,' zegt hij.

Ze kijkt naar hem, met de nog oplichtende telefoon in haar hand.

'Ik denk dat hij in slaap is gevallen,' zegt ze.

'Nee hoor,' zegt hij. 'Dood. Gnarren gaan heel gauw dood.'

Ze kijkt weer naar haar schermpje en laat Paul weten dat ze later weer contact met hem opneemt. Ze controleert voor de vijfde of zesde keer of de telefoon echt op stil staat. Ze dwingt zich om hem naast haar op de grond te leggen, en dan is ze weer alleen met haar zoon, zonder ook maar iemand die hen kan helpen. Alleen een dooie gnar.

'Ik denk dat hij slaapt,' zegt ze nog eens.

Hij kauwt nog steeds op de kraag van zijn shirt. Doorgaans zegt ze tegen hem dat hij daarmee moet ophouden, maar nu laat ze hem zijn gang gaan.

'Ik heb dorst,' fluistert hij.

Ze is dankbaar dat het even over iets anders gaat. Ze steekt haar hand in haar tas en is blij dat dit niet zo'n dag is dat ze erop staat dat hij bij de fonteintjes drinkt.

'Hier zijn je slokjes,' zegt ze, en ze geeft hem de plastic waterfles.

'Mmm,' zegt hij na een lange teug. Hij heeft een glimmende natte snor op zijn bovenlip. 'Nog steeds koud.'

Hij drinkt nog wat, water druipt langs zijn kin, en eindelijk laat hij de fles zakken en veegt zijn mond aan zijn shirt af.

Het is een paar keer voorgekomen dat ze tegen volwassenen 'slokjes' in plaats van 'drankje' zei. Thuis is het net zo'n doodgewoon woord als alle woorden in het woordenboek, een van de vele die geen woorden waren tot hij ermee kwam. Een slabbetje heet een 'nette hond', omdat ze een boekje hadden waarin een slordige hond met zijn eten knoeide, en een nette hond een slabbetje droeg. *Mag ik mijn nette hond?* vraagt hij als hij ziet dat zijn shirt vies wordt. Zijn knokkels noemt hij zijn 'vingerknieën'. En hij had een heel vocabulaire van niet-bestaande woorden toen hij nog klein was, zo klein dat hij nog niet was zoals hij nu is. Een bal noemde hij een tijdlang een 'bau', en rozijnen noemde hij 'zo-zijnen'. Als hij wilde verven haalde hij zijn neus op, omdat ze ooit hadden geprobeerd met hun neus te verven in plaats van met hun vingers, en dat had kennelijk indruk gemaakt.

Als hij 'flamingo' wilde zeggen stak hij één arm in de lucht met een geknakte pols, het teken voor flamingo. Als hij eieren wilde maakte hij een sissend geluid, *ssssss*, het geluid van eieren die in de hete pan glijden. Hij maakte zijn eigen taal.

Er waren zoveel dingen die niet bestonden voordat hij er was.

◆

Eén ding weet Kailynn zeker: het is haar moeders schuld. Als die haar telefoon niet in beslag had genomen, zou alles anders zijn gelopen. Dan zou Kailynn nu de politie of haar vader of wie dan ook kunnen bellen. Waarschijnlijk snakt iedereen ernaar iets van haar te horen. Ze denkt aan die keer dat Victoria op school een miljoen berichtjes verstuurde toen ze bij dat auto-ongeluk een hersenschudding had opgelopen, en hoe ongerust iedereen toen was, en dat stelde helemaal niets voor vergeleken bij vastzitten in een opslagruimte in de dierentuin.

Maar nee hoor, alleen maar omdat ze zich drie keer achter elkaar verslapen had en te laat was voor de carpool, zodat haar moeder haar naar school moest brengen, heeft ze nu geen telefoon. Er is een goeie kans dat haar moeder zich zo schuldig voelt over dit hele gedoe dat Kailynn een splinternieuwe telefoon krijgt.

Die gedachte zou haar bijna opmonteren, maar toch lukt dat niet echt. De stalen deur is stevig en voelt koud aan. Ze vindt het wel prettig dat gladde metaal te voelen, en spreidt haar vingers alsof ze een handafdruk maakt. Haar hand is kleverig van de ketchup.

Ze is de enige hier. Als ze haar telefoon bij zich heeft is ze nooit de enige.

Op de derde dag dat ze te laat was keek ze uit haar slaapkamerraam en zag ze de andere meiden van de carpool achteruit de oprit af rijden en was ze de trap af gerend om ze nog tegen te houden. Het was toch niet haar schuld dat ze zo snel wegreden? En het had in elk geval niet mogen meetellen als te laat komen. Maar het kon haar moeder niks schelen.

Kailynn schuift de grendel opzij, opent de deur op een kier en gluurt door de smalle spleet. Niets. Niemand. Ze strijkt haar haar uit haar gezicht en neemt een hap van een dierenkoekje. Een giraffe. De suiker verjaagt de wattensmaak in haar mond, hoewel ze liever gefrituurde uienringen of frietjes had gehad.

Eten helpt altijd.

Haar vader maakt er altijd grapjes over dat ze nooit alleen wil zijn, dat ze haar huiswerk altijd in een kamer maakt waar ook iemand anders is: in de zijkamer als hij tv zit te kijken of in de keuken als haar moeder daar schoonmaakt. Hij zegt dat ze zelfs niet graag alleen in haar slaapkamer is, en dat moet haast wel waar zijn, want ze slaapt nog steeds samen met haar zusje, hoewel haar ouders tegen haar hebben gezegd dat ze als oudste naar het souterrain mocht verhuizen. Maar ze vindt het gewoon fijn om iemand te horen ademen als ze in slaap probeert te komen.

Was haar moeder maar hier.

Ze zit hier wel goed. Ze zit hier op de veiligst denkbare plek, en als er iemand aankomt kan ze de grendel dichtschuiven en dan kunnen ze nooit bij haar komen. Het is idioot om bang te zijn. Haar vader zou niet bang zijn. Als kind nam hij een pistool mee het bos in en schoot hij dieren dood en dan sneed hij ze open om te kijken wat erin zat. Hij heeft ooit een stoel in brand gestoken, gewoon om te kijken wat er gebeurde. Hij wachtte nooit af in de hoop dat er iets zou gebeuren. Hij dééd dingen.

Was zij maar iemand die dingen deed.

Ze eet nog een dierenkoekje. Een leeuw.

◆

Margaret plant haar wandeling zo, dat ze om 17.10 uur bij de olifanten is, en meestal staan de oppassers dan buiten bij de voederplaats commando's te roepen om de dieren zover te krijgen dat ze voor- en achteruitlopen en knielen en hun poten optillen. De oppassers zeggen dat die procedure aan het eind van de dag is bedoeld om te controleren of ze problemen met hun gewrichten of poten hebben, maar Margaret vermoedt dat ze het alleen maar doen om indruk te maken.

Hoe dan ook, ze vindt het leuk om te zien. Het is een gratis circusvoorstelling waarvan niemand anders in de dierentuin op de hoogte schijnt te zijn, en ze snapt niet wat die ouwe stakkers in hun joggingpakken bezielt om voor de sport rondjes om een winkelcentrum te lopen. Ze komt hier elke maandag, woensdag en donderdag, en dan loopt ze op de kop af een uur lang stevig door, precies zoals de dokter haar heeft aangeraden. En pas nadat de olifanten naar hun getraliede stenen onderkomen zijn gebracht loopt ze terug naar de parkeerplaats.

Margaret is altijd stipt op tijd, maar de verzorgers niet. Soms staan er alleen maar een paar olifanten verbaasd om zich heen te kijken, en verder niemand. De olifanten zijn betrouwbaarder dan de verzorgers. Ze denkt dat de oppassers millennials zijn die yoga en innerlijke rust belangrijker vinden dan hun werk.

Dus nu ze vandaag een volledig lege voederplaats aantreft is ze niet zozeer verbaasd over de afwezigheid van de oppassers, maar van de olifanten. Ze ziet ze in de verte door het kunstmatige savannelandschap sjokken. Hun vaste gewoonte is doorbroken. Ze wacht een paar minuten in de schaduw van een reusachtig metalen krat. Ze houdt haar koptelefoon op – ze heeft nog maar twee hoofdstukken te gaan tot het eind van het boek van Patricia Cornwell – en ze staart naar het bord op het krat met de tekst: HEBT U ZICH OOIT AFGEVRAAGD HOE EEN OLIFANT WORDT VERVOERD?

Eindelijk doet ze haar koptelefoon af en laat de mp3-speler in haar zak glijden, en ze voelt meteen dat er iets niet in de haak is. Ze verstijft, hoewel daar geen enkele reden voor lijkt te zijn. Ze concludeert dat het slechts de stilte is die haar dwarszit. Misschien is ze de tijd vergeten, en ze kijkt op haar horloge. Maar nee, het is nog steeds een paar minuten voor sluitingstijd. Normaal gesproken zou ze hier altijd wel een paar andere late bezoekers naar de uitgang zien slenteren.

Nu ziet ze niemand.

Maar goed, ze staat wel onder aan een behoorlijk steile helling aan de rand van het olifantenverblijf, en vanwege de helling voor haar en het enorme metalen krat rechts van haar kan ze niet ver zien. Ze vermant zich en begint de heuvel op te lopen, maar voordat ze boven is hoort ze twee scherpe geluiden, atmosferische storingen of donderslagen. Vrijwel tegelijkertijd hoort ze een stem, hoog, één enkele noot. Een schreeuw kan ze het niet noemen.

Ze zet nog een stap, zodat ze het themarestaurant met het rieten dak kan zien, en dan hoort ze voetstappen naderbij komen, snel. Ze weet niet waarom maar ze draait zich razendsnel om, waardoor ze bijna door haar slechte knie gaat, en loopt zo hard als ze kan weer de helling af. Ze verbijt de pijn en schiet het metalen krat in, dat vanbinnen donkerder is dan ze had verwacht.

Ze drukt zich tegen de wand en voelt het koude metaal tegen haar armen. Ze voelt zich belachelijk, maar ze duikt nog dieper de schaduw in en houdt de opening van het krat in de gaten, met onveranderlijk uitzicht op het zand van het olifantenverblijf. Ze hoort nog meer voetstappen, en gedempte stemmen, en dan gaan de voetstappen weer sneller. Ze hoort iemand aan metaal of glas rammelen. Een deur wordt dichtgeslagen. Nog meer geknal.

Ze vraagt zich af of olifanten claustrofobie kunnen ervaren. De turquoise steen van haar halsketting voelt koud aan en ze betast hem even: ze heeft hem gekocht omdat hij precies dezelfde kleur had als haar fleece vest. Het stemt haar nog steeds tevreden dat die twee kleuren zo perfect bij elkaar passen.

Ze weet niet hoeveel minuten er verstreken zijn. Ze heeft zich niet verroerd, want wat er ook gebeurt, Margaret gelooft niet in impulsief handelen. Ze ziet een probleem liever in zijn volledige context. Dat is haar goed van pas gekomen toen ze haar haar honingblond verfde zodat je het grijs niet meer zag, en bij de aankoop van een tamelijk modern, non-descript huis in de stad in plaats van dat schattige art-decohuisje waar iets met het dak was, en het heeft haar er ook voor behoed commentaar te leveren op de aankondiging van haar dochter dat ze haar zoontje thuisonderwijs zou geven, terwijl God weet dat het joch wel wat sociale interactie kan gebruiken.

Margaret denkt aan het gezicht van haar dochter, die er altijd moe uitziet omdat ze weigert lippenstift op te doen voor ze de deur uitgaat.

Een mug vliegt naar binnen en verdwaalt in het donker. Ze heeft al een tijdje geen geluiden meer gehoord. Wat een ogenblik geleden nog zo echt was lijkt nu een soort paniekaanval te zijn geweest, en ze begint zich zoals wel vaker serieus zorgen te maken over een vroege vorm van alzheimer of een hersentumor. Er zijn allerlei verklaringen mogelijk voor rennende mensen en geschreeuw in de verte. Tieners waarschijnlijk. Misschien heeft ze zich al in de dierentuin laten insluiten en loopt ze straks een werknemer tegen het lijf die neerbuigend tegen haar doet. Ze houdt het geen seconde langer uit in dat reusachtige krat.

Dus loopt ze naar buiten en ziet dat de zon achter de bomenrij is verdwenen. Langzaam loopt ze weer naar de top van de heuvel, in de hoop dat haar knie weer wat soepeler wordt. Stilstaan is de pest voor haar knie. Ze ziet niets bijzonders, alleen de gebruikelijke attracties: de speeltuin rechts van haar, en in het apenverblijf de apen die aan hun touwen zwaaien.

Ze wordt een oude vrouw die snel uit haar doen is.

Ze kijkt voor zich uit en loopt het pad af, naar de Sahara Snack Hut of hoe ze het ook noemen. Ze hoort haar rubber zolen op het beton en de lucht ruikt vreemd en rokerig. Ze schopt per ongeluk tegen een drinkbekertje dat op de grond ligt. Ze loopt onder het rieten dak van het restaurantpaviljoen door, en net als ze uit de schaduw stapt ziet ze door een heg van jungleplanten iets bewegen. De automaten ontnemen haar het zicht. Het zou kunnen dat de planten door de wind bewogen, maar het kan ook zijn dat er iemand op een van de andere paden liep. Een werknemer? Die kan ze dan maar beter aanspreken.

Ze steekt het betonnen pad over en loopt in de richting van de cola-automaat. Maar vlak voordat ze bij de automaten is aangekomen ziet ze een deur die naar het restaurant leidt.

Ze ziet de deur pas als ze er voorbijloopt.

Ze ziet hem pas als hij opengaat.

Ze ziet hem pas als er een hand naar buiten schiet die haar naar binnen trekt.

◆

Hij is Mark kwijtgeraakt. Robby weet niet wat hij moet doen nu hij hier in z'n eentje naar de varkens staat te staren. Mark zou het vast wel weten, en hij kan toch niet zomaar verdwenen zijn? Maar Mark is ook zo stil. Dat is het probleem. Hij kan er zomaar tussenuit glippen zonder dat je het merkt.

Niemand zegt ooit dat Robby zo stil is.

Mark en hij stonden bij de grote vijver, vlak naast elkaar, toen de eerste schoten weerklonken. De kogels zelf kon je niet zien, maar je zag wel stukjes baksteen en blad en takjes van het papegaaieneiland, en ook veertjes, felgekleurd, en de lucht wervelde rond en werd samengeperst alsof je midden in een storm zat maar dan sneller, en niemand had hem ooit verteld dat geweren dat effect hadden. Er werd geschreeuwd, zonder woorden, en er werden allerlei namen geroepen: 'Elizabeth!' Keer op keer. Even stond hij als aan de grond genageld, en toen begonnen Mark en hij te rennen, achter die paar mensen aan die nog weg konden komen. Er lagen er toen al een stuk of tien op de grond, sommigen op hun rug, anderen op hun buik, en toen ze de heuvel op vlogen was hij over een vrouw heen gestapt die onverstaanbare woorden fluisterde, en boven op de heuvel hadden ze het restaurant geprobeerd, maar daar hadden ze geen geluk, en toen ze doorrenden naar de grote katachtigen liep Mark nog vlak naast hem. Maar toen Robby weer over zijn schouder keek was Mark verdwenen. Dus was Robby hier maar blijven staan bij dit koepeltje in de schaduw, bij de wilde varkens, maar op het bordje stond dat het wilde zwijnen waren.

Het is een behoorlijk goeie plek omdat hij aan alle kanten omringd wordt door muren, dus niemand kan hem zien, maar door de kieren tussen de planken kan hij wel de wandelpaden in de gaten houden. De zwijnen in hun hok wroeten met hun smerige slagtanden in de aarde. Zij trekken zich niets aan van geweren en kogels. Dat zie je in een oogopslag.

Robby weet niet of hij hier moet blijven wachten of dat hij door moet lopen. Moet hij roepen en maar hopen dat de verkeerde mensen hem niet horen?

Het is beter om te wachten. Om te kijken. Hij kan goed kijken.

Er zijn niet veel dingen waar hij goed in is. Hij denkt terug aan een verjaardagsfeestje van lang geleden, maar daar wil hij eigenlijk niet aan denken – hij probeert zich op de zwijnen te concentreren, op hun grote koppen en dat ze geen nek lijken te hebben, en nee, hij weigert aan die verjaardag te denken, maar op een of andere manier activeert hij het verkeerde neuron, het neuron dat dat moment niet uitwist maar juist naar voren haalt: de dag dat hij binnenkwam op Aidans partijtje, waarover zijn moeder had gezegd dat ze er geroosterde marshmallows hadden, waar hij gek op is, en dat Aidans moeder opendeed, hem een hug gaf en liet zien dat ze een tent had opgezet in de tv-kamer.

Aidans moeder was mooi, ze had heel lang donker haar, en ze was erg lief en ze was het met hem eens dat de Raiders het engste logo van de Amerikaanse footballcompetitie hadden. In zijn herinnering had hij gezellig zitten praten met Aidans moeder, hij vond het erg fijn dat er iemand naar hem luisterde, en de andere kinderen waren met iets anders bezig – een spelletje waarbij je moest vissen met wasknijpers en een stuk touw? – en toen moest hij even naar de wc. Toen hij de hal weer in kwam hoorde hij Aidans moeder praten.

'Ik wil jullie allemaal iets zeggen,' zei ze op ernstige toon, en hij had zich gehaast omdat hij niets wilde missen van de instructies voor de volkorenkoekjes met chocola.

'Ik wil dat jullie aardig zijn voor Robby,' zei ze, net toen hij bij de deur was, net toen hij zich tegen de muur drukte en zijn best deed onzichtbaar te zijn. 'Hij is ánders. Dat is alles.'

Robby wist toen al dat hij anders was dan anderen. Maar dat was niet hetzelfde als anderen die woorden horen zeggen. Aidans moeder probeerde het te verpakken als een compliment, maar dat was het niet en dat wist hij, en de andere kinderen wisten het ook. En nu staat hij hier, met als gezelschap alleen wilde zwijnen die onder de modder en de stront zitten, walgelijk, en het was toch de bedoeling dat vandaag alles anders zou zijn? Hij hoorde eindelijk ergens bij. Hij was op zijn plek. Maar misschien hadden de anderen alleen maar geduldig hun kans afgewacht en was dit een opzetje om hem te lozen. Nee, dat slaat echt nergens op.

Hij wrijft met zijn handen over zijn broek. Balt afwisselend zijn vuist en ontspant zijn vingers. Zweethanden. Dat was ook een probleem met kinderfeestjes – te veel spelletjes waarbij je elkaars hand moest vasthouden, en dan zeiden ze *o, je handen*, en ooit had zelfs een volwassene hem *dat zweetjoch* genoemd. Maar de wind droogt zijn handpalmen, en hij kan hier toch niet gewoon laf blijven staan? Hij moet nadenken, hoewel hij beter is in voelen; nou ja, niet echt supergoed, maar hij voelt genoeg. Te veel zelfs. Meer dan andere mensen, en soms zegt hij dat tegen ze, maar ze begrijpen het niet.

Hij moet opletten. Hij kijkt links en rechts, gespitst op iedere beweging. Hij moet op zoek naar mensen. In het zebraverblijf verderop langs het pad zwiepen staarten heen en weer. Het spoorlijntje. Bomen. Eekhoorntjes zitten elkaar achterna op de takken. Hij probeert het allemaal te zien.

Voordat Robby hem kwijtraakte hoorde hij Mark zeggen dat ze zouden sterven als ze hier niet weg konden komen. Hij kijkt weer naar de zwijnen. Hij denkt aan de fluisterende vrouw over wie hij heen sprong toen hij wegrende. Ze droeg een kakikleurig dierentuinuniform en haar shirt was bijna voor de helft purperrood. Hij kijkt naar de zwijnen en stelt zich voor hoe het zou zijn om er een als huisdier te hebben, en hij vraagt zich hetzelfde af over de eekhoorntjes, hij denkt na over huisdieren, maar ook over de twee eekhoorntjes die elkaar achternazitten, of het een spel is of iets serieus, en hoe staan die eekhoorntjes tegenover elkaar?

Denken.

Denken.

Is het voor iedereen zo moeilijk de juiste gedachten op een rijtje te houden, de ene na de andere, als treinwagons die aan elkaar worden gekoppeld? Hij dwaalt altijd af, en dan komen de gevoelens weer boven. Waar is Mark? Blijft hij hier in z'n eentje staan tot de mannen met de geweren komen en hem doodschieten, en was het de grootste vergissing die hij ooit heeft gemaakt om vandaag naar de dierentuin te gaan? Is hij dom? Meestal is hij dom. Af en toe weet hij het zeker, en zijn moeder vindt het altijd vreselijk als hij dat zegt, en zijn moeder –. Hij sluit zijn ogen, probeert rustig te worden. Waarom doet hij dit? Waarom belandt hij altijd – te laat – op het punt waarop hij de dingen zou willen terugdraaien, opnieuw zou willen beginnen, en de pest krijgt aan zichzelf omdat hij het weer eens heeft verkloot? In de wetenschap dat hij het hierna opnieuw zal verkloten?

Een van de zwijnen pist op de grond. Het zijn smerige beesten, ze zijn lelijk en zien er dom uit, en waarom hebben ze zich eigenlijk laten vangen en opsluiten in een kooi?

Hij heft het geweer, pakt met zijn andere hand de loop vast, steekt het over het hek heen en haalt de trekker over. Hij hoort niet meer zo goed sinds ze door de ingang naar binnen gingen, en hij heeft spijt dat ze geen oordoppen hebben meegenomen, maar nu klinken de schoten niet meer zo hard. Hij kiest voor snelheid in plaats van precisie, en richt op de kop, buik en staart; hij zou de staart er graag af schieten. Hij staat maar een paar meter van zijn doelwit af, in plaats van veertig of vijftig meter zoals op de schietbaan, en dit doelwit beweegt niet in tegenstelling tot de mensen, dus hij staat te kijken van de ravage die hij aanricht. Het eerste zwijn wordt opengereten, alles blubbert uit zijn buik en valt op de aarde, dampend, en het tweede zwijn valt ook dood neer, en hij loopt snel onder het koepeltje vandaan voordat hij onwel wordt van de stank.

Niemand heeft het ooit over de stank gehad.

Hij houdt zijn vinger aan de trekker van zijn Bushmaster, een klassieker, en hij voelt zich weer sterk. Hij heeft zijn gedachten en gevoelens weer onder controle. Hij snapt niet waarom Mark zat te ouwehoeren over dat hij iets aan de kolf moest doen, dat hij er een dikkere handgreep op moest zetten zodat hij een betere richthoek zou hebben. Robby vindt hem prima zo. Hij ligt goed in de hand.

Hij hoort voetstappen. Hij draait zich om, geweer in de aanslag.

'Kalm aan, idioot!' schreeuwt Mark, en hij duikt in elkaar zodat hij bijna op zijn knieën zit. Hij heeft zijn Glock in zijn hand en een Smith & Wesson in zijn holster.

Robby laat het geweer zakken. 'Waar heb jij gezeten?'

'Wezen jagen. Ik dacht dat je vlak achter me zat. Ben je er klaar voor?'

Robby knikt.

18.00 uur

Joan kan zich niet herinneren ooit zo aandachtig naar de veranderende lucht te hebben gekeken. Die ene vurige streep die ze zag vlak nadat de zon was ondergegaan heeft zich nu uitgebreid en een diepere kleur gekregen. De hele lucht is nu gestreept en heeft de kleur van een geschilde perzik. De kleuren worden alleen maar intenser.

Vanuit het mensapenverblijf hoort ze een geluid. Een harde klap, een deur die dichtslaat of iets zwaars dat valt. Weer dat geknal dat niet door ballonnen wordt veroorzaakt – ritmisch, als vingers die snel op een bureau trommelen – en dan brekend glas. Een hoog schril gekrijs, niet menselijk.

Het klinkt allemaal gedempt, alsof het geluid te zacht staat, maar het is duidelijk dat er iemand door het gebouw loopt. Iemand die niet bang is om lawaai te maken.

'Sst,' zegt ze tegen Lincoln. 'Geen woord. Stil blijven staan als een standbeeld. Hij komt eraan.'

Lincoln vraagt haar niet wie.

'Sla je armen om me heen,' fluistert ze. 'Doe je ogen dicht en maak jezelf onzichtbaar.'

Zelf wil ze haar ogen ook dichtdoen, maar ze doet het niet. In plaats daarvan stemt ze haar ademhaling af op die van hem. Ze voelt zijn handen door haar haar woelen en tegen haar nek drukken. Ze voelt hem tegen zich aan, van zijn voeten tot zijn voorhoofd.

Hij is niet afstandelijk, zoals jongetjes soms kunnen zijn. Hij is één brok affectie. Hij weet dat hij 's morgens vanaf 7.30 uur bij hen in bed mag komen liggen – zeven-drie-nul noemt hij het – en daar houdt hij zich precies aan. Hoe vroeg hij ook wakker wordt, hij blijft in bed liggen zingen tot het tijd is, en dan pakt hij een armvol knuffels en duwt hun slaapkamerdeur open met de woorden: 'Het is zeven-drie-nul. Ik kom knuffelen.'

Dan tilt ze het dekbed op en spreidt haar armen, en soms duwt hij zijn hoofd tegen haar schouder of hals, knijpt zijn ogen dicht en zegt *Ik ben onzichtbaar*, en ze zou willen dat het zo werkte. Dat ze hem nu tegen zich aan kon trekken en kon laten verdwijnen.

Nog een kreet vanuit het gebouw. Gek genoeg lijkt die op het geluid van een papegaai, hoewel er daarbinnen geen papegaaien zijn.

Lincoln haalt vochtig en luidruchtig adem door zijn mond. Een plastic zak wordt door de wind over het hek geblazen, opzwellend en weer samentrekkend als een kwal in de golven.

Ze ademt in en uit, in en uit.

Ze denkt dat ze voetstappen zal horen – daar luistert ze naar, want zo gaat het in verhalen, maar ze hoort helemaal geen zware, klossende voetstappen. Ze was ervan overtuigd dat hij laarzen zou dragen, zwaar, luidruchtig schoeisel, maar het blijft juist seconden lang stil, tot ze de zucht hoort van de glazen deur die wordt opengeduwd – het is een veel complexer geluid dan ze zich ooit heeft gerealiseerd, een langgerekt, fluitend geluid, een kort gekreun en het naar binnen zuigen van lucht – maar zelfs na het klaaglijke geluid van de opengaande deur klinken er geen voetstappen.

Wel hoort ze het zachte geluid van de deur als die zich weer sluit, en daarna is het opnieuw stil, en ze kijkt naar het gaas aan de andere kant van het hok, naar de pijnbomen, kijkt of ze de zwevende plastic zak nog ziet, maar in plaats daarvan ziet ze een blad in de lucht zweven, gevangen in een spinnenweb. Ze begint zich af te vragen of er misschien niemand was, of het slechts de wind was, of zelfs dat ze zich die geluiden heeft ingebeeld.

Dan hoort ze de stemmen, de ene zachtjes, de andere luid.

'Niks,' zegt de luidruchtige.

'Heb je nog nooit eerder gejaagd?' vraagt de zachte stem, hees, alsof hij heeft gehoest. 'Je moet je kop houden, idioot!'

Twee. Er zijn twee mannen. Ze moeten op de houten vlonder staan vanwaar je over de verblijven uitkijkt. Dat betekent dat ze maar een meter of drie van Lincoln en haar af staan, en dat alleen de balustrade en die rotsmuur, die zo stevig aanvoelt tegen haar rug, tussen hen in zitten.

Onwillekeurig vormt ze zich op grond van die paar geluidsfragmenten een beeld van hen. De zacht sprekende doet haar denken aan een lange jongen die op de middelbare school bij haar in de klas zat bij wiskunde. Die was superslim maar meestal stoned, en zijn haar was altijd te lang in de nek en rafelig geknipt. Hij zei nooit iets, behalve als hem iets werd gevraagd, en wanneer de lerares hem aansprak was dat altijd omdat ze had gezien dat hij naar het plafond zat te staren of zijn schoenveters strikte, of op een andere uitdagende manier haar les ondermijnde, en dan kefte mevrouw Vinson op scherpe, geërgerde toon zijn naam en stelde hem een specifieke vraag waarop hij onmogelijk het antwoord kon weten, en toch wist hij het, keer op keer. Hij gaf op al die vragen het juiste antwoord, en hij sprak altijd te zacht, zodat je je moest inspannen om hem te verstaan, en je deed ook altijd je best om hem te verstaan omdat er voortdurend een stille strijd gaande was tussen hem en mevrouw Vinson, om hem ooit op onwetendheid te betrappen, maar dat is haar nooit gelukt.

'Maar als er toch niemand is –' zegt degene die zichzelf graag hoort.

'Géén dieren.'

'Maar dat is toch niet –'

'Géén dieren meer.'

Ze stelt zich voor dat de luidruchtige te zwaar is, en ze vermoedt dat zijn hoofd te groot is voor zijn lijf. Overhemd uit zijn broek, korte dikke vingers. Zo iemand die het gevoel heeft dat hij er niet bij hoort, zodat hij nog meer zijn best doet om erbij te horen, wat alles alleen maar erger maakt.

Ze denkt niet dat het Arabieren zijn, dat heeft ze zich natuurlijk wel afgevraagd. Maar ze klinken niet als dat soort terroristen. Ze klinken als twee onhebbelijke blanke mannen – zijn het niet altijd jonge blanke mannen? – en ze weet niet of dat ze gevaarlijker of juist minder gevaarlijk maakt dan fanatieke jihadisten.

Ze hoort de tweede deur opengaan, de deur die naar de orang-oetans leidt. Ze hoort een piepklein geluidje van Lincoln, hij beweegt zijn hoofd, en ze weet dat hij op het punt staat haar naam te zeggen – of liever gezegd 'mama', want dat is nu eigenlijk haar naam geworden – en ze fluistert dat hij stil moet zijn en streelt zijn hoofd, en hij zegt niets, maar ze vraagt zich af hoelang dat zal duren.

Zijn tennisschoen port in haar dijbeen.

Het blaadje wiegt onmogelijk traag in het spinnenweb en ze wil dat het ophoudt, want ze verdraagt die beweging niet. Ze wil dat alles stil is.

Ze wil dat de hele scène verandert in een schilderij waarin niemand beweegt.

'Heb jij nooit een leeuw willen schieten?' vraagt de luidruchtige man. De zware. 'Of op safari willen gaan? Vast wel.'

'Dat was geen leeuw.'

'Nee, maar wat was het eigenlijk voor beest? Helemaal zwart met wit, met die lange haren en die tanden. Dat was geen aap.'

Het was een franjeaap, denkt ze. Ze houdt van die witte baarden en droevige ogen van ze, en hoe hun vacht als een gordijn omlaag valt als ze aan hun armen hangen. Ze bungelen aan hun schommels in een kooi in de hoek, tussen de lemuren en de gibbons.

'Hou je kop,' zegt degene die als haar oud-klasgenoot klinkt.

'Er is niemand meer over,' zegt de luide stem. 'En echt man, zoals dat zwijn uit elkaar spatte, je moet echt –'

'Hou je kop. Er lopen er nog een paar rond. Kom op.'

Ze voelt de spanning in haar spieren, de manier waarop haar lichaam zich tot een huls heeft verhard. Ze klemt haar kaken weer op elkaar. Lincoln trommelt met zijn vingers een ritme tegen haar nek, heel lichtjes, maar verder is hij doodstil.

'Eigenlijk is het vals spelen met zo'n ding,' zegt de stille geïrriteerd. 'Wat is daar nou aan? Je schiet er dertig kogels achter elkaar mee af, dat is toch geen kunst?'

'Jaloers?' vraagt de luidruchtige man.

Waarom staan ze hier nog steeds te praten? Waarom lopen ze niet naar binnen door die deur die ze eeuwen geleden hebben opengedaan?

'Ben je soms blind, schat?' vraagt de luide stem, nu opeens veel harder. Zo hard dat ze een schrikbeweging met haar hoofd maakt. 'Ben je een molrat die in de vuiligheid wroet? Ben je een verneukte blinde vis of een verzameling kronkelende, krioelende larven?'

'Ik ben niet blind,' zegt de zacht pratende, en de ergernis is uit zijn stem verdwenen. Maar zijn stem klinkt niet meer als zijn stem. Hij praat langzamer en met een lagere stem. Alsof hij een rol speelt. 'Ik denk na.'

'Dat komt op hetzelfde neer, schat.'

Er is iets vreemds met ze aan de hand, denkt ze. Met hun stemmen. Met dat 'schat'.

'Denk je echt dat er nog meer zijn?' vraagt de luide stem.

Hij klinkt weer gewoon, zonder een spoor van dat lijzige dat ze zojuist nog in zijn stem hoorde. Ze wacht tot de zachte stem antwoordt, maar hij zwijgt. De stilte is veel erger dan het praten. Hebben ze iets zien bewegen, hebben ze haar haar boven de rotsen uit zien steken? Heffen ze op dit moment hun geweer, zwaaien ze een been over de balustrade om eroverheen te springen? Of heeft de stille alleen geknikt? Staan ze daar hun veters vast te maken of trekken ze hun paardenstaart even strak? Hebben ze wel een staartje, en hoe zit het met messen, en zijn ze slim, dom of krankzinnig, en hebben ze een plan of een strategie, zijn ze suïcidaal of sadistisch en wat willen ze eigenlijk?

Hoe moet ze dat soort dingen te weten komen? Ze kan ze niet eens zien. De vijand is vlakbij, en dit is haar kans om dingen te weten te komen – iets, wat dan ook – waardoor ze dit hele gedoe kan bevatten, maar alles wat ze heeft zijn losse stukjes – apen en schatjes en kansrekening – maar niks past in elkaar.

Ze hoort de houten vlonder onder hun voeten kraken.

'Kom op,' zegt de stille.

'Tot uw orders, meneer!'

Proestend gelach. Dan gaat de deur dicht met een lucht zuigend *fffwoep*, gevolgd door een kleine echo. Ze beseft dat ze een laag, aanhoudend *sst*-geluid tegen Lincolns oor maakt. Ze klinkt als een kind dat de wind nadoet. Maar ze stopt niet want hij houdt zich nog stil, en ze wil niet dat hij al gaat praten. Haar armen klemmen zich steviger om hem heen. Als ze kon zou ze hen allebei voor een uur of twee bevriezen, voor een dag, voor altijd, of zo lang dat hij zich het geluid van die stemmen niet meer kan herinneren.

Lincoln schokt in haar armen, de bovenkant van zijn hoofd tikt tegen haar kaak.

'Ik heb de hip,' fluistert hij.

Ze doet haar mond open, maar er komt alleen een zacht gekreun uit. Ze slikt en probeert het opnieuw.

'Sst,' zegt ze.

'Ik heb de hip,' herhaalt hij, nog zachter.

'O,' weet ze uit te brengen.

Het is een van de eerste woordgrapjes waarmee hij kwam; hij bedoelt dat hij de hik heeft. Eerst beschouwde ze het als zijn eerste grap, maar ze herinnert zich nu – terwijl ze zich concentreert op zijn gezicht en op zijn adem, die naar amandelboter ruikt, van het tussendoortje dat hij moet hebben gegeten – dat hij voordat hij ook maar kon praten deed of hij vooroverboog en van haar koffie dronk, zodat ze zou zeggen: 'Baby's mogen geen koffie drinken!' En dan kreeg hij de slappe lach.

Hij vond het ook ontzettend grappig om op een boek te gaan staan.

Ze duwt hem iets van zich af en laat hem op haar knieën zitten.

'Probeer je adem in je mond te houden en slik hem dan in,' fluistert ze.

'Ik heb de hip,' zegt hij weer, met een frons.

Ze kijkt hem een paar keer aan voordat het tot haar doordringt: ze lacht altijd om zijn grapje met de hip. Dát is het. Hij weet dat ze altijd lacht, en nu niet, daarom probeert hij het opnieuw.

'Gekkie,' fluistert ze, en ze maakt een geluid waarvan ze hoopt dat het voor een lach kan doorgaan.

Schoten weerklinken. Ze doen haar niet meer denken aan knappende ballonnen. Ze krimpt in elkaar, en tegelijk beseft ze dat het geluid niet echt van dichtbij komt. Maar ze klinken wel vlak achter elkaar, met amper een pauze ertussen.

Ze denkt aan de zachte stem die tegen de harde stem zegt dat hij vals speelt. Dertig kogels achter elkaar.

Lincoln hikt weer. Hij zegt niets over de schoten, net als zij.

Ze staart voor zich uit. Alleen de bomen bewegen.

Plotseling komt haar telefoon tot leven. Hij rammelt op de harde grond en maakt zijn aanwezigheid kenbaar, ook al staat het geluid uit. Ze kijkt naar het oplichtende schermpje en pakt hem op om een eind te maken aan het gezoem.

Binnenkort is het pikkedonker en wordt het schermpje nog beter zichtbaar. De telefoon wordt nu echt een probleem.

IK STA NU VOOR DE DIERENTUIN, schrijft haar man. POLITIE HEEFT ALLES AFGESLOTEN, MAAR STA NU MET CA. TIEN ANDEREN IN ESSEX STREET, ALLEMAAL WACHTEN WE OP IEMAND DIE NOG BINNEN IS. ER MOETEN DUS NOG ANDERE MENSEN BINNEN ZIJN. POLITIE LAAT NIKS LOS.

Ze leest het bericht en overweegt hoeveel ze hem moet vertellen. Ze weet dat er andere mensen zijn. Die heeft ze op de wandelpaden zien liggen. En de politie heeft het mis: er is niet slechts één schutter. Dat moet ze hem laten weten, maar dat betekent ook dat ze hem moet zeggen dat de mannen zo dichtbij waren dat zij ze bijna aan kon raken.

Ze moet hem antwoorden.

ZIJN ZE AL IN DE DIERENTUIN? DE POLITIE? typt ze.

WEET IK NIET. KAN DE INGANG NIET EENS ZIEN. WE MOETEN HIER WACHTEN, ZE HEBBEN HET ONDER CONTROLE, ZEGGEN ZE. WEET NIET WAT IK VERDER NOG KAN DOEN.

Ze voelt een vertrouwde vlaag van irritatie opkomen – ze vermoedt dat hij eigenlijk van haar verwacht dat zij hem nu zegt wat hij moet doen. Soms heeft ze het gevoel dat zij overal aan moet denken: wat Lincoln mee moet nemen voor zijn uitje met de crèche, wanneer de man van de ongediertebestrijding langskomt, wanneer de melk bijna op is, en waarom is zij verantwoordelijk voor duizend-en-een kleine dingetjes en waarom vindt Paul het wel best om het allemaal aan haar over te laten? Wil hij haar zelfs nu meer verantwoordelijkheid toeschuiven? Haar met een schuldgevoel opzadelen?

Ze kijkt naar zijn berichtje – de onpersoonlijke zwarte lettertjes zijn onverdraaglijk.

En tegelijkertijd verlangt ze naar zijn handschrift. Hij laat elke ochtend een briefje voor haar op het aanrecht achter: *Ik hou van je, vooral van je billen* en *Jij bent mijn eerste keus.* Hij zet koffie voor haar zodat die warm is wanneer ze opstaat, ook al drinkt hij zelf geen koffie.

Op de dansvloer danst hij het meest ontspannen van iedereen die ze kent.

ZITTEN HIER GOED, typt ze. IN ELK GEVAL GEEN MASCOTTES HIER.

SLECHTST MOGELIJKE SCENARIO, antwoordt hij direct.

Daar moet ze bijna om glimlachen.

ONLINE HADDEN ZE HET OVER ÉÉN SCHUTTER. HET ZIJN ER TWEE. IK HOORDE ZE LANGSLOPEN, typt ze.

Het duurt langer dan ze verwacht voor hij reageert. Hij haalt zich vast nog ergere dingen in het hoofd, hoewel hij weet dat die niet zijn gebeurd.

LANGS JULLIE GELOPEN?

ZE HEBBEN ONS NIET GEZIEN. MAAR ZEG POLITIE DAT HET ER TWEE ZIJN. HEB ALLEEN STEMMEN GEHOORD. NIETS GEZIEN.

ZAL HET ZEGGEN, typt hij.

Ze weet dat hij meer wil zeggen, maar ze geeft hem de kans niet. Ze typt dat ze moet opletten en dat ze van hem houdt, en hij stuurt haar IK OOK VAN JOU en dan gaat het telefoonscherm weer op zwart. Dat lucht haar op.

'Hips over?' vraagt ze aan haar zoon.

'Dat denk ik wel,' zegt Lincoln.

Ze probeert zichzelf in de juiste stemming te brengen om tegen hem te praten – zachtjes, zo zacht mogelijk –, om ervoor te zorgen dat alles normaal en oké lijkt. Een belangrijk deel van het ouderschap bestaat uit het veinzen van stemmingen die je op dat moment niet echt voelt. Die gedachte heeft ze vaker gehad, als ze urenlang moest luisteren naar plastic poppetjes die een strijd uitvochten, maar nu lijkt het of al die eeuwigdurende veldslagen een zegen waren: misschien waren ze wel een goede oefening.

Ze kan goed doen alsof. Dat gaat ze zo direct weer doen.

Ze staart naar het gras. Ze denkt dat ze een slang ziet, maar het is maar een stok. De sirenes zijn ook weer begonnen, maar nu komt het geluid zeker niet van het parkeerterrein. Het zwelt aan, het komt steeds dichterbij. Ze denkt een brandweerauto te horen – of twee of drie brandweerauto's – geen politieauto, hoewel ze niet weet hoe ze het verschil tussen die twee zou moeten omschrijven.

Toen hij nog geen goede zinnen kon maken, belde Lincoln de brandweer altijd vanuit zijn autostoeltje, met zijn plastic telefoontje met een echt lichtje in zijn vuistje geklemd. *Dag brandweerman. Grote brand in grote stad. Helm mee. En laarzen. En jas. En bijl. En slangen.*

Ze snapt niet helemaal waarom ze niet in het hier en nu kan blijven. Bij dit kind. Ze lijkt vastbesloten vroegere versies van hem op te diepen, die wiebelig en warm om haar heen zweven.

'Ik hoor sirenes,' zegt hij.

'Ik ook,' zegt ze.

Hij knikt. 'Staat de dierentuin in brand? Door de geweren?'

'Dat denk ik niet.'

'Misschien hebben die mannen bommen.'

'Ik denk van niet.'

'Waren dat de slechte mannen?' vraagt hij. 'Die we hoorden praten? Die ene die het over dieren had? En larven?'

Ze herinnert zich dat hij op de crèche over larven heeft gehoord. Misschien hadden ze het over insecten. Hij luistert, denkt na en laat een idee ronddraaien in zijn hoofd, alsof hij een steen aan het polijsten is, en dan komt hij naar buiten met het voltooide product. Ze dacht eerst dat hij zweeg omdat hij werd afgeleid door de hik, maar hij was zijn andere gedachten aan het oppoetsen.

'Dat waren de slechte mannen,' bevestigt ze.

'Maar ze lachten.'

Daar heeft hij moeite mee in verhalen. Hij denkt dat slechteriken niet mogen glimlachen. *Hoe kunnen slechte mensen vrolijk zijn?* vraagt hij dan.

Ze strijkt met haar vinger over zijn knokkels.

'Weet je nog dat slechte mensen soms vrolijk worden als ze andere mensen pijn doen?' vraagt ze, en terwijl ze dat vraagt herinnert ze zich dat hij een keer tegen haar zei: *Maar mama, we lezen over slechte mensen maar ik ken geen slechte mensen. Ik ken alleen maar lieve mensen.*

'Lachten die mannen dan omdat ze het leuk vinden om mensen pijn te doen?' vraagt hij.

'Ja,' antwoordt ze.

Hij schudt zijn hoofd en zegt: 'Schurken.'

Ze ziet de kalme, bedachtzame uitdrukking op zijn gezicht. Zijn lange wimpers maken een duikvlucht als hij met zijn ogen knippert, en alles aan hem is rond, mollig en zacht. Hun kinderarts noemde hem 'objectief gezien een mooi kind'.

Toen Lincoln net was geboren zei ze dat hij de George Clooney van de baby's was. Paul zei op zijn beurt dat Muddles de George Clooney van de teckels was, waarop zij natuurlijk zei dat Paul de George Clooney van de echtgenoten was, en hij had toen weer gezegd dat ze zich met George Clooneys had omringd. Die dag had ze geprobeerd kokossoep te eten terwijl Lincoln op haar schouder in slaap was gevallen, en omdat ze soep op zijn rug gemorst had hij de hele middag naar citroengras geroken.

Het gaat harder waaien. Ze voelt dat ze kippenvel krijgt.

'Heb je het koud?' vraagt ze aan Lincoln.

'Nee,' zegt hij.

Waarschijnlijk klopt dat. Hij is net een oventje.

'Zeg het maar als je het koud krijgt,' zegt ze.

'Ja.'

Was het maar zo eenvoudig. Kon ze maar geloven dat hij haar altijd zou zeggen wat hij nodig had. Wat hij dacht. Wat hij wilde.

Er zit kippengaas om de stam van de bomen in het verblijf. Het dode stekelvarken moet van de bast hebben gegeten. Op het gras ligt een dun laagje dennennaalden; dat merkte ze pas toen ze gingen zitten, maar nu voelt ze de scherpe punten in haar benen en handen prikken. In de verte hoort ze een helikopter en ze speurt de lucht af, maar ziet niets. Ze hoort ze vaak, die helikopters, op weg naar ziekenhuizen in het centrum, en het ritme van de wieken heeft altijd zowel iets geruststellends als iets angstaanjagends. Het geluid betekent dat er iemand ernstig gewond is geraakt – een moeder aangereden door een tientonner? een tiener die van een brug is gesprongen? – maar het betekent ook dat er een protocol in werking is getreden, dat er aan een oplossing wordt gewerkt.

De helikopter sterft weg, en er is een ander geluid. Seconden lang probeert ze de helikopter nog te volgen, ingespannen luisterend, niet bereid het geluid los te laten. Maar uiteindelijk moet ze wel, want het andere geluid wordt steeds luider.

Er huilt een baby.

Een baby.

Ze wil het eerst niet geloven, maar het gehuil wordt steeds luider en ze weet dat er geen andere verklaring voor het geluid is. Het klinkt niet als een echte zuigeling – het gejammer klinkt roestig en nasaal, meer als een babypop die in zijn buik wordt geknepen.

Ze weet dat het geen pop is.

Ze ziet een beweging buiten het hek, bij het bamboe. Eerst ziet ze alleen een lichte verschuiving in de duisternis, het zou ook een wuivende boomtak kunnen zijn, maar dan maakt een gestalte zich los van de schaduwen, en die gestalte is een vrouw met lang, wapperend haar. Ze loopt aarzelend, met haar armen voor haar borst. De vrouw is nog maar een schaduw, zodat Joan niet kan zien of ze iets in haar armen heeft of dat ze alleen een dikke trui of een tas draagt.

Maar door het gehuil wordt het duidelijk. Het is geen tas die de vrouw tegen haar borst klemt.

'Ik hoor een baby,' zegt Lincoln.

'Sst,' zegt ze. 'Stil.'

'Waarom is er een baby?'

Joan ziet de vrouw langs het bamboe lopen en ze meent een gemompel te horen, maar misschien is dat alleen de herfstwind. Ze vermoedt echter dat de vrouw de baby probeert te sussen, want ze maakt van die kleine beweginkjes die bij sussen horen: lichtjes verend, zelfs onder het lopen. Wiegend vanuit de heupen, met één hand een donzig hoofdje aaiend. Maar de baby wordt niet stiller, hoewel het geluid nu iets meer gedempt lijkt, niet meer zo doordringend, en Joan weet dat de moeder – het zal de moeder toch wel zijn? – het kleine gezichtje tegen haar schouder drukt.

'Ik zie hem,' piept Lincoln. 'Daar is hij.'

Ze slaat een hand voor zijn mond. Doordat ze zijn lippen tegen haar vingers voelt ervaart haar lichaam de herinnering des te sterker – ze herinnert zich weer hoe het was om hem tegen haar borst te houden, toen hij zijn beentjes nog helemaal optrok, zo compact, de vetplooien die dichter tegen elkaar aan werden gedrukt, zijn zachte hoofdje in de kromming van haar elleboog dat zo volmaakt tegen haar aan paste, en hoe het voelde om hem stil te krijgen als hij huilde.

Nu worstelt hij om haar hand los te trekken. Ze laat hem los.

'Sst!' zegt ze.

Vroeger belandde zijn mond soms als een zuigvis op haar kin. Ze droeg hem dan op haar arm, dicht tegen zich aan, terwijl ze met hem rondliep en hij heen en weer wiebelde alsof zijn ruggengraat van rubber was.

'Alsjeblieft!'

Het is één woordje dat door de lucht zweeft. De vrouw heeft het vast tegen de baby, niet tegen iemand van wie ze zich inbeeldt dat hij meeluistert. In dat ene woordje klinken paniek en een honderdtal andere emoties door.

'Wat doen ze?' vraagt Lincoln, eindelijk op fluistertoon.

'Zich verstoppen,' zegt ze in zijn oor. 'Net als wij.'

De moeder en de baby staan een meter of tien, twaalf van waar Lincoln en zij tegen elkaar aan zitten. Joan zou ze makkelijk kunnen roepen. Ze zou de vrouw kunnen zeggen dat de mannen waarschijnlijk nog in de buurt zijn. Ze kan haar waarschuwen dat ze buiten moet blijven en geen stap in een van de binnenverblijven moet zetten, omdat de mannen daar op jacht zijn. Ze zou deze schuilplaats met de vrouw kunnen delen, die, beseft ze nu, een van de veiligste schuilplaatsen van de dierentuin is, waar geen mens ze zal zoeken. Deze plek heeft haar al een keer gered.

Maar de baby huilt zo hard.

Als ze haar aanwezigheid kenbaar maakt, zal de vrouw er natuurlijk bij willen. Ze zal naast haar willen zitten en die veilige plek met haar willen delen.

Maar de baby huilt zo hard.

Als een vrouw met een kind hulp zoekt, wie zegt er dan nee?

Als Joan vrouwen met een baby ziet wordt ze jaloers op ze, verlangt ze naar het gewicht in haar armen en wil ze het liefst de baby van de onbekende optillen en aan zijn hoofdje ruiken en met haar vinger over zijn handpalm strijken, want ze vond het zo heerlijk, dat gevoel van een klein lijfje tegen zich aan, en ze vraagt zich weleens af of ze tegen Paul moet zeggen dat ze heel graag nóg een baby wil, ook al waren ze het erover eens dat één genoeg is. Wanneer ze een vrouw ziet met een kleintje in haar armen wil zij dat ook.

Dat baby'tje met een hoofdhuid als zijdepapier. Een klein gretig mondje. De slaande bewegingen van zijn handjes.

Ze roept niet. Ze zegt geen woord.

In plaats daarvan kijkt ze toe hoe de vrouw langs het bamboe schuifelt, de hele tijd wiegend vanuit de heup. De baby wordt niet stil. En dan zijn de gestalte en het geluid weg, en zijn Lincoln en zij weer alleen.

18.17 uur

'Mama, ik moet plassen.'

Deze jongen heeft een blaas van staal. Hij hoeft bijna nooit naar de wc.

'Kun je plassen als een puppy?' fluistert ze.

'Ik wil niet plassen als een puppy. Het is te donker.'

Hij heeft gelijk: het is donker, de lucht is blauwzwart. Ze kan haar hand voor haar gezicht zien, maar alleen de omtrek ervan.

'Je ziet meer dan genoeg,' zegt ze.

'Ik wil op het potje,' zegt hij, veel te hard. 'Een echt potje. Met iets om door te trekken.'

'Luister,' zegt ze. 'De slechte mannen lopen nog rond. Ik wil dat je heel stil doet, zodat ze ons niet vinden. Als de politie er is gaan we naar huis, maar nu moet je even plassen als een puppy.'

Hij denkt na. Toen ze bezig waren hem zindelijk te maken, wilde hij maandenlang alleen op het potje als hij zijn fietshelm op mocht.

'Misschien horen ze me plassen,' zegt hij. 'Misschien schieten ze me dood.'

Ze krijgt een branderig gevoel in haar neus – een voorbode van tranen, en van die gedachte raakt ze vreselijk in paniek. Hij mag haar niet zien huilen.

'Nee, ze horen je niet,' zegt ze. 'Ik ben hier.'

En ik kan kogels tegenhouden, wil ze nog zeggen. *Ik zorg ervoor dat je niks gebeurt en ik ben sterker en sneller dan welk gevaar ook.* En het punt is dat ze dat niet eens hoeft te zeggen, want hij gelooft het, en zelf zou zij er ook graag in geloven.

Zijn onderlip trilt en ze ziet dat zijn schouders beginnen te schokken. Voor het eerst ziet ze de angst op zijn gezicht.

'Mama,' zegt hij terwijl hij naar haar toe komt, 'ik wil knuffelen.'

Afgezien van de ochtendroutine heeft hij dit lang niet gedaan – het is het codewoord waarmee hij vroeger liet merken dat hij zenuwachtig was, wanneer hij bijvoorbeeld een volle kamer binnenstapte waar hij niemand kende. Ze spreidt haar armen en hij nestelt zich tegen haar aan, zijn gezicht in haar hals. Ze hoort hem ademen en zijn mond voelt vochtig aan tegen haar huid. Zijn handen woelen door haar haar. Als baby hield hij haar haar vast onder het voeden, en op een gegeven moment droeg ze haar haar niet meer in een paardenstaart omdat zijn vingertjes zoekend in de lucht graaiden.

'Je bent mijn jongen,' zegt ze.

Ze voelt dat haar schouders ontspannen als ze zijn gewicht absorbeert. Het is mogelijk dat dit iets akeligs over haar zegt, dat zijn afhankelijkheid van haar haar geruststelt. Hij wrijft met zijn neus langs haar kaak en ademt iets te snel. Hij buigt iets naar achteren en ze voelt een draad snot langs haar kin lopen.

Hij wrijft met zijn natte neus over haar sleutelbeen.

Ze trekt aan de hals van haar T-shirt, rekt de katoen uit en veegt het snot weg. Soms verbaast het haar nog steeds dat ze daar niet van walgt. Niet als het van hem is.

Dit is een totaal ander soort intimiteit dan je bijvoorbeeld met een minnaar hebt. Met het lijf van je minnaar ben je volkomen vertrouwd, je hebt het idee dat zijn lijf van jou is en het jouwe van hem, en je voelt je volkomen vrij om je hand op zijn dij te leggen of hem te zoenen op de manier die hij het lekkerst vindt, en in bed mag hij zich onbekommerd tegen je aan vlijen, bekken tegen bekken, maar uiteindelijk blijven jullie twee verschillende lijven, en het plezier komt juist voort uit dat verschil.

Met Lincoln is de scheidslijn tussen hun twee zelven vager. Ze doet hem in bad en veegt alle mogelijke lichaamssappen af, en hij steekt zijn vingers in haar mond of houdt zich in evenwicht met zijn hand op haar hoofd. Hij inventariseert haar sproeten en moedervlekken even nauwgezet als hij zijn eigen schaafwondjes en blauwe plekken bijhoudt. Hij weet nog niet helemaal dat hij geen onderdeel is van haar. Nog niet. Nu kan hij nog evenveel recht doen gelden op haar arm als op die van hemzelf; haar ledematen zijn net zo goed zijn ledematen.

Ze zijn uitwisselbaar.

'Moet je nog plassen?' vraagt ze met haar mond tegen zijn slaap.

'Ik kan het nog wel even ophouden.'

'Nee,' zegt ze. 'Ik weet niet wanneer we in de buurt van een wc zijn. Ga nu maar. Het is goed.'

Hij schudt zijn hoofd.

'Ik sta vlak naast je,' zegt ze. 'Je kunt gewoon hier plassen.'

'Waar we zitten?' vraagt hij verschrikt.

'Nee, daar. Zie je dat bosje daar?'

Ze voelt zijn hoofd omhoogkomen en draaien.

'Ik moet mijn schoenen uitdoen,' zegt hij, en als hij haar loslaat weet ze dat ze hem heeft overtuigd.

'Sst. Een beetje zachter. Doe je schoenen maar niet uit.' Het wordt allemaal een stuk ingewikkelder als zijn schoenen uit moeten. 'Dan sta je met je blote voeten in de viezigheid.'

Af en toe heeft ze totaal geen vat op hem, maar er zijn ook momenten dat hij net een kamer is die ze zo goed kent dat ze er in het donker haar weg kan vinden.

'Viezigheid voelt niet fijn aan mijn voeten,' zegt hij.

'Dat weet ik.'

Hij loopt naar precies dat bosje dat zij heeft aangewezen, trekt zijn broek omlaag en zorgt ervoor dat hij zijn schoenen niet aanraakt. Als hij eenmaal op gang is duurt het geluid van zijn plas tegen de plant een eeuwigheid, en even vraagt ze zich af of ze ongelijk had toen ze zei dat het geen lawaai maakte. Maar eindelijk is hij klaar en maakt hij zich zorgen dat hij een paar druppels op zijn schoenen heeft gekregen, en ze zegt dat dat niet erg is en geeft hem een vochtig doekje uit haar tas om zich mee schoon te maken.

'Mama?'

'H-hm?'

'Ik wil hier niet meer blijven.'

'Dat weet ik, lieverd. Veeg je handen maar schoon.'

Lincoln staart naar het vochtige doekje dat hij tussen duim en wijsvinger houdt, zonder zich te verroeren.

Ze staart in de duisternis, haar ogen glijden naar een paar verlichte punten: de gloed van een lantaarnpaal vlakbij, het zwakkere schijnsel van een licht achter de bomen, de maan. Ze kijkt op haar telefoon. Door de duisternis is alles weer anders geworden, beseft ze. Ze heeft zich steeds vooral zorgen gemaakt over het lawaai dat het ding maakt, maar het geeft ook licht. Licht is nu schaars en trekt de aandacht. Maar er zal toch wel nieuws zijn, nu. Op een gegeven moment loopt ze toch meer risico als ze juist níét op haar telefoon kijkt? Ze vouwt haar handen om de telefoon om het licht af te schermen, en als ze hem aanzet is het licht veel te fel en tegelijkertijd heerlijk vertrouwd. De hele wereld zit daar in dat kleine rechthoekje.

Ze buigt haar bovenlijf over de telefoon. Maar als ze naar dezelfde nieuwssite gaat als eerst staren dezelfde twee korte alinea's haar aan. Ze kijkt vergeefs op een paar andere sites met plaatselijk nieuws, en besluit op het laatst nog even op de site van CNN te kijken. Daar ziet ze een foto van de ingang van de dierentuin, een veel te mooie pr-foto met in de hoek de kop LAATSTE NIEUWS en een onderschrift: 'Schietincident in Belleville-dierentuin naar verluidt uitgelopen op gijzeling'.

Ze voelt het vochtige doekje tegen haar kuit.

'Ik wil mijn handen niet afvegen,' verklaart Lincoln.

'Sst. Fluisteren. Mama is iets aan het lezen.'

'Ik wíl mijn handen niet afvegen!' roept hij, zo hard dat ze achteruitdeinst.

'Stil!' sist ze en ze smijt haar telefoon in haar tas. 'Te hard! Straks horen ze je.'

Hij staart haar aan, en ze zucht diep. Ze pakt zijn niet afgeveegde hand en trekt hem naar zich toe. Als ze begint te praten is ze gekalmeerd.

'Je weet dat we zachtjes moeten doen,' fluistert ze. 'En als we naar de wc zijn geweest, wassen we onze handen altijd. Anders worden we ziek.'

Terwijl ze het zegt weet ze niet waarom ze met hem in discussie gaat over hygiëne.

Een gijzeling.

Gijzelaars.

'Ik wíl ziek worden,' zegt Lincoln. 'Ik vind het fijn om ziek te worden.'

Ze knikt langzaam. Hij begint weer harder te praten. Ze laat haar gedachten voor wat ze zijn en richt haar volle aandacht weer op hem. Ze kan het hem niet kwalijk nemen dat hij tegendraads is. Ze verstoppen zich hier in de vuiligheid voor gewapende mannen. Maar het is ook etenstijd, en zijn stemming hangt samen met zijn bloedsuikerspiegel. Als hij echt honger begint te krijgen loopt het onvermijdelijk uit de hand. Als ze hem niet te eten kan geven, gaat hij jammeren en huilen en misschien wel schreeuwen.

'Vind je het fijn om ziek te worden?' vraagt ze.

'Ja,' zegt hij uitdagend.

Te hard te hard te hard. De angst borrelt weer op en ze slikt hem weg.

'Sst,' zegt ze luchtig. Tactvol. Alsof ze precies één eetlepel hoestsiroop afmeet of een klit in zijn haar ontwart – aanraking is alles.

'Weet je, Superman wordt nooit ziek.'

'Jawel hoor, van kryptoniet,' antwoordt hij, en ze voelt een golf van triomf, ze stelt zich voor dat Edmund Hillary zich zo voelde toen hij de top van de Mount Everest bereikte.

'Groen kryptoniet,' verduidelijkt hij. 'Zoals in *Doom in a Tube* en *Skrag the Earth Conqueror*.'

'Ik vind die met Skrag leuk,' zegt ze.

Ze ziet de verandering op zijn gezicht nog voordat hij zijn kin opheft en zijn schouders naar achteren trekt. Hij wordt nu echt opstandig.

'Die vind ik niet leuk,' zegt hij.

'Nee? Ik dacht dat dat een van je favorieten was.'

'Die vind ik het minst leuk.'

Ze wil hem geen reden geven om zich tegen haar af te zetten.

'Oké,' zegt ze.

'Het is een rotboek.'

'Oké. Zachtjes praten.'

'Het is het stomste boek dat ik ooit heb gelezen.'

Als hij boos genoeg is gaat hij ruzie zoeken. Ze wrijft met een hand over haar gezicht, en voelt tot haar genoegen dat haar huid elastisch aanvoelt. Ze drukt op haar oogleden, haar ogen voelen stevig aan onder haar vingers, en wanneer ze uiteindelijk haar hand weghaalt en haar droge lippen likt, proeft ze stof en zout, niet onaangenaam.

'Wil je met je mannetjes spelen?' vraagt ze.

'Nee,' zegt hij, iets te snel.

Als hij te snel antwoordt, telt het niet. Ze wacht. Ziet hoe zijn gedachten over zijn gezicht gaan.

'Ja, alsjeblieft,' herstelt hij zich.

En dan is die duistere, dwingende kant van hem verdwenen. Net zo snel verdwenen als hij is verschenen, en zo werkt het altijd. En hij zal weer even snel opduiken. Maar dat lost ze dan wel weer op wanneer het zover is.

Ze doet haar tas open en zoekt en graaft er omstandig in, maar pakt met haar andere hand stiekem haar telefoon om er snel een blik op te werpen. Ze maakt zich zorgen om het licht en is tegelijkertijd bang dat Lincoln gefrustreerd raakt als hij niet haar onverdeelde aandacht krijgt, maar ze vermoedt dat er onder de foto van de dierentuin met het onderschrift een link staat naar een uitgebreider verslag. Ze hoeft maar een paar keer met haar duim te vegen om de korte tekst snel te lezen.

INTERVENTIETEAM IS MOMENTEEL TER PLAATSE.

POLITIE GEEFT GEEN INFORMATIE.

TEGENSTRIJDIGE GETUIGENVERKLARINGEN.

Het is nog helemaal geen coherent verhaal. Meer hiaten dan feiten.

'Mama? Mijn mannetjes?' zegt Lincoln met zijn hand op haar schouder.

'Ik ben ze aan het zoeken,' zegt ze, terwijl ze de berichten probeert te doorgronden. Denkt de politie nog steeds dat het om één man gaat? En dat hij zich in een ruimte heeft verschanst? Denken ze daarmee dat het gevaar is geïsoleerd en onder controle wordt gehouden?

'Mama?' vraagt Lincoln opnieuw, luider nu. Zijn stem klinkt licht geërgerd.

Ze draait zich naar hem toe en haalt eindelijk een handvol plastic mannetjes uit haar tas. Ze geeft ze aan hem, en vraagt zich meteen af of dat wel verstandig is – hij is nooit stil wanneer hij zijn verhalen uitspeelt, er zijn altijd veldslagen en ruzies – maar ze weet niets beters te verzinnen.

Als hij lawaai maakt zal ze zeggen dat hij stil moet zijn.

Dat neemt ze zich voor, alsof het altijd zo makkelijk is hem stil te krijgen wanneer zij dat wil.

'Misschien ga ik wel een verhaal verzinnen,' zegt Lincoln, en hij doet zijn best om de mannetjes rechtop te zetten op de ongelijke grond. 'Heb ik de Predator?'

'Dat denk ik wel,' zegt ze, met één hand in de tas zoekend.

Ze doet haar telefoon in haar tas: dan is de kans dat ze een sms'je mist weliswaar groter, maar hopelijk houdt haar tas het licht van het telefoonschermpje tegen. Ze kijkt om zich heen en neemt elke centimeter van het uitzicht in zich op – bomen, bamboe, spoorlijn en open terrein, en ze ziet geen beweging in de schaduwen. Ze hoort in de verte een schril geluid, dat zou de huilende baby kunnen zijn. Het is niet voor het eerst dat ze dat hoort. Ze weet niet zeker of het echt is.

'Mama, heb je hem gevonden?' vraagt Lincoln.

Ze harkt met haar vingers over de bodem van haar tas, waar een heleboel actiepoppetjes liggen. Ze voelt haar sleutels en een paar pennen, en onder haar nagels vormt zich een laag prut, ze voelt ook stevige beentjes, armen en helmen. Ze haalt er een uit – nee, dat is Wonder Woman. Die stopt ze weer in de tas en ze zoekt verder.

Aha. De Predator. Ze haalt hem tevoorschijn en veegt een oude rozijn van zijn hoofd.

'Hier,' zegt ze, en ze geeft hem aan Lincoln.

Ze heeft de Predator gekocht omdat hij voor twee dollar in de uitverkoop was bij Barnes & Noble en omdat Lincoln altijd op zoek was naar een figuurtje dat een alien kon spelen. En toen waren ze op een avond al zappend op die oude Schwarzeneggerfilm gestuit, een gekuiste versie zonder schuttingtaal of schokkende beelden, dacht ze, en had ze Lincoln laten kijken, maar tegenwoordig zeggen ze op televisie om de haverklap dingen als *Je bent toch geen mietje* of *Krijg de tering*, dus hoe kun je een kind van vier nog tv laten kijken?

Maar hij vond het niet eng. Hij zag hoe een man die aan een boom was opgehangen werd opengesneden en zei: *O, denk je dat dat zijn ingewanden zijn?*

Hij heeft oog voor lichaamsdelen.

'Denk je dat hij een zombie kan spelen?' vraagt Lincoln, terwijl hij met zijn vinger over het hoofd van de alien strijkt.

'Absoluut,' zegt ze.

Het is mogelijk dat er gijzelaars zijn. Het is mogelijk dat de mannen die zij al schietend door het apenhuis hoorde banjeren nu een paar hulpeloze mensen gevangen hebben genomen, en dat alle doodsangst zich in een enkele nachtmerrieachtige ruimte heeft samengebundeld. Misschien vergist de politie – of CNN – zich alleen wat betreft het aantal schutters. Maar het kan ook zijn dat de politie er helemaal naast zit.

En die mensen die daar bloedend op de grond lagen – sommigen leefden toch nog? Die hebben toch medische hulp nodig? Die hebben zo snel mogelijk politiehulp nodig. En als de schutters nog steeds op jacht zijn in de dierentuin is er geen tijd te verliezen. Geen tijd voor voorzichtigheid.

Dat zou ze de politie kunnen vertellen. Dat kan ze via Paul aan hen doorgeven.

Maar stel nou dat er wel gijzelaars zijn? Dat ze zich vergist en tegen ze zegt dat ze binnen moeten stormen en dat er dan nog meer mensen sterven? Stel dat de schutters zich in een ruimte hebben verschanst en dat Lincoln en zij nu volkomen veilig zijn?

Stel dat de schutters aan de andere kant van dit hek zitten en er een kogel door haar hoofd gaat die ze niet eens voelt, en dat ze niets kan doen om Lincoln te beschermen?

'Zombies hebben een groene huid,' zegt Lincoln.

'Ja,' zegt ze.

Die avond dat ze naar *Predator* keken was hij door het dolle heen. *Gaat de Predator terug naar de ruimte?* vroeg hij, met twee benen op en neer springend op het kleedje in de tv-kamer. *Wat zal ik dan als ruimteschip gebruiken?*

Is de Predator een jongen? Is hij de enige? Heeft hij vrienden? Gaat hij naar de tandarts? Spreekt hij Engels? Kan hij op aarde leven? Kan hij lucht inademen? Is hij echt? Leeft hij in echte oerwouden? Waarom lacht hij op het eind? Bloedt hij net als wij?

Blijf jij altijd mijn mama? vroeg hij vlak nadat ze hadden gezien dat er mannen werden gevild, armen werden afgerukt en ze de hemel hadden zien oplichten door explosies.

Altijd, had ze geantwoord.

En als ik groot ben, ben jij dan nog steeds mijn mama?

Jazeker.

Mag ik nog steeds bij je wonen als ik groot ben?

Ja, dáág, had Paul toen gefluisterd terwijl hij achter de bank langsliep, met zijn warme adem in haar oor. Maar zij had gezegd: *Natuurlijk*.

Want ik wil altijd bij jou zijn, had Lincoln toen gezegd en hij had zijn kleine handje op haar arm gelegd, in de plooi waar de biceps en de onderarm samenkomen.

Natuurlijk wil hij dat niet, maar het is een aantrekkelijke gedachte.

'Mama, weet je,' zegt hij nu, en de Predator, de zombie, lijkt in de aarde te graven, op zoek naar iets. 'Niet alle zombies zijn slecht.'

'O nee?'

'Nee. Sommige zombies zijn politiezombies en die moeten slechte zombies pakken en ze in een groot gat gooien. Dat gebruiken de zombies als gevangenis.'

'Sst,' zegt ze, een tikje te laat. 'Zachter praten.'

Hij speelt verder en zij knikt terwijl ze haar ogen voor de duizendste of miljoenste keer langs de bomen en schaduwen laat glijden. Lincoln manoeuvreert zijn figuurtjes waarschijnlijk meer op de tast dan op grond van wat hij kan zien, hoewel er een flinterdunne maan staat en een lamp in de patio achter hen een zwakke gloed afgeeft. Ze ziet de ronding van zijn hoofd, en het silhouet van de bomen en de daken van het apenverblijf. Alles rondom haar heeft een vorm, al is die nauwelijks te zien. Maar als ze uit hun schuilplaats klimt moet ze heel voorzichtig zijn – kuilen of losse stenen die haar bij elke stap fataal kunnen worden ziet ze niet.

Hoe zouden de wandelpaden in de dierentuin er nu uitzien? Brandt de feestverlichting nog? Zijn er nog meer lantaarns aan gegaan om de weg te wijzen? En als er licht is, dan moet ze dat natuurlijk vermijden. Als ze ergens naartoe zou gaan.

Als zíj ergens naartoe zouden gaan.

Het zou eigenlijk heel anders moeten. Ze heeft genoeg over schietpartijen gelezen om te weten hoe die verlopen. De schutter komt binnen en maait met kogels om zich heen, en mensen vallen op de grond, dood of gewond of ze doen alsof, en het is de hel op aarde, maar na een paar minuten is het voorbij, en dan komt de politie en pleegt de schutter zelfmoord of schiet de politie hem dood. Dat is een angstaanjagend patroon, maar het is wel een patroon. Het verloop is voorspelbaar en dat heeft ze altijd het allerergst gevonden. Dit soort moordpartijen komt zo vaak voor dat op lichtkranten altijd min of meer dezelfde tekst voorbij rolt, gevolgd door macabere kiekjes van de schutters, vrolijke vakantiefoto's en Facebookteksten van de slachtoffers, achtergrondinformatie over hoe ze aan de wapens kwamen en verklaringen van de familie van de slachtoffers. Die voorspelbaarheid wil ze nu ook. Ze wil het geijkte patroon.

Dit – dit niets en deze stilte, de lichamen die daar nog steeds op het beton liggen –, dit hoort niet.

Ze moet alles opnieuw afwegen. Moeten ze hier blijven wachten? Zich blijven verschuilen, hoelang het ook duurt? Dat is niet haar enige optie.

Ze weet dat er een omheining rond de dierentuin loopt, maar ze heeft er geen beeld van. In al die uren die ze in de dierentuin heeft doorgebracht heeft ze de omheining vast weleens gezien, ze is er vast rakelings langs gelopen. Maar waar is hij van gemaakt? Harmonicagaas? Baksteen? Hoe hoog is dat ding en zit er prikkeldraad op?

Ze bedenkt dat als ze hier alleen was geweest ze haar geld op die buitenste omheining had gezet.

Paul heeft een hekel aan vliegen. Bij het opstijgen wil hij altijd haar hand vasthouden. Hij schat het aantal vliegtuigen dat van hun vliegveld opstijgt en vermenigvuldigt dat met het aantal vliegvelden in het hele land en berekent op basis daarvan de denkbeeldige kans dat het vliegtuig neerstort. Dat gereken stelt hem gerust.

Ze vraagt zich af hoeveel vierkante meter de dierentuin beslaat. Lincoln en zij nemen nu ongeveer een kwart vierkante meter in beslag. Stel dat de dierentuin 1,5 vierkante kilometer groot is, dat is 1.500.000 m^2; dus als ze Lincoln naar buiten droeg, zouden ze op een willekeurig moment maar zo'n 0,25 m^2 in beslag nemen, zodat er een kans van één op de zes miljoen is dat de schutters op dezelfde plek zijn.

Ze weet dat haar rekensom nergens op slaat.

'Vroeger had ik twee voeten,' zegt Lincoln met een zombiestem. 'Maar niemand heeft er twee nodig. Eén is genoeg.'

Er beweegt iets door de bladeren en de dennennaalden. Even slaat de paniek toe – een heleboel paniekmomenten, allemaal aaneengeregen. Maar dit keer ebt de angst snel weg. Wat het ook is, het is klein. Een vogel of een hagedis misschien.

Als kind was ze dol op de avond. Die was altijd zo weids en open, en het huis van haar moeder was zo benauwd, met al die donkere hoekjes vol dingen waar ze liever niet aan dacht. Maar de duisternis buiten was heel anders. Ze liep graag op blote voeten naar buiten naar het kleine betonnen plaatsje dat als patio diende en ging dan in de aftandse tuinstoel zitten – haar moeder had nooit de moeite genomen om het kussen te vervangen toen het weer erin kwam – en probeerde de geluiden te onderscheiden. Kikkers, krekels en soms een blaffende hond, het geluid van langsrijdende auto's en de kettingen van de schommel, tinkelend in de wind, en ze stond altijd versteld van al die geluiden toen ze daar eenmaal op ging letten.

Dat is hier ook zo. Hier heeft het geluid ook die gelaagdheid. Alleen vervult het geluid haar nu niet met verwondering. Het snijdt haar de adem af.

Ze hoort de huilende baby weer.

18.28 uur

Het is wat harder gaan waaien en er is een nieuw geluid bij gekomen – het lijkt op knikkers die op een keukenvloer vallen. Een eik in de buurt, denkt Joan. Eikels die op het beton stuiteren. Heel even lijken het allemaal kleine, rennende voetjes.

Er ligt iets hards onder haar bil, en ze voelt onder zich en trekt een steen zo groot als haar vuist weg, zeker een stuk puin. Ze mikt hem met een losse polsbeweging opzij, net op het moment dat haar telefoon oplicht in haar tas.

BEN JE DAAR? vraagt Paul.

Ze wil dat haar man hier bij haar is. Ze mist hem heel erg. Natuurlijk wil ze dat niet echt – ze wil niet dat hij ook in gevaar verkeert – maar ze denkt aan de harde rondingen van zijn lichaam, dicht tegen haar aan als ze het licht hebben uitgedaan, lepeltje-lepeltje, dij tegen dij, haar buik tegen zijn ruggengraat.

Ze wil hem niet hoeven antwoorden. Ze wil niets onder woorden hoeven brengen.

Ze krijgt uitstel: er verschijnt een nieuwsbericht op het scherm. Ze voelt een vlaag van hoop, opluchting dat de telefoon eindelijk met echte antwoorden komt. Er is iets gebeurd. De politie komt eraan, de schutters zijn dood. En terwijl de fantasieën nog door haar hoofd tuimelen pakt ze de telefoon en leest ze de woorden, en leest ze opnieuw, telkens weer, omdat ze er geen touw aan kan vastknopen.

TIENTALLEN DODEN BIJ PLOTSELINGE OVERSTROMING IN TEXAS staat er op het scherm.

Het is voor haar niet te bevatten dat er op een andere plek dan hier mensen doodgaan. Het is onbevattelijk dat er een andere plek is dan hier. Ze staart nog steeds naar de woorden terwijl ze het nieuwsbericht van het scherm veegt. Ze werpt een blik op Lincoln, die daar alleen maar zit, met de Predator losjes in zijn hand.

Ze moet Paul antwoord geven.

WE WACHTEN, typt ze. OVERWEEG OF IK IETS MOET ONDERNEMEN.

Ze krijgt niet de tijd om na te denken, want zijn antwoord verschijnt onmiddellijk, en de rechte regels laten geen ruimte voor onzekerheid:

'DAAR BLIJVEN!'

Ze vraagt zich af of hij denkt dat die koeienletters haar zullen overtuigen.

'JE WEET TOCH DAT –' begint ze te typen, maar dan stopt ze en kijkt naar haar vingers, gekromd in het licht, en ze vindt dat ze in die stand op de vingers van een hoeladanseres lijken, en ze is zich er scherp van bewust dat ze haar eigen vingers bewondert.

Een seconde. Twee seconden. Drie seconden.

Ze luistert.

Iets heeft haar doen ophouden met typen. Ze weet dat er *iets* was, maar al snel realiseert ze zich dat dat *iets* een geluid was.

Dan hoort ze het weer. Het is een geluid dat ze zelf ook op de slingerende betonnen wandelpaden heeft gemaakt – het glijden van een schoen over losse steenslag. Geschraap en geschuifel. Mogelijk gefluister. Het komt van het pad achter de omheining, van de uitgestrekte schaduwrijke plek achter hun schuilplaats.

Ze zet snel de telefoon uit en trekt Lincoln naar zich toe. Ze heeft het gevoel dat ze hem altijd wil oppakken, haar handen naar hem uitsteekt, haar armen aanspant, bang dat hij te ver weg is – *niet te ver niet te luid niet te snel* – behalve natuurlijk de momenten waarop hij haar vastpakt, naar zich toe trekt, omdat hij bang is dat zíj te ver weg is.

Mama, optiw, zei hij vroeger altijd toen hij de l nog niet kon zeggen.

Optiw, optiw. Optiw, mama.

Ze tuurt in de duisternis – het is nu pikkedonker – en ze kan niet verder dan hun hok kijken. Ze weet dat daarachter het bamboebos ligt, en de spoorlijn en de betonnen paden, en ze hoopt dat de vrouw met de baby er misschien weer is, of iemand anders die een schuilplaats zoekt, en dit keer, zegt ze tegen God, dit keer zal ze ze roepen en ze helpen en haar schuilplaats met ze delen, als het geluid tenminste van lotgenoten komt.

Ze ziet niets. Maar ze hoort wel wat.

Gefluister nu, onmiskenbaar. Gefluister van mannen, als een radiostation dat slecht doorkomt.

Ze hebben zich dus niet in een ruimte verschanst.

'Stil,' fluistert ze tegen Lincoln, hoewel hij geen geluid maakt. 'Slechte mannen.'

'W –' Hij wil iets zeggen, maar ze gebaart dat hij stil moet zijn en hij gehoorzaamt, en ze doet een schietgebedje en intussen vraagt ze zich opnieuw af of God haar straft omdat ze haar eigen kind belangrijker vindt dan het kind van die andere vrouw. Ze zou het zó weer doen, en hoewel het schuldgevoel als natte wol op haar drukt heeft ze er niet echt spijt van, en soms vraagt ze zich af hoe ze eigenlijk tegenover God staat.

Ze komen dichterbij, denkt ze, waarschijnlijk over het asfaltpad dat evenwijdig aan het spoorlijntje loopt. Ze hoort voetstappen, zo nu en dan geschuifel en geritsel.

De schaduw is ondoordringbaar, roerloos.

Ze denkt niet dat Lincoln en zij zichtbaar zijn. Ze denkt aan de lamp die aan de dakrand boven de vlonder hangt, en ze weet dat die de buitenste rand van het hok verlicht, maar het rotsachtige gedeelte waar zij zich hebben verstopt is volledig in duisternis gehuld. Ze beweegt haar vingers even en kan die beweging nauwelijks waarnemen.

Maar de telefoon. Misschien hebben ze het licht van de telefoon gezien.

'Hier,' zegt een stem, zachtjes, dichterbij dan ze had verwacht, en het is het meest angstaanjagende woord dat ze ooit heeft gehoord.

'Daar?' zegt de andere stem.

'Nee. Hier.'

Ze kan ze nog steeds niet zien. Maar het klinkt alsof ze vlak bij het hek staan – alsof ze er een meter of zes vandaan staan? Of een meter of tien? Maar wel zo dichtbij dat ze elk woord verstaat dat ze zeggen, hoewel ze ingespannen moet luisteren. Ze staan stil, denkt ze. Ze wachten.

Hebben ze haar gezien? Kijken ze nu naar haar en richten ze hun geweer?

Een mot strijkt met zijn zware vleugels langs haar wang. Boven haar kraakt een tak. Haar haar waait in haar mond, maar ze spuugt het niet uit.

'Ik zie niks,' zegt een van hen.

'Sst.'

Ze kijkt omlaag naar de telefoon, die ze onder haar dijbeen heeft geschoven, hoewel ze dat in het donker niet kan zien. Ze is er zeker van dat ze het licht van het schermpje hebben gezien en ze weet ook zeker dat ze net zo lang zullen blijven zoeken tot ze het gevonden hebben. Het is helemaal haar schuld. Ze was zich bewust van het risico en ze heeft het niet zwaar genoeg laten wegen.

De prijs die ze voor haar fout moet betalen is veel te hoog.

'Mama,' zegt Lincoln recht in haar oor, en ze weet niet of hij net zo hard klinkt als ze denkt.

Soms geven ze een luchtkus in elkaars oor, zo hard als ze kunnen. Dan zegt Lincoln *Ik maak een luchtkus in je oor*, en maakt hij met zijn lippen een smakgeluid tegen haar oorschelp en dan voelt ze de zoete, pijnlijke klap van zijn kus, en zijn zachte adem, net als nu, de vochtige warmte als hij uitademt, de lucht die uit hem stroomt en haar huid bevochtigt en vervliegt in de lucht, weg.

'Weg!' fluistert ze, zo zacht dat ze niet weet of hij haar hoort, maar dat moet wel, want hij laat zijn hoofd op haar schouder vallen.

Ze realiseert zich dat ze omhoog is gekomen, en al met één voet klaarzit om zich af te zetten, op te springen en weg te rennen. Ze wil ook wegrennen. Maar ze ziet niets en ook al kon ze iets zien, dan zou ze niet weten waar ze heen moest. Ze zouden haar horen bewegen. Ze zou over de balustrade moeten klimmen met hem tegen zich aan geklemd, en de balustrade is goed verlicht.

Ze moet stil blijven zitten.

Ze weet niet zeker of ze dat kan. Ze weet niet zeker of ze het aankan ze naar haar toe te laten komen.

'Weet je het zeker?' zegt een stem.

Ze gaat ervan uit dat het dezelfde mannen zijn die door het apenverblijf liepen, maar ze weet het niet zeker. Ze kan hun stemmen niet meer uit elkaar houden. Ze praten allebei zachtjes.

'Er is hier iemand,' zegt een andere stem.

'Aha. Die heeft zich verstopt.'

De andere stem geeft geen antwoord. Even is er alleen het geluid van de wind en bladeren en getoeter in de verte. Ze verroert zich niet, ze strijkt alleen keer op keer met haar hand over Lincolns hoofd.

Er klinkt gerammel, een beweging bij de omheining. Misschien een schoen of een hand die tegen het gaas duwt, of iemand die uitglijdt. Ze denkt de vorm van hun hoofden en schouders te zien, plat en zonder details, als aankleedpoppen in het donker.

'*You were lost but now you're found*,' roept een van hen op zangerige toon, hoewel hij niet echt zingt. Hij klinkt niet toonvast, zijn stem gaat omhoog en omlaag. '*You were run wild / thrown out exiled / but now you're mine*.'

Hij gaat maar door. Steeds harder. Ze stelt zich voor dat hij erbij glimlacht en verwacht half en half dat hij op de maat gaat meeklappen.

'*You led the way but you knew I'd follow / Your neck was bare / but dip your head / I've got your collar.*'

Nu draagt de stem ver genoeg, zodat ze alles goed kan verstaan. Ze denkt dat hij de zacht sprekende man van daarnet is. Zijn stem klinkt ijler en hoger. Voor iemand die zo'n volleerd jager zegt te zijn doet hij niet meer zijn best om zachtjes te doen.

Of misschien is hij gewoon heel zeker van zichzelf.

'*I've got your collar,*' herhaalt hij, en hij haalt zijn hand – of nee, iets van metaal – langs het hek, wat een bijna muzikaal geluid maakt.

Ze probeert haar ademhaling onder controle te krijgen – ze hoort zichzelf bijna hijgen. Hortende ademtochten die uit haar longen omhoogkomen.

'Een van die gedrochten zei tegen me dat ze alleen maar met rust gelaten wilden worden,' zegt een van hen met diezelfde zogenaamd lijzige stem van daarnet, maar het zingen is gelukkig opgehouden. Ze praten nu zo hard dat ze weet dat ze dat niet uit dommigheid doen of omdat ze overlopen van zelfvertrouwen, of tenminste niet alleen daarom. Ze willen dat degene die zich daar heeft verstopt dit allemaal hoort.

Nog steeds dat raspende geluid langs het hek. Gestaag en metalig. Een eikel ploft zachtjes op de grond.

'En wat deed je toen?' vraagt de ander.

'Wat ik toen deed, schatje?' Die lijzige stem. 'Ik heb haar de eeuwige rust gegeven door haar aan stukken te snijden. Haar armen, haar benen en nog een stuk of wat vingers.'

Ze lachen allebei, en iets aan dat ongedwongen lachje van jongens-onder-elkaar – een inside joke – maakt haar duidelijk: ze spelen een of andere serie na. De woorden herkent ze niet, maar ze weet zeker dat ze het bij het juiste eind heeft. Een vroeger vriendje van haar speelde vaak dialogen uit *Jaws* na, en toen haar broer nog thuis woonde – dat kan ze zich nauwelijks herinneren, die tijd dat ze niet alleen was met haar moeder – doorspekte hij gewone gesprekken met teksten uit *Star Wars*, en dat klonk net zo. Haar ex-vriendje en haar broer bazelden in verschillende talen – willekeurige, bij elkaar geraapte woorden waarvan de betekenis haar vaak ontging – en in de stemmen van deze zangerig pratende mannen hoort ze diezelfde warrige, devote ondertoon doorklinken.

So eleven hundred men went into the water, three hundred and sixteen men came out, the sharks took the rest.

These aren't the droids you're looking for.

Het hek rammelt nu alsof de mannen het hebben vastgepakt en eraan schudden. Geen schijn van kans dat ze er beweging in krijgen, ze schijnen alleen maar lawaai te willen maken.

Ze zijn verder gelopen over het pad, dichter naar het bamboe. Ze ziet de beweging, een verandering van vorm in de duisternis. Ze schudden daar ook aan het hek.

'Ik loer met mijn kleine oogjes!' roept de een.

Maar ze zien niets. Dat weet ze nu. Ze spelen een spelletje in de hoop hun prooi op te jagen, zoals haar vader vroeger duiven opjoeg met zijn labrador. De duiven vlogen dan op, hij schoot ze neer en de hond apporteerde ze, en als een duif niet dood was, draaide haar vader hem de nek om en gooide het kopje op de grond. Dat was minder pijnlijk voor de duif zei hij, maar toch, er druppelde bloed uit het gat waar de nek had gezeten, en er lag een kopje met een snavel in het gras. Voor zover ze zich herinnert heeft hij haar maar één keer mee uit jagen genomen.

'En wat zie je dan?' vraagt een van de mannen met zijn gewone stem.

'Iets duisters,' zegt de andere.

Ze lachen weer. Ze vraagt zich af of ze hebben gedronken.

Lincoln maakt een geluid tegen haar nek dat klinkt als Muddles wanneer je op zijn pootje trapt.

Haar angst verkilt en verstijft als de mannen lachen, en tot haar genoegen realiseert ze zich dat ze razend is. Die twee losers staan daar te zwaaien met vuurwapens en zingen slaapliedjes voor haar. Laten haar zoontje jammeren in haar armen. Ze herinnert zich dat ze in haar studententijd een keer in een spookhuis ronddwaalde, en dat er vlak vóór haar een grote vent liep, zeker een meter tachtig lang, met het postuur van een rugbyspeler – en dat ze telkens tegen hem op botste wanneer hij plotseling bleef staan. Ze was toen met een vriendje, maar achter die grote man voelde ze zich veel veiliger. En toen dook er in het stroboscooplicht plotseling een gemaskerde zombie voor haar op met een nepkettingzaag, en begon ze gênant hard te gillen, en die grote vent was blijkbaar ook geschrokken, wat die gaf de zombie een vuistslag in het gezicht, en toen lag er in plaats van een zombie opeens een tiener op de grond die jammerend zijn masker afdeed terwijl het bloed uit zijn mond stroomde, maar ze had helemaal geen medelijden met hem en was eigenlijk heel blij geweest met die rugbyspeler.

Dit zijn ook tieners, denkt ze, die kerels met hun wapens. Het zijn geen mannen, of op z'n best nauwelijks mannen. En het zijn idioten. Ze zal haar zoon niet door een stel stomme zingende tieners laten vermoorden.

Als ze dan zo nodig een spelletje willen spelen, ze heeft zelf ook genoeg films gezien, en dit hele gedoe lijkt daar eigenlijk ook op. En als ze slechts een personage is, is het makkelijker om te handelen. Ze laat Lincolns ene arm los en tast tussen het onkruid naar de steen die ze eerder opzij heeft gelegd, en vrijwel meteen sluit haar hand zich eromheen. Scherpe randen en behoorlijk zwaar. Hij ligt goed in de hand, als een honkbal. Ze legt hem naast haar dijbeen en voelt met gespreide vingers weer over de grond, in het rond. Nog een steen. Groter dan de eerste: hij past niet helemaal in haar hand.

Ze buigt iets opzij en duwt Lincoln een stukje naar voren, zodat ze haar arm naar achter kan brengen. Ze weet niet of ze nu heel slim of heel onbezonnen te werk gaat, maar ze verstevigt haar greep al en spant haar schouder aan en dan gooit ze de steen over de omheining aan de achterkant van hun schuilplaats, hopelijk tussen de boomtakken door, in de richting van het spoorlijntje of het struikgewas daaromheen.

Ze denkt met opzet niet al te lang na over hoe ze moet mikken.

Een, twee. Ze telt de seconden af met haar arm nog roerloos in de lucht, en ze hoort dat de steen takken of bladeren raakt met meer lawaai dan ze had verwacht, en bovendien komt hij niet zo ver als ze had gehoopt, maar hij is wel voorbij de omheining neergekomen, in de richting van het spoorlijntje. Hij is een heel eind achter de mannen terechtgekomen, als die tenminste nog bij het andere hek staan.

Ze vraagt zich af of zij doorhebben dat iemand net een steen heeft gegooid om ze weg te lokken.

Kennelijk niet, want ze grommen opgewonden en struinen gehoorzaam op het lawaai af, lopen dwars tussen de jonge boompjes en de braamstruiken die naast de paden groeien door, en hun voetstappen klinken lomp, onzeker en gretig.

Het zou te mooi zijn als ze nu een enkel braken, denkt ze.

Terwijl ze nog steeds door het struikgewas banjeren, trekt ze haar telefoon onder haar been vandaan. Hij voelt koud aan, een stuk plastic, meer niet. Nee, het is meer dan dat. De telefoon is de reden dat ze hier zitten, zich schuilhoudend voor mannen die zelf nauwelijks hun weg in het donker kunnen vinden.

Nog een geluid: geweerschoten. Dit keer lijkt het verrassend veel op een typemachine waarop iemand typt met een trage, krachtige aanslag. Ze krimpt niet eens in elkaar, hoewel ze niet snapt waarom ze niet bang is. Misschien is ze eraan gewend geraakt, en ze denkt niet dat ze in haar richting schieten, en er is ook die drang om eindelijk tot actie over te gaan in plaats van zich alleen zorgen te maken.

Ze haalt langzaam en diep adem. Het trillen is opgehouden. Ze zit klaar, rustig en vastberaden om in actie te komen als dat moet. Ze glijdt met haar duim over de telefoon zodat het scherm weer oplicht, en slingert hem dan weg zo ver als ze kan, over de omheining in de richting van het bamboe, waar ze dennennaalden op de grond heeft zien liggen. Rechts van de plek waar de mannen stonden voordat ze de steen gooide. Er is natuurlijk een kans dat de mannen het verlichte ding door de lucht zien zeilen of dat de telefoon op het beton terechtkomt en in stukken uiteenspat, en als dat gebeurt weten de mannen dat de telefoon is gegooid – de klap is dan duidelijk hoorbaar – en mislukt haar opzet. Maar ze is nu niet meer van plan om zich hulpeloos plat tegen de grond te drukken, en dus kijkt ze toe terwijl haar telefoon snel en zeker door de lucht tolt, aerodynamisch, alsof hij speciaal voor deze gelegenheid is gemaakt, en ze hoort geen gekletter als hij neerkomt, alleen een zachte landing als een ademtocht, en ze is benieuwd of ze het hebben gehoord.

'Wat?' roept een van hen uit, en die stomme voeten die de stomme struiken plattrappen blijven staan, in verwarring gebracht. Ze hebben het gehoord, en dat kan of goed of slecht uitpakken, maar het is iets wat *zíj* heeft gedaan, nu heeft *zíj* de touwtjes in handen zoals de mannen eerst, en ze voelt zich opeens warmer en compacter worden.

Er is een kracht in haar die toekijkt.

Ze ziet in de verte het schermpje van de telefoon gloeien, door de ruitvorm van het harmonicagaas heen, een heldere vlek. Ze heeft goed gemikt, zij het niet perfect. Maar hij ligt met het scherm naar boven, zoals ze hoopte, en hij ligt een meter of wat in het bamboebosje. De gloed van het scherm verlicht een paar gladde bamboestammen en nog natrillende bladeren.

'Daar,' zegt een van hen, en ze ziet hun schaduwen over het betonnen pad schieten, dwars door de lichtbundel van de lamp aan de dakrand van het apenverblijf, en dan zijn ze er voorbij. Ze buigen zich over haar telefoon en even zien hun handen, gezichten en armen er spookachtig uit.

Dan ziet ze dat een van hen de telefoon voor zijn gezicht houdt. Hij is goed geschoren, blond en blank, zoals ze al dacht. Hij heeft een smal, nietszeggend gezicht, en ze vraagt zich af of hij degene met de ijle stem is, of zijn gezicht past bij zijn stemgeluid.

Ze is nog niet klaar.

Terwijl hij naar het scherm kijkt, brengt ze haar arm weer naar achteren, met de tweede steen in haar hand en mikt voorbij de mannen, verder langs het pad, weg van de plek waar zij zit en waar het spoorlijntje loopt. In de richting van het hart van de dierentuin, van de dierenverblijven, van alles eigenlijk. Ze hoopt dat de door haar gegooide objecten een rechte lijn vormen, en dat die lijn naar de wandelpaden, toiletten en bankjes en tafels leidt, naar de voor de hand liggende schuilplaatsen, de wegwijzers en de bordjes. Dat hij overal heen leidt behalve hierheen.

Lincoln bromt zachtjes, geschrokken van de plotselinge worp, en dan laat ze haar arm weer zakken, en uiteindelijk hoort ze dat de steen iets massiefs en zachts raakt. Aarde, vermoedt ze.

'Ze gaan ervandoor,' zegt de zachte hoge stem. Degene die haar telefoon vastheeft.

Hij moet haar telefoon hebben uitgeschakeld of in zijn zak hebben gestopt, want het licht is weg, en ze hoort ze over het pad hollen, weg van haar en Lincoln, haar steen achterna, maar niet te snel want ze maken zich geen zorgen. Ze amuseren zich.

Zo ingewikkeld is het niet, wat ze heeft gedaan. Waarschijnlijk heeft ze zoiets al eerder gezien in *Scarecrow and Mrs. King* toen ze die serie nog eens terugkeek, of misschien in *Predator* of een andere actiefilm die ze ooit heeft gezien. (Het is eigenlijk wel gek dat ze zichzelf in gedachten op de bank voor de televisie ziet zitten, Lincoln tegen zich aan, sabbelend aan een flesje water en constant vragen stellend omdat hij nu eenmaal geen enkele serie kan zien zonder er vragen over te stellen.) Ze weet zeker dat die schutters ook zulke series hebben gezien, maar ze hoopt dat ze te eigenwijs en te stom zijn om ergens goed over na te denken.

Ze kan hun voetstappen nog horen, in de verte. Ritmisch en rustig op het beton.

Lincoln heeft zich heel stilgehouden, beseft ze. Afgezien van de pijn in haar arm en het gewicht op haar heup is ze bijna vergeten dat hij er is.

'Schatje?' zegt ze.

Hij drukt zich dichter tegen haar aan en tilt zijn hoofd niet eens op.

◆

Mark en hij rennen nu bijna zij aan zij, hun ademhaling is één gejaagd geluid. Hoewel ze nog geen spoor hebben gezien van degene die de telefoon heeft laten vallen, geeft hun snelheid hun het gevoel dat alles soepel en gladjes verloopt. Robby heeft zich nog nooit zo snel gevoeld als deze avond, zijn lijf lijkt een krachtig stuk gereedschap dat alles aankan. Voor hen staat een ijzeren bank zonder rugleuning, en hij zou er makkelijk omheen kunnen lopen, maar hij springt eroverheen en landt met één voet op het metaal, wat een hoop lawaai maakt. Als hij rent is hij geen Robby meer en het wapen in zijn hand geeft hem soms datzelfde gevoel, maar niet altijd. Het duister om hen heen en de lichtflitsen boven hun hoofd en de grote bladeren die in de wind wuiven, het voelt allemaal goed. Dit is wat hij al zo lang wil, zich goed voelen.

Toen het daarnet niet goed voelde – bij die wilde zwijnen – kwam dat doordat hij was vergeten dat hij Robby niet meer was. Alleen Robby kan zich zo verloren voelen, zonder armen, zonder benen, zonder hersenen, nutteloos.

'Deze kant op,' fluistert Mark, en hij slaat linksaf naar de giraffes. Hij kijkt niet of Robby hem volgt. Robby volgt altijd.

Mark loopt nu op een sukkeldrafje. Zijn adamsappel steekt uit zijn magere hals, zijn hoofd schommelt op en neer – die gast lijkt wel een hoedenplankhond. Hij is nog geen vijf kilo aangekomen sinds de middelbare school – *de hel op aarde* noemde Robby's moeder die altijd lacherig, maar juist omdat ze het zo lacherig zei wist Robby dat ze het niet snapte – en rond die tijd had Robby Mark voor het eerst bij hem thuis uitgenodigd, en toen Mark die dvd op de bovenste plank zag staan had hij die gepakt en *The Hidden Ones*? geroepen, op een toon die andere gasten aansloegen als ze een pornofilm hadden gevonden, en hij had zonder het te vragen de afstandsbediening gepakt. En toen keken ze samen naar die eerste scène, die Robby in z'n eentje al talloze keren had gezien, die waarin het hele scherm eerst zwart is en er heel langzaam piepkleine lichtpuntjes in het zwart verschijnen.

Het is alsof je in de ruimte kijkt, maar dan rijdt de camera achteruit en kijk je in een gat in een boomstam. De lichtpuntjes zijn een soort insecten, maden of termieten, maar dan fluorescerend, en dan zie je de hele boom, een reus, en dan zie je ook andere bomen en besef je dat dit een oerwoud is waar je nog nooit van hebt gehoord. De lucht zie je nooit. De bomen staan zo dicht op elkaar dat alles in schaduwen is gehuld, en de bladeren zijn zo groot als een volwassen man. Die reusachtige bladeren slaan tegen helmen en wikkelen zich rond geweren, en Robby heeft altijd gedacht dat het vast moeilijk was om adem te halen als je zo door de bomen was ingesloten, ook al worden bomen geacht zuurstof aan te maken, althans op aarde. En dat is eigenlijk het coolste van de hele film: je weet nooit of hij op aarde speelt of op een andere planeet. Want de figuren zijn mensen, maar 's avonds lichten de bladeren op alsof ze fluoresceren, en de wezens waar de mannen op jagen dragen altijd een hoofdtooi met allemaal veren en dreadlocks.

'Je snapt zeker wel dat we haar kwijt zijn, hè?' zegt Mark, en tussen de woorden door pauzeert hij even om adem te halen. Hij is nooit een groot atleet geweest. 'Ik zou niet weten waar ze zit.'

Robby zit nog half in de film, zodat hij even nodig heeft om weer voeling te krijgen met zijn lichaam.

'Ze?' vraagt hij.

'De vrouw die haar mobieltje heeft laten vallen.'

'Hoe weet je dat het een zij is?'

Mark houdt de telefoon omhoog en draait hem zodat er licht op het hoesje valt. Robby ziet een vage foto.

'Foto van haar kind,' zegt Mark. 'Moet een vrouw zijn.'

Robby is niet overtuigd, maar het heeft geen zin om tegen hem in te gaan.

'Waarom rennen we dan nog?' vraagt hij.

Mark heft zijn arm, en het volgende moment spat de telefoon uit elkaar op het beton, en dat is een schitterend geluid. Een seconde later springen ze over de scherven ervan, nog nagenietend van het geluid.

'De jacht gaat door,' zegt Mark. 'Wij staan voor orde. Wij staan voor hoop.'

Dan weet Robby dat Mark het ook voelt. Dat ze de rest bij de ingang hebben achtergelaten, op het parkeerterrein. Hierbinnen is geen geschiedenis.

Starbucks: acht maanden. Applebee's: vier maanden. Bud's Burgers: vijf maanden, en God weet dat hij het daar niet meer uithield omdat die tent stampvol zwaar obese freaks zat, alsof er alleen vette varkens naar binnen mochten, en hun buiken puilden uit als beslag dat over een cakeblik loopt, en het liefst zou je een mes pakken en het er allemaal afsnijden om te zien hoe zo'n stakker eruitzag zonder die vette blubber.

En dan had je nog boekhandel Ezelsoren en Chick-Fil-A en Sears (twee maanden), en nu CVS (nog geen maand).

Zijn stupide baas, die denkt dat-ie heel wat is omdat hij bedrijfsleider van een drugstore is, en hé, je bent veertig en bedrijfsleider van een winkel, dus nou, nou, dan heb je het wel helemaal gemaakt. Louisa Brunson had zich goed geamuseerd toen ze gingen bowlen, dat wist hij zeker, maar toen hij haar de volgende avond opbelde nam ze niet eens de moeite om de tv uit te zetten. Ze zei dat haar moeder vond dat ze zich op haar studie moest richten in plaats van op afspraakjes, maar hij weet heel goed dat haar moeder niet wil dat Louisa met hém uitgaat. Want dat vinden ouders altijd, vooral Louisa's moeder met haar uitpuilende kikkerogen, die haar hele leven nog nooit een dag heeft gewerkt, een vreselijk mens, waarschijnlijk al sinds haar geboorte, en haar ouders hadden haar als een kat moeten verzuipen. En vóór Louisa was er Angela Willard, die in het begin aardig was, lief, verlegen, maar later een stomme hoer bleek te zijn, en dat had hij van meet af aan kunnen weten.

Hoer, lief en *verlegen* zijn de woorden die zijn voeten in het trottoir stampen.

Zijn nichtje van acht vroeg of Robby zijn moeder huur betaalde. Hij vraagt zich af hoe ze erbij komt om dat soort vragen te stellen, of ze misschien gesprekken van haar ouders heeft afgeluisterd. Die kant van de familie zegt dat ze christelijk zijn, maar ze vinden het heerlijk om anderen af te branden. Het zijn valse, kleinzielige mensen. Daar zijn er zoveel van – een hele wereld vol – maar niemand ziet de walgelijkheid van de ander, nee, nee, iedereen heeft het veel te druk met het brandmerken van Robby als de mislukkeling, de luie flikker, en ze zijn stekeblind en ze zijn zielig en ze beseffen het niet eens.

Ze zijn allemaal weggevaagd. Alles is weggevaagd.

Wij staan voor orde / wij staan voor hoop.

Wij staan voor orde / wij staan voor hoop.

Die kreet gaat steeds luider klinken terwijl de camera langzaam achteruitrijdt, en het lijkt op zo'n yell die soldaten scanderen onder het marcheren, en bij het woord 'hoop' gaat hun stem omhoog, en een paar seconden lang zie je alleen bomen op het scherm, tot er een gestalte aan komt rennen, geruisloos. De gestalte wordt achternagezeten door een soldaat met donker haar, in een onberispelijk uniform, en je krijgt bijna medelijden met de schimmige gestalte, die mager is en vrijwel naakt, op de enorme hoofdtooi na. Net als de soldaat de hand van het wezen grijpt – is het een hand of is het iets vreemdsoortigers? – raakt het wezen met haar andere hand het gezicht van de soldaat aan, waarop de soldaat stokstijf blijft staan, zijn ruggengraat naar achteren kromt en in elkaar zakt.

Er komen meer soldaten aanlopen – keurig in het gelid achter elkaar – en het wezen kruipt weg onder een bosje. Luitenant Harding maakt zijn entree, en zonder iets te zeggen heft hij zijn hand. Dan stapt hij op het bosje af en grijpt tussen de takken. Hij trekt het brabbelende en schoppende gedrocht aan een enkel tevoorschijn. Hij pakt de polsen van het wezen met een gehandschoende hand vast om haar giftige handen op afstand te houden. Hij zingt haar glimlachend toe *You were lost, but now you're found*, en vanaf het moment dat je Hardings gezicht ziet als hij zijn hand om haar keel legt – je kunt zien dat het een zij is omdat het wezen borsten heeft, ook al zijn die bedekt met een soort paarsig metaal – weet je dat zij slecht zijn en de soldaten goed. En als de luitenant haar nek breekt, ben je blij.

'Terug naar de vijver,' zegt Mark, zijn spijkerbroek ophijsend. 'Laten we het rondje afmaken.'

'Oké,' zegt Robby.

'Sst,' sist Mark.

Je bent blij dat Harding zich realiseert dat de oorspronkelijke opdracht, om de gedrochten in toom te houden, is mislukt. In toom houden is niet genoeg, want ze beginnen de grens van het oerwoud over te steken en wagen zich in de stad, die geen naam heeft, en luitenant Harding beseft dat de wezens makkelijk de hele bevolking kunnen uitroeien. In plaats daarvan moeten zíj juist uitgeroeid worden.

De gedrochten beweren dat ze geen kwaad in de zin hebben. Ze sturen een brabbelende afvaardiging van drie naar het kamp van de soldaten, en een van hen stapt naar voren – veren en dreadlocks wapperend in de wind – en zegt het enige woord dat ze schijnen te kennen: *vrede, vrede, vrede*, en ze houden hun handen op, maar hun handen zijn wapens, zo is het toch? Ze kunnen doden door aanraking.

Harding heeft een lange naald bij zich, en 's avonds bij het kampvuur haalt hij die tevoorschijn en begint de blaren door te prikken die door zijn soldatenkistjes zijn veroorzaakt. Hij prikt met de naald in zijn bobbelige voetzool, en de zweren barsten open en het pus stroomt in het stof, en zijn gezichtsuitdrukking verandert geen moment als hij zijn laarzen weer aantrekt. Later steekt hij de naald keer op keer in de hals van een uitgemergeld, krijsend gedrocht, bij wie de tranen over het gezicht lopen. De tranen zien er als ze op de grond vallen net zo uit als pus. Geen verschil.

De gedrochten zien er breekbaar uit. Daarom haat Robby ze des te meer. Harding is slimmer en sterker, en hij kent geen zwakte. Daar moet je toch bewondering voor hebben, voor een vent die geen fouten maakt? En als hij toch een fout maakt heeft niemand het door, en dat is pas echt een talent, of niet soms?

Toen ze hem bij CVS ontsloegen, had hij tegen ze gezegd dat hij te laat was omdat hij weer door zijn wekker heen was geslapen. Wat kon hij daar nou aan doen? Zijn baas – met zijn geitensikje, opgeblazen ego, zijn skinny jeans en zijn zogenaamd Britse manier van *carry on* zeggen – zei dat Robby's wekker niet zijn probleem was. Misschien had hij gelijk. Misschien is het te laat komen Robby's eigen probleem. Maar wat moet hij dán doen? Hoe kan hij iets terugdraaien wat al gebeurd is? Moet hij soms een machine uitvinden om terug te gaan in de tijd en zichzelf te wekken? Hij begrijpt zijn hele leven al niet waarom hij de schuld krijgt van dingen waar hij geen invloed op heeft. Waarom hij daar voortdurend voor wordt gestraft. Hij kan er niets aan doen dat hij altijd zo vast slaapt. Of dat hij even niet oplette en per ongeluk met tachtig kilometer per uur langs een school scheurde. Of dat hij een bestelling verkeerd heeft genoteerd zodat mensen baconburgers kregen in plaats van zwartebonenburgers. Dat ging niet met opzet. En zelfs als de mensen gelijk hebben wanneer ze zeggen dat hij lui, onbeleefd of egoïstisch is – nou ja, dan is dat maar zo, hè? Dat is iets erfelijks. Het is geen keuze. Maar dat doet er allemaal zeker niet toe, hè? Het kan niemand ook maar ene moer schelen dat hij wel degelijk z'n best doet.

Maar ho even! Robby is degene die zijn best doet. Hij is Robby niet. Hij is niet meer die eeuwige mislukkeling die vanmorgen het huis uit ging.

'Ben je soms blind, schatje?'

Gedrochten zijn de slimste rotzakken die op aarde rondlopen, denkt hij weleens. Hun bloed is felroze, en het is niet te zeggen of dat komt door de merkwaardige belichting of omdat het de bedoeling is dat het geen menselijk bloed is. Het bloed spat en druipt op het mos, en het lijkt op een verfproject dat hij ooit in de vakantie op de Bijbelschool heeft gedaan.

Dezelfde kleur als dat antibiotische spul, zei Mark toen die eerste middag. *Je weet wel, amoxicilline, heb je dat weleens gehad?*

En Robby vond ook dat dat bloed inderdaad precies dezelfde kleur had als amoxicilline. Hij herinnerde zich de smaak, zoet en krijtachtig, heerlijk. Hij zei toen tegen Mark dat hij gek was op dat spul.

Vond je dat lekker? had Mark gevraagd, en hij vertelde toen dat hij nog nooit iemand anders had ontmoet die het ook lekker vond. Mark vertelde dat hij als kind een keer midden in de nacht naar beneden was geslopen en er een heel flesje van had opgedronken.

Het was heel lang geleden dat Robby het gevoel had gehad dat hij hetzelfde was als iemand anders.

Een poosje later was zijn moeder hun een schaal Dorito's komen brengen, zonder iets te zeggen, zonder oogcontact te maken, en Robby voelde zich toen schuldig omdat hij er zeker van was dat ze doorhad dat hij Mark niet aan haar bestaan wilde herinneren. Hij vroeg zich af of hij haar daarmee kwetste. Maar toen ving hij haar blik op terwijl ze over haar schouder keek, en hij weet zich haar glimlach nog precies voor de geest te halen. Ze was ontzettend blij dat hij een vriend had gevonden. Ze was enorm opgelucht.

Bij tijd en wijle haat hij haar bijna. Maar daar haat hij zichzelf weer om, dus dat zegt toch wel wat.

'Tijd om ons te melden,' zegt Mark, die hijgend en puffend overgaat op een wandeltempo.

Robby kijkt op zijn horloge, dat nog erg onwennig aanvoelt rond zijn pols, maar ze moesten allemaal een horloge dragen. 'Yeah.'

'Tenzij we niet gaan,' zegt Mark.

Ze zijn nu weer bijna bij de vijver. Hij ziet de flitsen van de zwaailichten en het geflonker van de vrolijke Halloweenlampjes.

'Nee,' zegt Robby.

Voor de duizendste keer zegt Mark: 'We hoeven alleen maar over de muur te klimmen. We volgen het pad dat langs de buitenkant loopt, we zoeken een donkere plek, en we duiken op in Cherry Street of wat verderop in Havers. Dan lopen we naar mijn auto en we zijn weg. Niemand die iets in de gaten heeft.'

Dat is Mark ten voeten uit – hij kiest voor de makkelijkste weg. Hij wil nooit de prijs betalen. Als ze op school een paper moeten schrijven doet hij er nooit ene moer voor en komt hij bij de docent aan met een smoes over migraine en dan zeikt-ie ook nog als hij een nul krijgt, en Robby is degene die zich tot laat in de middag kapot werkt in het computerlokaal, en dan toch nog maar een paar pagina's weet te produceren waar hij een onvoldoende voor krijgt zodat ze allebei zakken, dus wie is er dan eigenlijk slimmer?

'En wat gaan we dan doen?' zegt Robby. 'Gaan we naar Peru en dan voor eeuwig op het strand leven?'

'Peru heeft geen strand, eikel,' zegt Mark. 'Maakt niet uit wat we gaan doen. We gaan naar huis en we bestellen een pizza. Het doet er allemaal niet toe, Robby. Voor hem loopt het sowieso af. Hij krijgt wat hij wil. Wij hebben gedaan wat we zeiden dat we zouden doen.'

Ze gaan van het betonnen pad af, het gras en de dennennaalden knisperen onder hun voeten. Robby ziet een beweging in de bosjes, maar het is maar een eend aan de andere kant van de omheining.

'Nee,' zegt Robby. 'Ik heb al nee gezegd.'

Omdat Robby nooit tegengas geeft weet Mark niet hoe hij hem moet overtuigen, en dat is te merken. Hij zou een beroerde verkoper zijn – hij herhaalt zichzelf alleen maar.

'We kunnen 'm gewoon smeren,' zegt Mark terwijl hij naar hem toe komt. 'We kunnen morgen gewoon wakker worden.'

Als kind heeft Robby eens een tekenfilm gezien over een robot of een muis of misschien wel een hond. Die cartoonfiguurtjes kunnen behoorlijk op elkaar lijken. Maar als die robot/muis/hond op het scherm verscheen, riep een zware stem: 'En hier is dan de ster van de show!'

Soms hoort Robby die stem in zijn hoofd als hij Destin ziet, degene die dit allemaal mogelijk heeft gemaakt. Degene die iets speciaals in hen zag. De ster van de show. Robby wil dit afmaken, precies zoals hij Destin heeft beloofd.

Het einde is eigenlijk het belangrijkste gedeelte.

Robby kijkt naar de lichtjes die in het water weerkaatsen. Hij glimlacht.

18.40 uur

'Ik heb honger,' zegt Lincoln.

Joan moet haar best doen om hem te verstaan. Hij heeft een hele poos niets gezegd. Ze hebben daar zwijgend gezeten, Lincoln achteroverleunend tegen haar borst. Het is nu veel te donker om nog met zijn mannetjes te spelen.

Het is overal veel te donker voor.

Ze is waanzinnig blij zijn stem te horen, ook al had ze liever gewild dat hij iets anders had gezegd, maakt niet uit wat.

'Laat me eens kijken,' zegt ze, hoewel ze weet dat ze niets bij zich heeft. Ze graait zonder iets te zien in haar tas, en voelt eerst in de vakjes.

'En,' zegt ze, 'wat voor soort training denk je dat Batman doet? Om sneller en sterker te worden?'

Hij zegt niets.

'Ik denk dat hij aan gewichtheffen doet,' zegt ze.

Ze voelt kleurpotloden. Ze vraagt zich af waarom ze al die bonnetjes niet heeft weggegooid.

'Ik denk dat hij hoelahoept,' zegt ze, ten einde raad. 'Ik denk dat hij aan ballet doet.'

Ze haalt een geplette mini-Snickers tevoorschijn, haalt de wikkel eraf en reikt hem aan.

'Hier is een pindareep, schatje. Een Snickers.'

Zijn vingers raken de hare als hij hem aanneemt. 'Heb je nog meer?'

'Ik zal even kijken,' zegt ze. Ze heeft niets meer. Toch houdt ze haar hand in haar tas, en ze hoort het vochtige geluid waarmee zijn mond zich om zijn vingers sluit – hij lijkt zijn eten altijd dieper zijn mond in te duwen dan nodig – en dan hoort ze hem kauwen.

Na een paar seconden hoort ze hem zijn vingers aflikken.

'Heb je nog meer?' vraagt hij, zachtjes en kalm.

Ze ziet amper dat hij zijn hoofd naar haar toe draait. Ze ziet niets van zijn gelaatstrekken, zelfs niet zijn ogen of zijn tanden, die toch wit zouden oplichten in het donker. Ze leunt weer achterover tegen de koude, harde rotsmuur waar haar haar aan blijft haken.

'Ik heb niks meer, schat,' zegt ze.

'Ik heb nog steeds heel erge honger. Heb je geen crackers?'

'Nee. Hé, heb je je mannetjes nog?'

'Nee.'

'Waar zijn ze?'

Stilte.

'Je moet ze niet kwijtraken, schat. We moeten ze zoeken.'

Hij geeft geen antwoord. Ze steekt haar hand uit, die op zijn dij terechtkomt, en ze voelt tot ze zijn vingers vastheeft. Ze pakt zijn hand, en hij trekt hem niet terug maar krult zijn vingers niet om de hare zoals hij meestal doet.

'Laten we gewoon in de rondte op de grond voelen,' zegt ze, 'om te kijken of we ze vinden. Een soort paaseieren zoeken in het donker, maar nu zoeken we de mannetjes.'

Hij houdt van Pasen.

Hij haalt zijn hand uit de hare.

'Ik begin alvast met zoeken,' fluistert ze, en ze weet dat ze een te vrolijke toon aanslaat. 'Wie zijn er allemaal weg?'

Onwillekeurig doorbreekt ze de stilte wanneer hij niet antwoordt.

'Ik weet dat ik Batman aan je heb gegeven,' zegt ze, terwijl ze de grond met haar handen aftast, en het gras is zo droog dat het prikt. Vrijwel meteen vindt ze een stukje glad plastic, en ze herkent het figuurtje aan de helm met de hoorns. 'Ik heb Loki. En naar wie zijn we nog meer op zoek?'

'Thor,' zegt hij vlak. 'Predator. De blonde jongen.'

Ze heeft er al drie gevonden. Het lijkt haar van het grootste belang dat ze niets in het zand laten liggen, en haar handen bewegen sneller in het rond. Ze voelt iets scherps prikken – glas? een scherpe steen? – maar ze maalt er niet om.

'Zijn ze weg?' vraagt hij, zo zachtjes dat ze het bijna niet hoort.

Ze veegt haar handen af aan haar rok. Ze doet haar tas voorzichtig dicht, zodat er niet per ongeluk een mannetje uit kan vallen.

'De slechte mannen?' fluistert ze.

'Ja.'

'Dat weet ik niet. Tot we dat weten moeten we hier blijven zitten en stil zijn.'

'Is de politie er?'

'Dat weet ik niet.'

'Gaan ze ons doodmaken?'

'Waarom doet de blonde jongen mee in je verhaal?'

'Gaan ze ons doodmaken?'

Ze hoort hem ademen. Zijn ademhaling klinkt misschien wel luider dan zijn stem. Ze wou dat ze zijn gezicht kon zien.

'Misschien,' antwoordt ze. 'Als ze ons vinden. Maar dat gebeurt niet.'

Ze voelt zijn warme lijf van haar heup tot haar schouder tegen zich aan. Hij zegt nog iets, te zacht – te zacht! – en ze buigt zich naar hem toe om zijn woorden op te vangen.

'Wat?' fluistert ze.

'Als ze ons doodmaken,' zegt hij, 'gaan onze lichamen dan naar de hemel?'

'Je ziel gaat naar de hemel,' zegt ze.

'O ja,' zegt hij uitademend. 'En onze lichamen blijven hier?'

'Ja. Maar die missen we niet. Onze zielen zijn belangrijker.'

'Maar we kunnen onze ziel niet zien. Of aanraken.'

'Nu niet,' zegt ze.

De wind is weer wat aangetrokken. Ze heeft het koud, maar niet ondraaglijk koud. Ze vraagt hem niet of hij het koud heeft, want dat brengt hem misschien op een idee.

Hij schuift tegen haar aan, maar stelt geen vragen meer. Hij neuriet niet en brabbelt geen onzinwoorden. Ze luistert naar de bladeren en de krekels, en denkt aan Paul – ze kan hem niet meer bereiken – en ze vraagt zich af of de mannen een rondje lopen en hier weer terugkomen, en ze vindt het eigenlijk veel moeilijker om hier te blijven zitten, in deze stilte die pulseert en steeds verder uitdijt.

'Het duurt niet lang meer,' fluistert ze tegen Lincoln.

'Ik heb nog steeds honger,' zegt hij.

Voor de zoveelste keer vraagt ze zich af waar de politie blijft. Ze kan hem misschien nog even zoet houden, maar zijn bloedsuikerspiegel wordt steeds lager, en elke minuut komt hij dichter bij het moment waarop hij een wild dier wordt, het breekpunt.

Ze zou hem hier achter kunnen laten terwijl zij door het apenhuis terugloopt, langs de speeltuin en het olifantenverblijf, langs de Savannah Snackbar naar de automaten. Als dat lukt, kan ze een pak crackers pakken en binnen drie minuten weer terug zijn. Hij kan hier wachten, en ze kan net zo snel terug zijn als wanneer ze thuis naar het toilet gaat of even naar boven om een boek te pakken.

Maar dat is een illusie, en dat weet ze. Hij blijft hier natuurlijk niet rustig zitten wachten. Nog geen twee minuten. Nog voordat ze over de balustrade kon klimmen zou hij zijn armen al naar haar uitstrekken en eisen dat zij hem meenam. En als ze daar niet op inging, zou hij gaan gillen terwijl ze wegliep.

En stel dat die tocht om wat voor hem te eten te halen niet zo gladjes verloopt? Stel dat zij daar buiten staan te wachten? Wat is Lincoln ermee geholpen als ze haar afmaken en hij hier zit te huilen en haar naam roept, zodat ze hem ook vinden?

Nee, zelfs al zou hij hier wachten, dan nog zou dat waarschijnlijk niets opleveren. Op een of andere manier is de gedachte dat ze hem hier alleen aantreffen, dat hij hier klein en bang zit te wachten terwijl ze hun wapens op hem richten, veel angstaanjagender. Het biedt haar een morbide soort troost dat als het zover komt ze hem vast kan houden en –

Ze blokkeert die gedachte. Soms ziet ze haarscherp een vreselijk ongeluk voor zich – dat hij achteruit de weg op stapt en door een auto wordt gegrepen – en bedenkt ze wat ze tegen Paul zou zeggen als ze hem moest opbellen om het te vertellen. Ze heeft een keer een paniekaanval moeten onderdrukken toen ze zag hoe Pauls zus Lincoln in een kinderzitje vastgespte en met hem wegreed, omdat ze scherp voor zich zag hoe ze op de snelweg een ongeluk zouden krijgen en hoe zij via de telefoon het nieuws zou horen van haar snikkende schoonzus.

Soms loopt ze ver na middernacht even zijn kamer in om te luisteren of hij nog ademt.

Ze brengt hem altijd naar de crèche, en vaker dan ze wil toegeven onderdrukt ze dan gedachten over schietpartijen op scholen en mannen die klaslokalen binnenstormen, schreeuwende leerkrachten, en hoeveel kinderen door het raam kunnen vluchten voordat de schutters de deur openbreken, en of de leidster hem aanwijst als een van de eersten die mogen vluchten, en dat is niet gezond, houdt ze zich altijd voor, maar nu zitten ze hier, dus blijkbaar waren haar fantasieën toch niet zo gestoord als ze dacht.

Die macabere fantasieën zijn trouwens wel minder geworden nu Lincoln wat ouder is. Toen hij nog een peuter was ging ze door een fase waarin ze nauwelijks naar ramen kon kijken. Deed er niet toe wat voor raam. Dan stelde ze zich altijd voor dat hij eruit viel.

Nu, zittend op de grond in deze wereld vol schaduwen en geluiden die ze niet kan thuisbrengen, kan ze zich niet voorstellen dat hij wordt doodgeschoten. Het beeld komt niet. Dat houdt ze tegen.

'Wil je even gaan liggen?' vraagt ze. 'Je kunt mijn schoot als kussen gebruiken. Of ik hou je vast net als toen je nog een baby was.'

Soms is hij gefascineerd door wat ze allemaal deed toen hij nog een baby was. Door het deel van zijn leven waar hij geen herinnering aan heeft. Hij wordt geïntrigeerd door de gedachte dat er melk uit haar borsten kwam.

'Nee,' zegt hij. 'Ik wil eten.'

'Misschien voel je je beter als je even hebt gerust,' zegt ze, hoewel ze weet dat het haar zaak geen goed doet als ze hem probeert te sturen. Toch wil ze de ijdele hoop niet opgeven dat hij misschien gaat slapen. Dat ze hem misschien in haar armen kan houden en zijn gezicht streelt tot hij in slaap valt zodat ze hier eindeloos kunnen blijven zitten, en op dit moment zou ze willen dat hij nog een speen had, want vroeger gingen zijn ogen in een pavlovreactie meteen dicht zodra hij begon te zuigen – *een tut is een vriend die je in je mond houdt*, zei hij eens tegen haar – maar op de dag dat hij vier werd nam hij uit vrije wil afscheid van zijn speen, en nu ligt die op een plank in zijn slaapkamer in het tuttenhuisje dat hij van ijsstokjes heeft gemaakt, met een poppenbedje en een dekentje.

'Ik heb honger,' zegt hij weer. 'Ik sterf van de honger.'

Zoals hij het uitspreekt klinkt het als 'stejf'.

'Ga maar even liggen, dan zien we straks wel verder,' zegt ze.

'Ik wil niet gaan liggen. Ik wil eten.'

'We gaan straks wel wat eten.'

'Maar ik sterf van de honger.'

'Ga maar vijf minuutjes liggen, dan zien we straks verder.'

'Oké,' zegt hij, maar zijn gezicht vertrekt, zijn onderlip steekt naar voren, zijn wenkbrauwen gaan omlaag en zijn ademhaling begint al te haperen. 'O-kéé. O-kéé.'

'Lincoln –' begint ze.

Wanneer hij moet huilen begint het altijd met woorden. Hij probeert door het huilen heen te praten, en dan rekken de woorden zich uit tot een gejammer, en ten slotte vervliegen de woorden en komen de tranen, en als die eenmaal over zijn wangen stromen schakelt hij over op een monotoon ritme net als de oceaan, maar dan irritanter.

'Sst,' zegt ze. 'Je moet zachtjes doen.'

'O-k-é-é,' zegt hij met veel lettergrepen, meer een jammerklacht dan een woord.

Ze tuurt de duisternis in. Hij maakt te veel lawaai, te veel lawaai, te veel lawaai. Ze strijkt met haar hand over zijn hoofd en trekt hem dichter tegen zich aan, sussend en strelend, maar het helpt allemaal niet.

Ze weet niet hoe ze de tijd moet zien te rekken. Hij mag geen geluid maken. Welke andere dingen er verder ook meespelen, dat is het belangrijkste stukje van de puzzel. Zo direct zullen de tranen overgaan in gestamp en een doordringend sireneachtig gegil, en moet je je handen tegen je oren houden om ze af te schermen voor geluiden die niet helemaal menselijk klinken, eerder mechanisch. Als een auto met een knarsende versnellingsbak of een kapotte uitlaat.

'Goed,' zegt ze. 'Wil je eten?'

Het gesnik houdt onmiddellijk op. Zijn ademhaling komt weer hortend op gang, hij haalt nattig zijn neus op, maar hij huilt niet meer.

Hij veegt zijn neus af aan zijn mouw. 'Is er een restaurant?'

'Wat denk je van een traktatie?' zegt ze. 'Wat denk je van kaas en crackers als avondeten? Of pinda's? En een snoepreep als toetje?'

Hoewel ze zijn gezicht niet kan zien, weet ze dat hij haar kritisch aankijkt.

'Daar word je niet groot en sterk van,' zegt hij.

'Nee,' geeft ze toe. 'We kunnen iets uit de automaat halen. Wat je maar wilt.'

‘Eten uit de automaat als avondeten?’

Nu klinkt hij hoopvol.

‘Ja,’ zegt ze.

Het zou allemaal heel anders zijn gelopen als ze in haar eentje door de dierentuin had geslenterd toen het schieten begon. Ze zou zijn weggerend, natuurlijk. Ze zou zich hebben verstopt. Maar daarna? Ze is behoorlijk sterk en snel, en ze is slim, en als ze alleen was geweest was ze hier niet blijven wachten tot ze gered werd. Ergens in de omheining van de dierentuin moet een plek zijn waar ze overheen zou kunnen klimmen, ook al zou ze zich daarbij misschien verwonden aan het prikkeldraad. Ze ziet zichzelf al uit dit stekelvarkenhok kruipen, om zich heen spieden en dan ontsnappen, de buitenlucht in, naar de bomen en de eindeloos kronkelende paden; ze zou stil en snel zijn, en ze zouden haar niet zien.

Ze heeft niet het idee dat deze mannen erg slim zijn, en als ze goed oplette zou ze ze kunnen ontlopen en een uitweg kunnen vinden. Ze zou ook uitkijken naar anderen – als ze alleen was geweest zou ze onbaatzuchtig zijn en niet alleen zichzelf in veiligheid brengen. Ze zou de vrouw met haar baby gaan zoeken en ze zou iedereen die ze tegenkwam de helpende hand reiken en in veiligheid brengen. Ze zou in de schaduw blijven lopen en vooropgaan om hun de weg te wijzen. Ze zou de tijd nemen en geen enkel geluid maken en uiteindelijk zou ze in de kilometerslange omheining een zwakke plek vinden. Of een toevallig toekijkende agent.

Ze ziet zichzelf, een schaduw.

En als de mannen haar ontdekten, zou ze het op een lopen zetten. Dan zou ze een hoek om schieten. Ze zou het veel langer kunnen uithouden dan die kerels – ze probeert vier keer per week tien kilometer te lopen – en wat ze zo heerlijk vindt aan hardlopen is dat wanneer de luchtvochtigheid laag is en je spieren warm en ontspannen zijn, je na een poosje gewichtloos wordt, de zwaartekracht afschudt, en dat de pijn in je benen en longen plaatsmaakt voor helium, en je niets meer voelt.

Soms voelt ze haar voeten niet meer. Soms is haar hele lichaam in lucht veranderd. Als ze hardloopt.

'Mama?' vraagt hij.

'Ben je klaar?' fluistert ze. 'Je moet goed opletten en precies doen wat ik zeg. En doodstil zijn.'

'Of ze maken ons dood,' vult hij aan.

Daar denkt ze even over na.

'Of ze maken ons dood,' stemt ze in.

Ze denkt dat ze hem ziet knikken.

Ze staat op en pakt zijn hand. Ze tilt hem op, zijn benen klemmen zich om haar middel en ze vangt zijn gewicht op, zet haar voeten stevig op de grond, en om hen heen is het pikkedonker, waardoor ze niet ziet waar ze haar voeten neerzet. Ze houdt één arm onder zijn billen en zoekt met de andere hand steun tegen de rotsmuur voor het geval ze haar evenwicht verliest.

Hij drukt zijn hoofd tegen haar kaak, en ze voelt zijn handen door haar haar woelen. Ze zet haar eerste stap zo langzaam dat ze elke spier in haar voet voelt bewegen. Voelt dat ze haar hiel neerzet, dat de pezen in haar enkel zich strekken en haar voetholte zich kromt als de bal van haar voet en daarna haar tenen zich afwikkelen op de grond. Fluisterzacht geknisper van droog gras.

Ze heeft het gevoel dat ze ongeveer twee stappen per minuut zet, terwijl ze met haar hand langs de rotsmuur glijdt en haar voortgang inschat en voetje voor voetje langs de achterkant loopt en eromheen – ze trapt op een tak die onder haar slipper aanvoelt als een bot en met veel lawaai knapt, maar misschien niet harder dan een tak die uit een boom valt? – en dan heeft ze de kopse kant van de rotsmuur bereikt en staat ze met haar gezicht naar de houten planken van de vlonder. Ze kijkt recht in de lampen die op de twee deuren zijn gericht – de ene leidt haar terug naar het hoofdpad en de andere naar het orang-oetanverblijf.

De deuren zijn verlicht als twee uitgangen in een spelletjesprogramma op tv. Ze knippert tegen het felle licht.

De lichtbundel van de schijnwerpers komen tot net voorbij de balustrade, en ze ziet spinnenwebben die van de houten vlonder helemaal tot aan de grond lopen, en die doen haar denken aan de vangnetten van de brandweer.

Motten fladderen extatisch rond de lampen. Bladeren vallen zigzaggend uit bomen die ze niet meer kan zien, behalve waar de hoogste takken het maanlicht vangen. Kleinere gevleugelde wezens – geen motten – storten zich met een zacht getik tegen de glazen deuren. Overal om haar heen heerst totale duisternis, maar in deze verlichte ruimtebel is het uitzinnig druk.

Ze blijft nog even in de duisternis staan; dan rent ze naar de balustrade en tilt Lincoln op de buitenste rand.

'Hou je goed vast,' zegt ze, terwijl ze haar hand tegen zijn rug houdt.

Ze moet hem helemaal loslaten om zelf over de balustrade te kunnen klauteren, maar hij houdt zich stevig vast, en hij is stil, en dan heeft ze haar benen eroverheen gezwaaid en staat ze op de vlonder waar de motten nog steeds zorgeloos en in extase rondfladderen, en buigt ze zich over de balustrade heen, de harde randen voelen pijnlijk aan tegen haar bekken, om Lincoln eroverheen te tillen. Zijn tennisschoenen bonken tegen de balustrade en dan drukt ze hem weer tegen zich aan en gaat ze zo ver mogelijk van de deur onder de dakrand staan om in de schaduw op adem te komen.

18.58 uur

Het voelt heerlijk om eindelijk rechtop te kunnen staan, met haar ruggengraat recht tegen de bakstenen muur. Ze vraagt zich af hoelang ze heeft gezeten, en ondertussen gaat haar hand in een automatisme naar haar tas en klopt op het zijvakje.

Haar telefoon.

Toen hij uit haar hand vloog voelde ze alleen maar opluchting, en ze heeft er nog niet echt bij stilgestaan dat dat vreemde ding dat ze heeft weggegooid, het ding dat de mannen naar hen toe leidde, hetzelfde ding is waarmee ze met haar man kon praten en verbinding met de buitenwereld had.

Nu heeft ze part noch deel meer aan wat er buiten de dierentuin gebeurt.

Dat stoort haar minder dan misschien zou moeten. De buitenwereld is onbelangrijk. Als ze voelt dat haar T-shirt aan de baksteen blijft haken, als ze de pijn in haar schouder voelt waar Lincolns gewicht aan hangt, groeit bij haar het besef dat ze het samen moeten zien te redden, en dat dat vanaf het begin al zo is geweest. De telefoon gaf haar slechts de illusie dat ze er niet alleen voor stonden.

Het was niet anders voor die arme mensen in Texas die nu dood met hun gezicht omlaag in het water drijven en wier longen misschien volliepen met water op het moment dat zij de schutters aan een hek hoorde rammelen.

Er komt niemand aan. De politie is in geen velden of wegen te bekennen.

Alles wordt scherper nu ze dit weet.

En dan is Paul er nog. Hij moet doodsangsten uitstaan, maar daar kan ze niets aan doen. Paul valt buiten haar invloedssfeer, zoals vrijwel alles, behalve welke deur ze nu zal opendoen, welke kant ze op zal lopen en hoe snel of langzaam ze zal gaan. Ze denkt na over haar volgende stap: ze beschouwt het gebouw als het gevaarlijkste deel van hun route – als de mannen op de loer liggen kunnen Lincoln en zij geen kant op. Er is geen andere uitgang dan de hoofdingang van het apenhuis, de ingang die ze genomen hebben op weg naar hun schuilplaats – en wat een perfecte, veilige schuilplaats was het, het is oerstom van haar dat ze er is weggegaan, zonder nadenken, en ze zou nu eigenlijk moeten omkeren, maar hij trilt bijna van de honger, of misschien ook van iets anders dan honger, maar daar heeft ze nu even geen oplossing voor – hoelang staat ze hier nu al tijd te verspillen? – maar ja, om naar de hoofdingang te komen moeten ze door die smalle gang met blinde muren en met glas afgeschermde dierenverblijven, zonder deuren of zijgangen. Dan kunnen ze geen kant op.

Maar ze heeft geen keus, er is althans geen betere optie.

'Mama?' zegt hij, met een hoger stemmetje dan gewoonlijk.

Praat hij in het vervolg alleen maar met één of twee woorden? Zijn alle eindeloze vragen en bedenksels voorgoed opgedroogd?

'Het komt goed,' zegt ze, en ze drukt hem tegen zich aan en stapt de lichtcirkel in, motten flitsen zilverachtig boven haar hoofd. Ze zet vier grote snelle stappen en duwt dan de glazen deur open, glipt naar binnen en vervloekt de deur, die zich kreunend achter haar sluit, terwijl ze hem nog wel zachtjes tegenhoudt met haar hand.

Eindelijk is de deur dicht. Binnen is de stilte drukkend als tropische vochtigheid. De lucht is zwaar van stilte. Vanuit deze hoek, tegen de ruwe muur aangedrukt – ze merkt dat ze graag met haar rug ergens tegenaan staat – kan ze alleen de muur van nepstenen en de fluorescerende verlichting langs de plinten en het gladde, glimmende oppervlak van de vloeren zien. De dierenverblijven beginnen pas na de eerste bocht in de gang, en nu is het net of ze midden in een futuristische grot of een ondergrondse bunker staat. Het ziet er tegelijk volkomen natuurlijk en volkomen kunstmatig uit. Ze zucht van de warmte. Meestal lijkt het koud in het gebouw – ze wrijft altijd over haar armen als ze erdoorheen loopt, maar nu is het er een paar graden warmer dan buiten.

Ze luistert maar hoort niets. Geen geluid van een verwarmingsinstallatie, geen gekwetter van dieren. Geen wind die de daklichten doet trillen. Ze zou een lange lijst kunnen maken van alle geluiden die ze had kunnen horen maar die er niet zijn.

Ook haar jongen is erg stil.

Ze overweegt hem te laten lopen – misschien wil hij zijn benen strekken. En ze zou haar armen graag even rust gunnen. Maar om een of andere reden lijkt het veiliger om hem te dragen. Hij is wel zwaar, maar met zijn benen om haar heen gevouwen kan hij tenminste niet van haar gescheiden worden.

Ze luistert en hoort niets.

'Daar gaan we,' fluistert ze.

Hij zegt niets terug en ze loopt langzaam naar voren en meet het bijna-geluid dat haar voeten op de roodbruine tegels maken. In twee of drie stappen is ze zo ver van de muur dat ze hem niet meer kan aanraken, waardoor ze het gevoel heeft dat ze uit balans is, alsof ze over het dek van een boot loopt. Er is te veel ruimte om haar heen, maar na nog een paar stappen voelt haar hand het poreuze oppervlak van een andere muur als ze bij de eerste bocht in de gang komt, waar afbeeldingen van uitgestorven dieren hangen: dodo's, trekduiven, steenbokken en alken, geen van alle primaten, en de logica daarvan ontgaat haar. Met haar schouder tegen de muur en haar handen onder Lincoln verstrengeld steekt ze haar hoofd voorzichtig om de bocht. Ze heeft haar hoofd al teruggetrokken als het tot haar doordringt wat ze heeft gezien.

Er zit een aap op de vloer.

Ze stapt van de muur weg en slaat de bocht om, en aan weerszijden van haar is glas – rechts het verblijf van de doodshoofdaapjes en links het verblijf van de franjeapen. Maar die laatste kooi is alleen nog maar een vierkant gat in de muur, waarachter touwen en beton zichtbaar zijn – er zit vrijwel geen glas meer in: ze ziet scherven op de tegelvloer. De kooi zelf is niet verlicht, maar de fluorescerende gangverlichting werpt een gloed over de stenige grond en het nepbeekje. Ze werpt slechts een snelle blik op het landschap, want al haar aandacht is gericht op de aap voor haar.

Het is natuurlijk een franjeaap, zwart-wit, zijn kop hangt naar voren en zijn handen – poten – bewegen heen en weer over de met glasscherven bedekte tegelvloer, en vanaf de plek waar ze staat duurt het even voordat ze beseft dat er nog een franjeaap is, roerloos op de grond. Ze ziet alleen zijn zwarte voetzolen en zijn romp. De rest van het beest ziet ze niet.

Ze kijkt aandachtig naar zijn poten, ze ziet geen enkele stuiptrekking of trilling – de duiven die haar vader vroeger doodschoot bleven nog seconden lang schokken nadat hun kopje eraf was getrokken – en ze is er bijna zeker van dat hij dood is. De andere franjeaap, de levende, zit zo dicht bij zijn soortgenoot dat Joan niet kan zien waar zijn lange witte vacht ophoudt en die van de dode aap begint.

Ze slaat haar armen steviger om Lincoln heen, wensend dat ze meer over mensapen wist.

De levende franjeaap heeft niet haar kant op gekeken. Zijn rug is gebogen en zijn pels is glad en zijdeachtig en aaibaar, en ze vraagt zich af of er ooit mensen zijn geweest die er een jas van hebben gemaakt.

Alleen zijn vingers bewegen, ze krommen en strekken zich vlak boven de vloer. Hij lijkt geen duimen te hebben.

Ze denkt terug aan die keer in Mississippi toen ze op de stoep een verdwaalde buidelrat aantrof en de straat overstak omdat ze zijn tanden er eng uit vond zien. Of die keer dat ze in Honduras werkte op dat eeuwigdurende contract met die koffiecoöperatie, toen ze wakker werd en er een koe in haar slaapkamer stond, die haar brede kop naar haar matras toe boog terwijl de grote tong heen en weer zwaaide in de lucht. Toen ze nog klein was had haar oom een keer baby-eekhoorntjes voor haar gevangen – dat was nadat haar vader weg was gegaan, want haar vader had die eekhoorntjes natuurlijk doodgeschoten – maar eigenlijk waren ze van haar oom en niet van haar. Ze mocht ze niet van hem vasthouden omdat ze beten, en zijn duimen zaten vol bloed en korstjes, ook al waren ze dol op hem en zaten ze op zijn schouders en trokken ze met hun piepkleine klauwtjes aan zijn oorlellen.

De franjeaap zwaait lichtjes heen en weer met zijn kop en rolt met zijn nek, ze moet aan Stevie Wonder denken en schrikt dan van zichzelf omdat ze bijna in de lach schiet. Haar mond plooit zich al tot een glimlach voordat ze het kan tegenhouden, en daarna moet ze zich inspannen om haar wangspieren te laten doen wat ze ze opdraagt.

Ze vraagt zich af of de levende franjeaap de dode hiernaartoe heeft gesleept. Hebben ze begrafenisrituelen? Rouwen ze? Heeft de dode franjeaap nog een poosje geleefd nadat hij is geraakt, en heeft hij geprobeerd hierheen te vluchten en is de andere aap achter hem aan gekomen en waarom hebben alle apen bij de eerste schoten niet als de sodemieter een goed heenkomen gezocht? Waarom is deze nog hier? Kon hij niet wegkomen doordat de deuren dicht waren en is hij uiteindelijk teruggekomen of is hij hier de hele tijd gebleven om bij zijn soortgenoot te waken?

De aap en zij staan allebei als aan de grond genageld en weigeren elkaars aanwezigheid te erkennen. Hij strijkt met één vinger nadenkend over zijn witte baard, maar kijkt niet op.

Alles is veranderd doordat de glazen barrière weg is. Het is ook heel anders dan tegenover een hond of een kat te staan, een huisdier. Maar als je oog in oog staat met een wild dier, geen huisdier maar een echt dier, dringen zich tegenstrijdige impulsen op. Je denkt dat het lief en aardig is, en dat kan best, maar het kan je ook zonder mededogen verwonden. Duimen met korsten erop en schattige oorlelletjes. Met wilde dieren weet je het nooit.

Ze kan hier niet stokstijf blijven staan. Ze zou kunnen omkeren en de andere weg nemen, maar als ze de route neemt via de orang-oetans en de reuzenotters en nog een paar andere dieren waarvan ze nu even de naam niet weet, doet ze er veel langer over. Dan zou ze terug moeten langs de verlichte vlonder en ze gaat liever rechtdoor.

'Mama?' zegt Lincoln, met zijn hoofd nog altijd tegen haar aan gedrukt.

'Hmm?'

'Wat is die aap aan het doen?'

'Hij denkt na, geloof ik.'

'Kunnen apen denken?' vraagt hij, en ze denkt dat ze er goed aan heeft gedaan om te verkassen, want door de verandering van omgeving – wilde dieren die in gangen op de loer liggen – is hij in elk geval losgekomen uit zijn verstarring.

'Ja,' zegt ze.

'Bijten ze?'

Dat, moet ze toegeven, is een belangrijkere vraag.

'Ik denk van niet.' Dat is niet waar. 'Niet als je ze niet aan het schrikken maakt.'

'Net als hommels?'

'Zo ongeveer.'

Terwijl ze praat heft de franjeaap zijn arm boven zijn hoofd, en door die plotselinge beweging doet ze een paar stappen naar achteren. Hij spert zijn bek open en gaapt, zijn hoektanden zijn lang en vlijmscherp. Maar hij plukt alleen wat aan zijn pels.

Ze besluit langzaam en rustig op hem af te lopen, om niet dreigend over te komen. Maar eerst kijkt ze naar de glasscherven aan haar voeten, hurkt neer en sluit haar vingers om het grootste stuk, een bijna volmaakte driehoek. Ze voelt een steek in haar handpalm en weet dat ze zich heeft gesneden, maar ze komt met protesterende bovenbenen weer overeind en neemt de scherf anders in haar hand. Het geeft juist een fijn gevoel dat hij veel te scherp is.

Ze staart naar de aap, naar zijn gesloten bek vol tanden. Eén keer, toen ze naar een vreselijke reportage op het nieuws keken, zei haar oom dat hij, als hij een inbreker betrapte die zijn geliefde onder schot hield, niet zeker wist of hij de trekker zou kunnen overhalen, gesteld dat hij zelf een pistool in zijn hand had. Hij vroeg zich af of dat hem een slecht mens maakte, als hij zou toelaten dat iemand haar kwaad deed omdat hij het zelf niet kon opbrengen een ander te doden.

Maar als iemand Lincoln kwaad deed zou zij diens hersens tegen het beton laten spatten.

Als deze aap op hen af komt, zal ze op zijn ogen mikken. En dan snijdt ze zijn keel door.

Ze beweegt naar rechts, en drukt zich tegen het verblijf van de doodshoofdaapjes aan. Ze houdt de franjeaap de hele tijd nauwlettend in de gaten, en op een gegeven moment werpt hij een blik in haar richting, draait hij zijn kop even om waardoor ze zeker weet dat hij zich bewust is van haar aanwezigheid, maar hij kijkt niet echt naar haar. Ze schuifelt voetje voor voetje zijwaarts – haar ene hand nat van het bloed – en uiteindelijk is ze voorbij de beide franjeapen en de levende aap zit er nog steeds, zijn vacht is niet te onderscheiden van die van de dode aap.

De gang maakt een bocht. Ze komt langs de gibbons en de Zuid-Amerikaanse zijdeaapjes, en er ligt een natte plek op de vloer, donker als gemorste limonade, en verder rechtdoor zitten de lemuren. Alle andere glazen wanden zijn intact. De verblijven erachter zijn donker, hoewel in elk ervan een rond, zwak licht aan het plafond hangt, als een maan.

Ze is sneller bij de ingang dan ze verwacht had, en ze blijft aan de zijkant staan en doet haar best om de situatie buiten te peilen. Links en rechts van de deur is het buitenhok van de slingerapen, waardoor ze slechts een smalle tunnel ziet met een wandelpad, een stuk hemel, en – nauwelijks zichtbaar – de rand van de speeltuin en twee lege groene banken.

Ze bukt zich en legt het gekartelde stuk glas op de grond. Ze wil zich niet nog erger snijden dan ze al heeft gedaan, en glas helpt toch niet tegen mannen met pistolen.

'Zijn we al bij de automaten?' vraagt Lincoln vanaf haar schouder.

'Bijna,' zegt ze, en ze duwt de deur open. De buitenlucht is op een of andere manier kouder dan ze zich herinnert van een paar minuten geleden. Maar ze vindt het gevoel ervan op haar huid prettig. Ze geeft de voorkeur aan de openlucht, de openheid, de afwezigheid van muren, hoewel ze beseft dat ze nog niet zo lang geleden het omgekeerde vond. Maar als ze omhoogkijkt naar de lucht – er zijn wolken aan komen drijven, dun als een uit elkaar getrokken pak watten – neemt de uitgestrektheid ervan de druk op haar borst weg.

De deur sluit zich, bonkt bijna tegen haar heup, en ze komt niet meteen in beweging want als ze naar voren loopt staan ze in een lichtbundel – alweer zo'n verrekte lamp – maar ze hijst Lincoln hoger op haar heup en trekt een sprintje om aan het licht te ontsnappen. Pas wanneer ze voorbij de hokken van de slingerapen weer veilig in de schaduw zijn gaat ze langzamer lopen. Er staan wel lantaarnpalen langs de wandelpaden en overal hangen kabels met feestverlichting, maar hier, aan de rand van de speeltuin, zijn ze voorlopig in duisternis gehuld.

De maan gaat half schuil achter een wolk. *De maan was een spookgaljoen in een stormachtige wolkenzee*, herinnert ze zich uit een gedicht dat haar oom haar vroeger voorlas, en *Welterusten kamer, welterusten maan, welterusten niemand*, en toen Paul en zij net getrouwd waren stonden ze een keer op de veranda en zagen een oranje maan die zo laag hing en zo groot was dat het wel een nucleair verschijnsel leek, iets uit een schilderij van Dalí, en ze liepen naar buiten zonder de deur op slot te doen en volgden de maan kilometerslang door de buurt, almaar dichterbij komend, hand in hand lopend, soms rennend, en toen ze ergens de hoek om sloegen konden ze de maan bijna aanraken, maar het volgende moment stond hij weer hoog aan de hemel, met zijn gewone omvang en kleur, en toen ze terugliepen naar huis hadden ze het gevoel dat ze samen een droom hadden beleefd.

Niet ver van hen vandaan werpen de lantaarnpalen kegels van licht op het beton. Het is een lappendeken van licht en donker. Hier aan de rand van de speeltuin creëren de schaduwen een tropische sfeer: bosjes pampagras, een hekwerk van houten palen en touwen, wuivende bananenbladeren.

Ze observeert de speeltoestellen, allemaal van kunststof en metaal. Er is een namaakberg die Lincoln graag beklimt, en de contouren ervan hebben iets van een reuzencactus. De Afrikaanse trommels staan in het gelid, leeg en stil, en de houten maskers op de palen, zwart met goud en met een opengesperde mond, hebben iets duivelachtigs, en een ervan heeft een tong die op een penis lijkt, hoewel ze dat van hieraf niet kan zien. Ze heeft alles hier al ontelbare keren gezien, maar zelden 's avonds en zelden zonder andere mensen. Hier liggen geen verminkte lichamen of bloedplassen. Afgezien van de rouwende aap en het verbrijzelde glas dat zich in de zolen van haar slippers heeft vastgezet en dat ze nog steeds voelt knarsen, zou ze zichzelf kunnen wijsmaken dat ze de laatste paar uur bij elkaar heeft gefantaseerd.

Ze blijft stilstaan, luisterend, voortdurend luisterend. Wachtend op schaduwen die zich kunnen losmaken en in mannen veranderen. Ergens vlakbij hangt een windgong die een melodie voortbrengt alsof er elk moment een fee kan verschijnen. De wind vangt de echo's op en verdraait ze, zodat het lieflijke wijsje van alle kanten op haar af komt.

Ze merkt dat ze bijna staat te wiegen op de muziek, en ze voelt ook dat ze nog steeds gespannen is maar dat haar angst naar de achtergrond is verdwenen vanaf het moment dat de mannen haar toezongen. Ze verbaast zich over haar kalmte – of nee, dat klopt niet helemaal, ze is niet kalm maar geconcentreerd en heeft niet meer die gejaagde ademhaling die ze zich herinnert van die allereerste momenten, toen ze het gevoel had dat ze in stukken kon breken, en ze bedenkt dat zo'n hoog niveau van angst en stress misschien ook niet lang vol te houden is.

Vlak bij haar voeten ligt een met mos begroeide steen, lichtgevend bijna. Haar hand bloedt nauwelijks meer.

Ze verstijft als ze links van haar een beweging waarneemt, iets wat groter is dan een zwaaiende tak of een fladderend insect. Maar als ze zich ernaartoe draait, is het slechts een eenzame Afrikaanse wilde hond die rondloopt in de schaduw van zijn treurige hok. Het beest is graatmager, vel over been, en het sluipt constant heen en weer langs het hekwerk van zijn kooi. Meestal zijn het er twee, maar nu ziet ze er maar één. Hij kijkt hongerig en wanhopig, alsof hij van plan is te vluchten.

Stel dat ze ergens een grendel op zijn hek ziet.

De maan is achter de wolk vandaan gekomen, en het landschap ziet er wit, spookachtig uit. Ze loopt langs de speeltuin, blijft aan de rand van het pad, waar schaduw is. Er staan genoeg bomen, zodat ze onder de takken door kan lopen, dicht langs de stammen, en vaak stil kan blijven staan. Ze komen langs het hoge hek waarachter de neushoorn zit, en de wilde hond is niet meer te zien. Het olifantenverblijf is rechtdoor, het rieten dak van de Savannah Snackbar komt in zicht, en aan de andere kant van het gebouw zijn de snackautomaten. Ze zijn dichtbij.

Ze tuurt het pad af. Een tuitbeker. Hij ligt op het beton, in een plasje. Ze stapt eromheen, loopt wat sneller om een verlicht stuk pad over te steken, en bereikt veilig de duisternis langs de bamboeomheining van het olifantenverblijf.

Ze staat zichzelf niet toe om nog eens naar de achtergelaten tuitbeker te kijken.

Ze staat zichzelf niet toe aan de vrouw of de baby te denken, en evenmin aan de vrouw die hun lidmaatschapskaart controleerde en tegen Lincoln zei dat hij mooie krullen had, of aan die oma met de twee meisjes die maar een minuutje eerder dan zij op weg gingen naar de uitgang – had ze een gestalte zien liggen met de marineblauwe jurk van de vrouw aan? Hadden de beentjes die ze had gezien een roze panty aan? – of aan de jongen met de bril die Thor opraapte toen Lincoln hem had laten vallen.

Ze weigert zich af te vragen wat er van hen geworden is.

Ze voelt het bekertje achter haar leeglopen.

19.06 uur

Uitkijkend over het olifantenverblijf ziet Joan geen dieren. Ze ziet alleen maar gras en aarde bleek oplichten in het maanlicht. Ze laat haar blik over het terrein glijden – zo'n dikke driehonderd meter? Op andere dagen, wanneer ze de olifanten daar ziet voortsjokken, ziet hun verblijf er onmetelijk groot uit maar op dit moment lijkt het veel kleiner. De Afrika-illusie houdt stand tot aan een rijtje dennenbomen, en achter de kerstboomcontouren ziet ze de ijzeren rails van het dierentuinspoorlijntje in het maanlicht. En daar weer achter – kort oplichtend door de bomen – ziet ze straatlantaarns, de lichtreclame van een Walgreens-drugstore en de koplampen van een stroom auto's die langzaam de bocht om komen.

Het choqueert haar dat die auto's daar rijden, langzaam, met hun lichten aan, ongehaast. Zou niet iemand de mensen ervan moeten weerhouden naar buiten te gaan om wc-papier te kopen of ergens iets te gaan drinken? Zouden daar niet eerder oranje pylonen en afzetlinten en sirenes en misschien wel tanks en zwarte pantserwagens moeten staan?

Ze zijn onverdraaglijk, die onbekommerd voorbijrijdende auto's.

Haar blik glijdt terug naar de harde contouren van het spoorlijntje. De rails glimmen hier en daar zilverachtig in het maanlicht. Ze concentreert zich op die glinsterende plekken. Vroeger nam haar oom haar regelmatig mee de stad uit om te gaan picknicken en te vissen, en dat was maar goed ook, want als het aan haar moeder had gelegen zou Joan nooit verder zijn gekomen dan thuis, school en het winkelcentrum. Op het platteland waren alleen maar koeien en akkers, en de aarde daar was bezaaid met stukjes mica, waarvan ze de dunne zilverkleurige laagjes uit elkaar kon trekken. Ze dacht dat die veel geld waard waren, maar haar oom zei van niet, dat ze alleen maar glommen, en zij deed net of de micadeeltjes stukjes meteoriet waren. Ze vond het prachtig, dat mica, een openbaring. Een keer had ze ze in een hersluitbaar zakje gedaan, zoals een wetenschapper waardevolle specimens verzamelt, en ze thuis aan haar moeder laten zien, die zelf nooit de natuur in ging – zij en Joans oom waren het levende bewijs dat genen niet altijd worden doorgegeven, want ze verschilden van elkaar als dag en nacht. Maar die dag was haar moeder bezig haar wenkbrauwen te epileren, de wastafel lag vol piepkleine zwarte apostrofjes, en toen Joan haar de stukjes mica liet zien zei haar moeder: *Geen stenen mee naar binnen nemen.* Joan was toen nog zo jong dat ze niet opgaf – ze probeerde uit te leggen dat je het bovenste laagje ervan af moest pellen en dat het dan ging glinsteren, als een juweel, *je moet onder de stoffige bovenlaag kijken.* En haar moeder zei toen iets als *het is helemaal niets waard, Joan*, en natuurlijk wist Joan dat ook wel. Maar ze vond niet de juiste woorden om haar moeder duidelijk te maken hoe bijzonder het was, hoe mooi, en haar moeder luisterde ook nauwelijks en wilde niet eens in het zakje kijken. Ook niet heel even. Haar moeder stond daar – met haar ene hand trok ze de huid op haar voorhoofd strak – in de spiegel te staren terwijl er wenkbrauwhaartjes naar beneden dwarrelden.

Joan maakt haar blik los van de spoorlijn en wrijft met haar wang over Lincolns hoofd. Hij heeft nog nooit mica gezien. Ze zou hem graag willen laten zien hoe je met je vingernagel de laagjes eraf kunt pellen.

Dan hoort ze iets knappen en een gekraak, en ze is al bijna bij de grond – steunend op één knie – en vouwt zich om Lincoln heen, als ze zich realiseert dat het waarschijnlijk een takje of een vallende noot is geweest. Ze kijkt om zich heen en ziet alleen maar lichte plekken en donkere plekken en schaduwen en planten.

Ze blijft dicht bij de grond, verroert geen vin en blijft om zich heen kijken.

Uiteindelijk gaat ze weer staan. De gedachte aan wat er hier op dit betonnen pad allemaal zou kunnen gebeuren is haar te veel. Op het beton drie meter verderop. Of zes meter verderop, onder de schaduw van het enorme rieten dak.

Voorzichtig zet ze de ene voet voor de andere.

Ze kijkt weer naar het bochtige spoorlijntje dat helemaal langs de buitenkant van de dierentuin loopt. Talloze keren heeft het treintje Lincoln en haar zo dicht langs het buitenhek gebracht dat ze er even uit hadden kunnen springen – het treintje rijdt heel langzaam – en hun handen tegen de ijzeren spijlen of de bakstenen muren hadden kunnen leggen, en dan waren ze heel dicht bij de buitenwereld geweest.

Al is ze met haar gedachten bij die spoorlijn, ze is in beweging gebleven. Lincoln en zij lopen nog steeds langs het olifantenverblijf en komen steeds dichter bij het paviljoen met het rieten dak, waar de snackbar is. Uit de speakers klinkt 'I Put a Spell on You', en ze schrikt van de stem van de zanger. Ze kijkt voor zich om te zien waar de speakers hangen, maar ze is nog te ver weg.

'Mag ik lopen?' fluistert Lincoln, en het geluid van zijn stem verrast haar net zozeer als de muziek.

'Wil je dat ik je op de grond zet?'

Ze kan de keren dat hij haar vroeg of hij mocht lopen terwijl ze hem droeg op één hand tellen.

'Ja,' zegt hij.

Dus zet ze hem op de grond en houdt zijn hand met haar niet-gewonde hand vast. De opluchting die door haar heen stroomt wanneer ze van zijn gewicht is bevrijd – de plotselinge lichtheid – wordt tenietgedaan door een gevoel van leegte. Ze klemt haar vingers om de zijne. Hij doet een paar stappen naar de bamboeomheining toe en trekt haar met zich mee.

'Wat is dat?' vraagt hij.

Ze volgt de lijn van zijn wijzende vinger. Het olifantenverblijf ziet er 's avonds absoluut adembenemend uit. De lage bomen en de graspollen lijken boven de ronding van de heuvels te zweven, over het zand ligt een gouden gloed en het lijkt wel of ze naar een buitenaards landschap kijkt, op de maan of op Mars.

'Die plant?' vraagt ze als ze een struik ziet met takken die op tentakels lijken.

'Nee,' zegt hij. 'Dat ding op de grond.'

Ze kijkt nog eens, en het duurt een paar seconden voordat ze de inktvlekachtige vorm op de grond ziet, en nog langer voordat ze beseft wat het is.

De mannen hebben een olifant gedood.

Het lichaam is een brede, donkere, massieve klomp, maar de slurf kronkelt over de grond en heeft zich aan het eind enigszins opgericht, en ze heeft het idee dat die slurf loszit van de rest van het lichaam, nog in leven is, en schuifelend over de grond probeert te ontsnappen. Maar hij beweegt niet.

'Wat is dat, mammie?' vraagt Lincoln nog eens.

'Een olifant,' fluistert ze. Terwijl de wolken boven haar hoofd wegdrijven, meent ze de fijne haartjes op zijn ruwe huid in de wind te zien bewegen.

'Ligt hij op de grond?' zegt Lincoln.

'Ja.'

'Waarom ligt hij?'

Ze zou kunnen zeggen dat de olifant ligt te slapen. Dat is waarschijnlijk het mildste antwoord, maar dat wil ze niet zeggen. Het is op een of andere manier beledigend om hem keihard voor te liegen nu hij al die uren met haar heeft doorstaan, wang tegen wang, hand in hand, en ze voelt ook de behoefte om het tegen iemand te zeggen, en hij staat hier nu eenmaal.

'Hij is dood,' zegt ze.

'O. Hebben de mannen hem doodgemaakt?' vraagt hij.

'Ja.'

Ze kan haar blik niet losmaken van de olifant. Zijn staart lijkt net een worm en ziet er deerniswekkend uit.

'Hoe heet hij?'

'Dat weet ik niet,' antwoordt ze. 'Hoe denk jij dat hij heette?'

Hij maakt een zacht brommend geluid, een geluid alsof hij nadenkt.

Ze maakt een plotselinge slingerbeweging, trekt hem met zich mee en gaat sneller lopen, boos op zichzelf omdat ze energie en tijd heeft verspild aan de olifant in plaats van zich te concentreren op alle hoeken, muren en schuilplaatsen om hen heen, en hij loopt met haar mee, maar blijft achteromkijken naar de olifant. Hij geeft graag namen aan de dingen: hij heeft een hele familie speelgoedkonijntjes met kleertjes aan. Eentje heet Softbal en een andere heet Honkbal, en er is een broertje dat Konijntje Zonder Oren heet – Muddles heeft zijn oren eraf gebeten – en een zusje dat Suzie Kat heet. Er was vroeger ook een babykonijntje dat Suzie Heks heette, maar dat is met huid en haar door Muddles opgegeten. Lincoln heeft ook honderden plastic American-footballfiguurtjes en een opvouwbaar stoffen speelveld en hij geeft de spelers voortdurend andere namen. Een van de aanvallers heet Nijdige Nelis. En een van de receivers heet Susan.

'Heette?' vraagt Lincoln.

Ze is even vergeten waar ze het over hebben. 'Wat?'

'Dan heeft hij toch nog steeds een naam? Heb je geen naam meer als je dood bent?'

'Ik bedoel "heet",' verbetert ze zichzelf. 'Hoe denk jij dat hij heet?'

'Marshmallow,' zegt hij.

Ze pakt zijn hand steviger vast.

Als hij met zijn voetballers speelt, laat hij de quarterbacks altijd aanmoedigingen roepen: *We geven alles! Snel afspelen! Spelen we gemeen? Nee! Spelen we sportief? Ja!*

Hij is een uitzonderlijk lief kind. Het is heel makkelijk om hem te kwetsen.

Hij is weer blijven staan. Hij heeft zich omgedraaid naar de olifant. Of misschien heeft een mot of een dwarrelend blad zijn aandacht getrokken.

'Lincoln,' fluistert ze terwijl ze zich naar zijn oor toe buigt. 'We moeten doorlopen. We kunnen niet kijken naar dingen die niet belangrijk zijn.'

Er is zoveel ruimte hier. Zoveel mogelijke schuilplaatsen die haar nooit zouden opvallen, alleen als iemand een stap naar voren doet en een wapen op haar richt. Ze kijkt echt overal, maar ze weet dat ze niet alles kan zien.

Als ze daarover nadenkt – over wat ze allemaal niet kan zien – kan ze amper ademhalen.

Sneller lopen. Goed uitkijken, maar sneller lopen.

De olifant hebben ze al een eindje achter zich gelaten. Ze zijn bijna bij de snackbar en de speakers en er zit ook een speaker in de omheining, realiseert ze zich als de muziek aanzwelt en alle andere geluiden overstemt. Toch blijft ze dicht langs het bamboehek lopen, op de donkere strook gras waar het licht niet kan komen. Ze geeft een rukje aan Lincolns hand. Ze vindt het eng om hier nog langer rond te lopen. Niet alleen ziet ze niets, maar vanwege de oorverdovende muziek – 'Werewolves of London' – hoort ze ook niets.

De snackbar ligt onmiddellijk rechts van haar en voor haar strekt het paviljoen met het rieten dak zich uit. Maar tussen haar en het gebouw ligt een felverlichte, brede strook, waar normaal gesproken kinderen rondrennen en vallen en sap uit een pakje drinken. De paden naar alle dierenverblijven komen hier samen en het is een beangstigend grote open plek. Als ze nu een stap op dat verlaten plein zet, is ze van alle kanten zichtbaar en hoort ze niets meer behalve het gehuil van wolven en het gedreun van een elektronisch keyboard.

Ze voelt de muziek in haar hoofd bonken.

Ze besluit iets verder door te lopen in de richting van het schildpaddenverblijf, waar een reusachtige boom met zijn takken het hele wandelpad overschaduwt, en daar kunnen ze oversteken in de schaduw van die boom. Als ze die beslissing eenmaal heeft genomen focust ze zich daar volledig op. Ze maken zich klein en schuifelen stapje voor stapje verder, dicht langs de omheining, en ze zou zich door niets hebben laten afleiden, maar op dat moment stopt de muziek heel even. Het gehuil en gejank sterven weg en vlak daarna begint het volgende lied.

In die korte stilte hoort ze de baby krijsen. Eerst denkt ze dat het een aap is, maar het gekrijs wordt onderbroken door een korte hapering, een stokkende ademhaling, en dan weet ze dat het geen dier is. Het is een gorgelende, boze kreet, en het is vlakbij. Zo dichtbij dat het herinneringen oproept aan dat ze lag te slapen – het huis was doodstil in de vroege ochtend, Lincolns wieg stond in de kamer ernaast, een paar meter verder – en dat ze een fractie van een seconde nadat hij ook maar het geringste geluidje van onbehagen had laten horen wakker werd en nog voordat ze haar ogen opendeed haar voeten al op de grond had gezet.

Ze draait met een ruk haar hoofd om en kijkt naar een bank die een meter of wat voor hen staat – vanwaar je een mooi uitzicht hebt op het olifantenverblijf – en verwacht daar de moeder met haar lange haar in elkaar gedoken te zien zitten terwijl ze nog steeds probeert om de baby te sussen, maar de bank is leeg.

Dan begint de muziek weer, een discodreun die alle andere geluiden overstemt, en ze kan zichzelf bijna wijsmaken dat ze het zich heeft verbeeld – dat haar brein haar voor de gek houdt. Maar ze weet het. En ze hoeft haar plan niet bij te stellen: ze houdt zich gewoon aan de geplande route en loopt op de bank af, die in een hoek staat waar de omheining zigzagt, en het is alleen maar een ijzeren frame, met aan de ene kant de compacte vorm van een metalen afvalbak.

Ze blijft stilstaan, gebogen, nog steeds in de schaduw. Hier is niemand. Hier is duidelijk niemand, geen baby, geen moeder. Lincoln wurmt zijn vingers uit de hare, niet omdat hij probeert los te komen maar omdat hij ongeduldig is. Ze voelt dat hij naar voren buigt, inschat of hij haar wel of niet kan aansporen.

Hier is duidelijk niemand.

Ze trekt Lincoln dichter naar zich toe, drukt zijn rug tegen haar benen en samen bewegen ze naar voren tot haar handen het koele metaal van de afvalbak aanraken, die een beetje plakkerig aanvoelt, en ze tilt de deksel in één keer op. Ze weet wat ze zal aantreffen – hoewel ze zich voorhoudt dat dat niet zal gebeuren, weet ze dat het wel zo is – en inderdaad, als de deksel eraf is ziet ze een schreeuwende baby.

Ze hoort het geschreeuw amper boven de muziek uit, ook al ziet ze zijn mondje bewegen. De maan schijnt zwak maar geeft voldoende licht. Onder in de afvalbak ligt de baby boven op een dekentje, dat het meeste afval bedekt. Hij is klein en zacht en ligt daar te kronkelen. Hij is Mozes in een mandje.

Ze legt de deksel op de grond, buigt zich voorover en maakt sussende geluidjes die ze zelf niet eens kan horen. Ze kijkt naar de vingertjes die zich naar haar uitstrekken. De handjes die slaande bewegingen maken. Een hoofdje met donzig donker haar, niet pasgeboren maar wel nog maar een paar maanden oud, losjes gewikkeld in een tweede dekentje, iets pastelkleurigs – groen of geel of wit? Hij heeft het van zich af geschopt en ze ziet zijn rompertje, ook pastelkleurig, en zijn mollige beentjes, maar ze is vooral gefascineerd door zijn woede – zijn stevig dichtgeknepen ogen en gefronste voorhoofd en wijd open mond waarmee hij, ook al doet hij nog zo zijn best, niet op kan tegen de muziek uit de luidsprekers.

Die vrouw – of een vrouw – heeft haar kind in de afvalbak achtergelaten.

Onvoorstelbaar.

Lincoln trekt aan haar hand, zegt iets. Ze heeft geen idee wat. Ze buigt zich naar hem toe.

'Zeg het maar in mijn oor,' zegt ze.

'Wat is dat, mammie?' schreeuwt hij, maar ze kan hem nog steeds amper horen.

Hij kan het niet zien, realiseert ze zich. Hij is te klein om over de rand van de afvalbak te kunnen kijken, en hij hoort alleen maar de muziek, maar zij staat daar als verlamd.

'Niets,' zegt ze, en ze weet eigenlijk niet zo goed waarom ze tegen hem liegt.

'Maar waar kijk je dan naar?'

Ze richt zich op terwijl ze naar de baby blijft kijken. Dan ziet ze dat ze haar beide handen in de afvalbak heeft gestoken. Ze doet een stap achteruit.

'Ik dacht dat ik iets hoorde,' zegt ze.

De moeder van het kind moet in paniek zijn geraakt. Misschien zag ze de schutters aankomen of misschien was ze gewoon zwak of egoïstisch, maar ze kon het kind niet stil krijgen en gaf het op. Waarschijnlijk zit ze zelf ergens veilig weggedoken terwijl ze haar kind te midden van lege frisdrankblikjes en hamburgerverpakkingen aan zijn lot overlaat. Joan haat haar intens. Weer hangen haar handen boven de afvalbak en waarom raakt ze de baby niet aan?

Lincoln trekt weer aan haar rok.

Ze kan haar ogen niet van het kind losmaken. Het is niet eens zo'n vreselijke schuilplaats beseft ze, als ze over haar eerste reactie heen is. Als je je over de gedachte heen kunt zetten dat de vrouw haar kind letterlijk heeft weggegooid is het eigenlijk een fantastische plek. Vlak bij de speakers kan het kind krijsen wat het wil – is het een meisje of een jongetje? ze kan het natuurlijk geen 'het' noemen – en niemand die het hoort. En de baby zal natuurlijk schreeuwen want hij is alleen en bang en heeft waarschijnlijk honger, hij voelt niet de zachte warmte van zijn moeders lichaam, en baby's gaan heel erg op geur af en nu ruikt hij die rare, smerige, rotte stank van de vuilnisbak. Maar het geluid van zijn geschreeuw wordt overstemd en de afvalbak is ook een soort primitieve mand, aan alle kanten omsloten, een plek waaruit een baby niet kan wegkruipen.

Er kunnen ratten of kakkerlakken in zitten die in zijn ogen en mond kruipen. Kakkerlakken. Het is niet veilig. Het is een afvalbak. Lincoln kan zelf lopen en die baby weegt niets. Ze zou ze zelfs allebei kunnen dragen, heel even dan.

De discomuziek galmt door haar hoofd.

Ze steekt haar hand in de afvalbak en strijkt over het gezichtje van de baby, dat zelfs in het maanlicht paarsrood ziet. De huid is zo zacht als ze al verwachtte. Hij blijft maar huilen. Hij draait zijn mondje naar haar toe en pakt haar duim, en ze laat hem even sabbelen. Naast zijn gezichtje ligt een snoeppapiertje dat ze opzij veegt. De baby schopt met zijn ene beentje en ze ziet iets liggen onder zijn bleke, zachte voetje. Ze laat haar hand eronder glijden en voelt dat het een speen is.

Ze veegt de speen af aan de binnenkant van haar arm en geeft hem aan de baby, en dan herinnert ze zich nog iets – de volmaakte O van een mondje en het tevreden zuig- en smakgeluidje waarmee de speen wordt aanvaard.

De baby zuigt een paar keer op de speen en spuugt hem dan weer uit. Hij begint weer te krijsen. Ze voelt zijn gewicht al in de holte van haar elleboog.

Lincoln staat nog steeds aan haar te trekken. Ze kijkt omlaag en hij trekt haar naar zich toe.

'Je had gezegd,' roept hij in haar oor, 'dat we niet moeten kijken naar dingen die niet belangrijk zijn.'

Ze gaat weer snel rechtop staan, realiseert zich dat ze in het licht staat – hetzelfde licht dat op de baby valt schijnt ook over haar armen. Ze heeft Lincolns hand ook losgelaten. Voor het eerst sinds ze uit de kuil met de stekelvarkens zijn geklommen heeft ze hem helemaal losgelaten. En ze hield hem ook niet in de gaten. Als hij nu was weggelopen, zou ze het niet hebben gezien. Als de mannen nu hier waren en hun wapens op hen richtten, zou ze dat niet gezien hebben.

Ze keek niet.

De baby ligt nog steeds te krijsen.

Ze hurkt neer, terug in de schaduw, en slaat haar arm om haar zoon heen.

'Ja,' zegt ze tegen hem. 'Je hebt gelijk.'

Ze moet snel zijn. Anders is ze er niet toe in staat. Ze komt half overeind, probeert zo laag mogelijk te blijven en laat haar hand weer over het hoofd van de baby glijden. Ze strijkt met haar duim over zijn mondje en laat hem op haar duim sabbelen – hij heeft nog geen tanden – en dan stopt ze de speen nog een keer in zijn mond. Ze draait zich snel om en wil geloven dat de baby hem deze keer in zijn mond houdt. Ze bukt zich en pakt de deksel op.

Ze legt de deksel weer voorzichtig op zijn plaats. Het gaat niet zo snel als ze zou willen – ze moet de deksel precies over de rand van de afvalbak laten neerkomen – en al die tijd staart ze naar een punt in de duisternis. Een moment lang is de baby een vage bleke fladderende vorm en dan is hij verdwenen en ziet ze alleen nog de gladde donkere bolling van de deksel.

'Kom,' zegt ze tegen Lincoln.

Ze maakt zich weer klein en doet een paar stappen, en de muziek klinkt al wat minder luid, bonkt niet meer zo in haar hoofd. Nog een stap en nog een stap en ze moet gewoon door blijven lopen, ze hoeft niets te voelen.

Ze moet er alleen voor zorgen dat Lincoln veilig is.

'Wat zat daarin?' vraagt die, en hij drukt zijn gezicht tegen haar haren aan.

'Niets,' zegt ze.

Ze weet dat hij door zal blijven praten, het niet los wil laten, maar ze gaat sneller lopen en laat de afvalbak achter zich. De muziek klinkt nu weer luider. Een elektrische gitaar klimt naar extatische hoogten en een paar blaadjes die zelfs in het halfduister geel oplichten dwarrelen voor hun voeten in het gras. Als ze de brede stam van de boom bij het schildpaddenverblijf hebben bereikt rennen ze hand in hand over het in schaduw gehulde pad, en dan knielt ze bij een laag hek. Even pauze en opnieuw de zaak in ogenschouw nemen. Ze zijn maar een paar stappen verwijderd van de snackautomaten die voor het merendeel schuilgaan achter een bamboescherm, maar door de dikke bamboestokken van het scherm ziet ze de rood en wit gestreepte lichtjes gloeien.

Nog een paar stappen. Ze steekt haar hand in haar portemonnee, voelt in het zijvakje. Ze houdt haar creditcard in haar hand en sluit haar vingers eromheen.

'Wat voor crackers hebben ze?' vraagt Lincoln.

'Vast en zeker kaas,' zegt ze. Ze voelt een onredelijke boosheid opkomen omdat hij weer over die crackers begint. 'Je moet fluisteren.'

'Ik wil kaas.'

Ze voelt dat hij langzamer gaat lopen en dat ze hem moet meetrekken, alsof ze een dikke vis aan de lijn heeft. Ze strijkt met haar heup langs het bamboescherm dat een kordon vormt rond de snacks.

Nog tien of twaalf stappen en dan kan ze hem te eten geven.

'Ik wil geen pindakaas,' zegt hij, en hij begint steeds harder te praten. 'Ik wil die met kaas. Of anders die koekjes met pindakaas erin, die papa ook zo lekker vindt.'

'Stil,' snauwt ze. Het is onvoorstelbaar dat nu ze zo ver zijn gekomen zijn gezeur over crackers met pindakaas hun de kop kan kosten, en snapt hij dan niet wat ze allemaal voor hem heeft gedaan? Natuurlijk snapt hij dat niet, godzijdank. Maar ze gaat nu geen discussie met hem aan over crackers.

Ze zorgt dat ze kalmer klinkt. 'Ze hebben vast wel kaascrackers,' zegt ze.

‘Beloofd?’

Er wellen tranen op in haar ogen – ze heeft zich vergist –, het is niet echt woede wat ze probeerde te onderdrukken. Haar hand plakt een beetje aan de zijne als ze hem dichter naar zich toe trekt: ze wil niet aan de stroperige smurrie op de deksel van de afvalbak denken. Terwijl hij naar haar toe strompelt maakt Lincoln een dreinend, grommend geluid, alsof ze hem ’s ochtends te vroeg wakker heeft gemaakt, maar nu zijn ze voorbij het bamboescherm.

Ze blijft even stokstijf staan.

Dan stapt ze wankelend achteruit, achter het scherm, en trekt Lincoln tegen haar benen aan. Ze voelt weer paniek opkomen en dat is goed, want daardoor worden alle andere emoties weggebrand. Ze wordt weer brandschoon.

Tussen het bamboescherm waar ze nu staan en de bakstenen muur van de Savannah Snack Bar is het zo licht dat het bijna dag lijkt. Helder verlichte automaten staan op een rijtje tegen de muur: Coke, Pepsi en mineraalwater, en helemaal achteraan een metalen kast vol kleine pakjes. Ze heeft die automaten nog nooit bij avond gezien. De vrolijke lichtjes hebben een ontnuchterende mechanische agressiviteit. De machines zijn zich totaal niet bewust van het gevaar waarin zij verkeert, en ze haat ze omdat ze zo goed te zien zijn.

Ze moet haar ogen afschermen tegen het licht.

Links van de automaten maakt het bamboescherm een bocht en loopt dan verder door tot aan de muur van het restaurant. In de bocht van het scherm staan hoge bananenbomen met brede bladeren, dus aan die kant is er in ieder geval een soort barrière.

Maar vanaf het punt waar zij staat tot aan de gleuf waarin ze haar creditcard moet stoppen – o god, laat de creditcardlezer het alsjeblieft doen, want soms doet hij het niet en ze heeft nooit contant geld op zak – van hier tot aan de automaten kan ze zich nergens verstoppen. Er is alleen maar beton. Niet alleen worden de automaten zelf van binnenuit verlicht maar de weggewerkte lampjes langs de dakrand zetten het hele plein vol in het licht.

Ze bestudeert het groepje bananenbomen naast de automaten. De bladeren waaieren uit als een parasol en daaronder lopen de brede stammen schuin af naar de met humus bedekte aarde. Aan de ene kant van het bamboescherm zijn drie afvalbakken tegen elkaar aan gepropt, maar de kant naast het gebouw is donker en leeg. De bananenbomen bieden bescherming en ze vermoedt dat Lincoln en zij diep in het gebladerte kunnen gaan staan, tegen de omheining aan.

Het levert niks op als ze hier eindeloos blijft staan. Hier zijn ze ook niet veilig.

Ze bestudeert alles wat ze kan zien en probeert alles wat ze niet kan zien te bedenken. Ze tilt Lincoln weer op, wacht tot hij zijn armen en benen om haar heen heeft geslagen.

'Deze kant op,' zegt ze, en ze holt snel door het licht – haar schaduw tekent zich breed en vormeloos af tegen het beton – langs de drinkautomaten en langs de snackautomaat en recht op de rij bananenbomen af. Van dichtbij ziet ze dat het pad is ingelegd met sierstenen – vierkante mozaïeken in zwart en wit. Ze zet Lincoln tussen het gebladerte neer en drukt zich tegen de stenen muur van het restaurant aan – de snackautomaat staat zo dichtbij dat ze hem aan kan raken. Dankzij de machine zijn ze vanuit een paar hoeken onzichtbaar. Ze wurmt voorzichtig haar hand los uit de zijne en duwt hem, terwijl ze hem stevig vasthoudt, stapje voor stapje verder naar achteren tussen de bladeren.

'Ga op die steen staan,' fluistert ze. 'Daar blijven staan, dan haal ik wat te eten.'

Hij staat daar goed, ziet ze tot haar tevredenheid. Ze kan hem amper zien, zelfs van zo dichtbij.

Vanaf deze kant staat ze in de schaduw en valt er alleen licht op haar arm als ze om de machine heen reikt met de kaart in haar hand. Met onhandige bewegingen – haar vingertoppen zijn kurkdroog – duwt ze de kaart in de gleuf. De machine accepteert de kaart en ze kiest de tarwecrackers met kaas, schuift haar hand door de opening onder in de machine en vangt de crackers op, nog voordat ze op de bodem vallen. Ze haalt ze eruit en luistert even. Dan koopt ze nog een tweede pak want, ach, hoe gevaarlijk kunnen die extra vijf seconden nou zijn – maar drukt op de verkeerde knop: op A6 in plaats van op B6, en er valt een Zero-reep naar beneden, maar ze pakt hem toch.

Ze stapt terug in de schaduw en de bladeren voelen vochtig aan in haar nek.

19.12 uur

Zijn shirt kruipt omhoog als hij zich op haar schoot nestelt, en ze denkt aan zijn knokige ruggengraat en zijn smalle heupen. Als baby was hij zwaar – meer dan negen pond – en een tijdlang had hij een paar onderkinnetjes, maar het was wel een aantrekkelijk soort molligheid, waardoor vreemde vrouwen op straat stil bleven staan om even in zijn wangetjes te knijpen. Hij bleef heel lang mollig, maar op een gegeven moment werd hij lang en mager.

Ze haalt de crackers uit de verpakking en geeft hem er een – de wikkel maakt meer lawaai dan ze wil, maar ze scheurt de verpakking in het midden open zodat de crackers op het plastic blijven liggen – en gaat wat verzitten zodat ze met haar voeten stevig op de steen zit en niet op de aarde. De brede, platte, koel aanvoelende bladeren vallen over haar hoofd en schouders. Uit de speakers komt nu dat duizeligmakende instrumentale nummer dat de komst van de slechte heks van het westen in *The Wizard of Oz* aankondigt. De blaasinstrumenten klinken woest en uitzinnig. Het geluid werkt op haar zenuwen maar ze wil niet dat het stopt. Ze wil niet iets anders horen.

In een mum van tijd heeft Lincoln twee crackers op. Ze haalt zijn flesje met drinken uit haar tas en schudt even, het is gelukkig nog halfvol. Ze haalt de dop eraf en zet het tussen zijn knieën, die weer tussen haar knieën geklemd zitten.

'Dank je wel,' zegt hij. Hij zit een beetje op en neer te wippen, zijn billen komen bijna los van de grond. De crackers hebben een haast magische uitwerking op hem.

'Heb je een snoepreep?' vraagt hij. 'Wat voor eentje is het? Mag ik een hapje?'

Ze breekt een stukje af en houdt het hem voor. Ze spreekt de woorden heel langzaam uit.

'Dat heet een Zero-reep,' zegt ze. 'Het is witte chocolade met karamel.'

'Maar je houdt toch niet van witte chocola. Daar ga je van overgeven.'

Normaal gesproken is dat ook zo. Dat heeft ze overgehouden aan haar verblijf in Thailand. Ze had eerst bij nonnen in Ierland gewerkt en was daarna naar Bangkok vertrokken, en omdat het net vastentijd was had ze het eten van chocola opgegeven, want omringd door nonnen pik je toch wat op over zelfopoffering, maar op paaszondag in Thailand had ze een massieve paashaas van witte chocola gekocht – waarom verkochten ze eigenlijk paassnoepgoed in Thailand? – en die had ze in één keer opgegeten waardoor ze moest overgeven, en vanaf dat moment taalde ze niet meer naar witte chocola.

'Vroeger vond ik witte chocola wel lekker,' zegt ze. De rand van de steen voelt scherp aan en als ze gaat verzitten schraapt ze er met haar hand langs. Ze voelt eerst een stekende pijn en dan iets vloeien – de snee in haar handpalm is kennelijk weer opengegaan.

'Toen ik nog niet was geboren?' vraagt Lincoln.

'Ja,' zegt ze, en ze maakt een vuist en ontspant haar hand weer, voelt het bloed plakken. 'Lang voordat jij werd geboren.'

'Toen je naar allerlei landen ging.'

'Toen, ja.'

Hij neemt aarzelend een hapje van de reep, laat dan een tevreden geluidje horen en het hele stuk verdwijnt in zijn mond.

'Jij at dat altijd toen ik nog niet geboren was,' zegt hij. 'Toen je witte chocola nog lekker vond. Maar er bestond geen witte chocola voordat ik geboren werd, dus dat kan niet.'

'Nee?' zegt ze.

Er hapert iets in de cola-automaat – het lijkt op kortsluiting. De Sprite-knop flitst zachtjes aan en uit.

'Toen ik nog niet geboren was,' zegt hij, 'was er helemaal geen chocola. En ook geen huizen. Alleen maar kastelen. Er waren geen meubelen. Geen borden, geen hoeden, geen modder. Er waren wel dinosaurussen. Er was geen wereld. Er was niets. Maar er was wel een ziekenhuis, waar ik ben geboren.'

Ze kijkt naar hem.

Een keer begon hij in de supermarkt te huilen bij het horen van een stem door de luidsprekers. Hij vindt de monsters in Scooby-Doo eng. En op dit moment lijkt hij zich niets te herinneren van het afgelopen uur. Hij is weer helemaal zijn normale zelf.

'Dat wist ik niet,' fluistert ze.

'Ik weet dat jij dat niet wist.'

Ze moeten hier zo snel mogelijk weg. Ze zitten vlak naast het gebouw, dicht bij een hoofdpad. Ze drukt zich wat dichter tegen de stenen muur aan zodat ze allebei in de schaduw zijn weggestopt, en dankzij een streepje licht dat door de bladeren schijnt kan ze hem gadeslaan terwijl hij eet.

'Lekker?' fluistert ze.

'Jammie,' zegt hij, met zijn mond vol natte kruimels. Hij gaat verder met de crackers. 'Jammie. Zo lekker dat ik twee keer jammie zei.'

'Sst,' zegt ze. 'Stil. Denk eraan, niet alles zo gulzig wegschrokken. Geniet ervan.'

Ook al zo'n woordcombinatie die hij zelf heeft verzonnen – 'wegschrokken' in plaats van 'opschrokken'. En hij vroeg een keer aan haar: *Waarom zeg jij 'verschrikkelijk mooi'? Als je verschrikkelijk zegt, dan bedoel je toch iets heel ergs?*

‘Ik geníét er ook van,’ fluistert hij, en om dat te bewijzen neemt hij een minihapje.

Ze zegt vaak dat hij niet zo gulzig moet eten, maar nu wil ze helemaal dat hij rustig aan doet. Ze vindt het fijn om te zien dat hij zit te smullen van zijn cracker met smeerkaas. Hij kauwt duidelijk hoorbaar, niet echt met zijn mond open, maar zijn kaken en lippen bewegen meer dan nodig is. Hij likt aan zijn pols, waar waarschijnlijk wat kruimels op zitten.

Ze wil dat hij alleen maar aan crackers denkt.

Hij kruipt wat dichter tegen haar aan, zijn heup raakt de hare, en ze moet denken aan haar oom in zijn oude fauteuil – roestbruin – die toen ze klein was opzijschoof om plaats te maken voor haar en dan zei: *Een van ons begint steeds dikker te worden.* Haar oom rook altijd naar hooi en lekker zweet, en wanneer ze zich naast hem in de fauteuil had gewurmd, heup tegen heup, legde hij zijn wang op haar hoofd en voelde ze zijn hartslag tegen haar slaap bonken, en het stemde haar altijd tevreden hem zo stevig en veilig naast zich te voelen.

Voor zover ze weet – op basis van films en boeken en lunches met vrienden – zijn mensen doorgaans niet tevreden. Ze willen een andere baan en een andere partner, en op haar leeftijd wordt ze geacht een belangrijke existentiële crisis door te maken waarin ze vraagtekens zet bij de keuzes die ze heeft gemaakt en wenst dat ze weer opnieuw kon beginnen, en het zou eigenlijk nog veel erger moeten zijn want ze is een vrouw en ze heeft een kind en ze werkt, en ze wordt geacht dat allemaal te willen, maar daarin wordt ze voortdurend belemmerd en verscheurd door enerzijds haar verlangen naar een plek voor zichzelf en anderzijds haar moederlijke gevoelens.

Zij heeft dat allemaal niet.

Ze heeft eens een verhaal gelezen toen ze nog klein was en geobsedeerd was door alles wat te maken had met spontane menselijke zelfontbranding of voodoo, en waarschijnlijk stond dat verhaal in een van haar dikke boeken over geesten. Het ging over een man die een horloge van de duivel kreeg waarmee hij de tijd kon stilzetten. De man hoefde alleen maar op een knopje te drukken en zijn leven zou voor eeuwig stilstaan, nooit meer veranderen. Hij zou nooit sterven. Hij zou nooit ouder worden. Elke dag zou precies hetzelfde zijn als de dag die hij nu meemaakte. Hij hoefde alleen maar het juiste tijdstip te kiezen en op de knop te drukken. Maar hij was er nooit helemaal klaar voor om op dat knopje te drukken – hij bleef maar denken dat hij dan toch eerst de juiste vrouw wilde tegenkomen en toen dat eenmaal was gebeurd besloot hij dat hij graag vader wilde worden en toen het kind er eenmaal was wist hij niet meer zo zeker of die vrouw wel de juiste was, en daarna wilde hij eerst meer geld verdienen, en uiteindelijk was hij een oude man geworden en kwam de duivel zijn ziel opeisen. De duivel vertelde hem dat hij die truc al een eeuwigheid gebruikte en dat de grap was dat niemand ooit op die knop drukte. Niemand was bereid om te zeggen dat dit moment – dít moment – het volmaakte moment was.

Zij zou het horloge stilzetten. Wanneer dan ook.

Misschien is dat haar enige echte talent: dat ze tevreden kan zijn. Ze is dankbaar voor wat ze heeft. Haar zoon voelt warm aan en zit dicht tegen haar aan gedrukt, en dat is bijna genoeg om al het andere teniet te doen.

Alleen is haar hand weer nat, het bloed druipt langs haar vingers.

Ze tilt haar hand op om de snee in haar handpalm dicht te drukken, maar nu loopt er bloed vanaf de zijkant van haar arm, een open plek vlak boven haar pols, en terwijl ze ernaar staart realiseert ze zich dat ze haar pols keer op keer langs de scherpe steen onder haar heeft gehaald, en dat deed pijn, bedenkt ze nu, maar tegelijkertijd – er is een rode druppel op haar dij terechtgekomen, te dicht bij Lincoln, en ze trekt snel haar hand weg – tegelijkertijd zou ze haar pols nog wat langer langs die steen willen schrapen.

Ze drukt de opengehaalde huid tegen haar rok.

Ze zou de klok graag willen stilzetten. De laatste tijd ziet ze zichzelf weleens in een kanten nachthemd, dat ene met dat doorschijnende bovenlijfje en die splitten tot aan haar heupen dat ze van Paul moet aantrekken als hij op een donderdagmiddag thuiskomt voor de lunch, en dan denkt ze: *Op een dag draag ik dat soort dingen niet meer. Op een dag hangt mijn huid los om me heen en heb ik overal vetkwabben en ben ik een oude vrouw die geen sexy lingerie meer draagt, en op een dag is Paul dood en dan heb ik sowieso niemand meer voor wie ik het kan aantrekken.* Of ze maakt radslagen voor Lincoln die ze telt – achttien, negentien, twintig – en een deel van haar is trots en lacht en een ander deel van haar denkt: *Op een dag kan ik geen radslagen meer maken en ik hoop dat hij zich dan tenminste nog de momenten herinnert waarop ik dat wel kon, en als ik nu een dodelijk ongeluk krijg, herinnert hij zich mij dan zoals ik nu ben, en zou hij weten dat we toverwoorden verzonnen om het stoplicht op groen te laten springen en dat we de eettafel tot een fort ombouwden?*

Ze weet niet wanneer ze zich het einde der dingen begon voor te stellen. Misschien kwam het toen ze veertig werd of toen Lincoln van een baby in een jongen begon te veranderen en ze zich realiseerde dat hij keer op keer zou veranderen, tot hij uiteindelijk volwassen was en wegging, en het is mogelijk dat ze juist zulke duistere gedachten heeft omdat ze niets liever wil dan dat het leven precies blijft zoals het is, dat het nooit verandert, en misschien houdt ze er des te meer van omdat ze weet dat het niet kan blijven duren. Ze vraagt zich af of andere mensen ook van die gedachten hebben over auto-ongelukken en overleden echtgenoten of dat het een ongewoon morbide trekje in haar is.

'Whatever happened to my Transylvania Twist?' vraagt de basstem uit de speakers.

Lincoln heeft nog één cracker in de verpakking zitten. Ze moet opstaan. Ze moeten een rustiger plek zien te vinden.

Nee. Ze moet beslissen wat ze hierna gaat doen. Ze hoeft het licht pas weer in te lopen als ze zeker weet waar ze naartoe gaan. En hij zit hier heel rustig. Heel stil. Als hij zo stil is, zijn ze bijna onzichtbaar. En als ze weer in beweging komen, moet ze een richting kiezen en dat houdt in dat ze moet beslissen of ze teruglopen langs de afvalbak of dat ze die juist mijden.

De kapotte huid op haar arm klopt, en ze bedenkt dat als ze haar bloederige arm nog een paar keer langs de scherpe stenen rand haalt de pijn misschien weggaat, net zoals wanneer je aan een jeukende bult krabt.

Die impuls maakt haar bang. Zij is niet iemand die dat soort gedachten heeft.

'Wil je de rest van de chocoladereep?' vraagt ze aan Lincoln.

Hij trekt met zijn ene hand de laatste cracker uit de verpakking en houdt zijn andere hand op voor de chocoladereep.

'Ja, graag,' fluistert hij.

Ze geeft hem de reep. Er kruipt iets over haar voet, iets wat licht is en snel, en ze waakt ervoor om naar beneden te kijken om te zien wat het is. Dat heeft ze bij haar moeder thuis geleerd: als je er niet naar kijkt, kun je doen alsof het er niet is.

Toch stelt ze zich er iets bij voor. Ze denkt aan zwarte glanzende vleugelschildjes en snel bewegende voelsprieten.

Er is een scène in *Scarecrow and Mrs. King* waarin Lee en Amanda zich verstoppen in een moeras, in elkaar gedoken tussen de planten en de modder, net als zij nu, en Amanda rilt van de kou en Lee slaat zijn arm om haar heen. Dit is Joans geheim: ze heeft meer afleveringen van *Scarecrow and Mrs. King* in herhaling gezien dan ze ooit aan iemand heeft durven toegeven. Ze denkt dat al die uren die ze besteedt aan het kijken van al die afleveringen haar hetzelfde gevoel geven als wat anderen hebben met alcohol of porno. Soms loopt ze tussen de middag haar werkkamer uit en gaat dan even een aflevering bekijken. Soms stapt ze 's nachts uit bed, drukt een kus op Pauls schouder en kijkt dan tot drie uur

’s ochtends de ene na de andere aflevering.

Ze mag nu niet denken aan televisie. Of misschien juist wel. Er zijn ergere dingen.

Vroeger vond ze Bruce Boxleitner een knappe man en dat vindt ze nog steeds – zijn jarentachtigversie tenminste – en die versie kan ze zich wanneer ze maar wil voor de geest halen, want deze mensen – nee, het zijn geen mensen, het zijn personages – zijn niet veranderd. Lee en Amanda waren volwassenen in haar ogen, en nu is ze ouder dan zij. Ze zijn glorieus bevroren in de tijd.

Toen ze nog klein was, zat ze altijd op de overdadig glimmende hardhouten vloer van de tv-kamer, naast de salontafel met zijn misselijkmakende glans – omdat haar moeder altijd te veel boenwas gebruikte. De gladde vloeren waren nog erger vanwege de kakkerlakken die er geruisloos overheen schoten alsof het een ijsbaan was – altijd en eeuwig kakkerlakken omdat haar moeder dacht dat de hond misschien zou doodgaan als ze een verdelgingsmiddel gebruikte. Zodra ze thuiskwam van school zette Joan de televisie aan – was zij nou de enige die niet naar huis wilde? Die zo langzaam mogelijk door de dubbele deur naar buiten liep wanneer de bel ging? Die bij alle lokalen naar binnen keek om te zien of er nog leraren waren met wie ze een gesprekje kon aanknopen en die, wie weet, dan op de rand van hun lessenaar gingen zitten zodat ze hun aandacht kon opzuigen? De leerkrachten vonden haar aardig. In de hoogste klas mocht ze de meidans uitvoeren, waaraan maar twaalf meisjes konden meedoen, en zij was een van hen geweest, wat toen urenlang oefenen na schooltijd betekende en pas na het donker thuiskomen: het was de hemel op aarde.

Maar ze lieten je niet eindeloos op school rondhangen. Dus zette ze thuis de televisie maar aan en keek tot haar moeder thuiskwam. Dan eiste die de televisie op – die keek naar haar eigen programma’s. Joan wachtte tot ’s avonds laat als haar moeder naar bed was en ging dan weer naar beneden en heel dicht op de tv zitten met haar nek achterover, omdat de afstandsbediening zoek was – nee, niet alleen daarom, maar ook omdat ze het fijn vond er zo dicht op te zitten dat ze meer in de televisie zat dan in de kamer. Dan was ze gelukkig. Maar soms zat ze daar in het donker, in kleermakerszit met blote voeten op die gladde, gladde vloer en liep er een kakkerlak recht over haar enkel of dijbeen of vingertop, en dan rende ze naar de bank en probeerde niet te gillen, maar ze ging altijd weer terug naar de televisie, zelfs als ze niet wist welke kant de kakkerlak op was gevlucht en ze de hele tijd onder de stoelen moest kijken. De grootste angst was altijd die allereerste seconde, als ze vanuit haar ooghoek een donkere vorm zag kruipen. Ze kon nooit dichtbij genoeg komen om ze dood te slaan. Het enige wat ze kon doen was met schoenen gooien en hopen dat ze raak gooide, en soms bespoot ze ze net zo lang met haarlak tot ze verdronken. Ze vond het prettig om ze op die manier dood te zien gaan – maar hoe eng kakkerlakken ook waren, toch ging ze weer voor de televisie zitten. Ze kon er niet van wegblijven.

Het Sprite-lampje op de automaat knippert als een morsecode. Lincoln zit nog steeds te kauwen. Door de speakers klinkt 'My graveyard smash – do it in a flash –'

Als ze naar een aflevering van *Scarecrow and Mrs. King* had gekeken, spoelde ze de band terug – ze nam alles op – om de beste scènes nog eens goed te bekijken. Terugspoelen, stop, afspelen. Terugspoelen, stop, afspelen. Ze herinnert zich een aflevering waarin Lee en Amanda een hotel binnengaan en hij haar hand vasthoudt terwijl ze in de lift stappen, en als hij haar even loslaat om op een knop te drukken, reikt Amanda weer naar zijn hand en tast ze in de lucht, en die blik op zijn gezicht als hij zich realiseert dat Amanda zijn hand zoekt is fantastisch. Joan heeft die scène wel honderd keer gezien. Dat was in de tijd dat Amanda en Lee verliefd op elkaar waren maar hun gevoelens nog niet hadden uitgesproken, dus iedere blik had enorm veel lading en Joan vroeg zich toen af of iemand haar ooit op die manier zou aankijken.

Dat stukje vloer voor de televisie is het enige gedeelte van het huis uit haar jeugd dat ze zich duidelijk voor de geest kan halen. De muur met de beige boekenplanken, met aan iedere plank een kanten valletje, rechts van haar de glimmende salontafel met zijden bloemen in een koperen vaas en een paar tijdschriften. De televisie en de videorecorder, de zilverkleurige knoppen en zwarte druktoetsen, het tevreden stemmende gesnor van een terugspoelende band.

De andere vertrekken in huis vond ze onaangenaam. Vooral de keuken trok kakkerlakken aan. Eén keer stak ze haar hand in een zak chips en voelde een hard glad schildje onder haar vingers bewegen. Ze rende altijd zo snel mogelijk door de lange gang met vaste vloerbedekking – al die lege ruimte die ze moest overbruggen, haar voetzolen voelden warm aan op de pool van het lichtgroene tapijt – naar haar slaapkamer aan het eind, en vanaf de gang sprong ze in één keer op haar blauwe sprei in de hoop dat er niets tussen de lakens zou bewegen.

Er ging geen avond voorbij zonder dat ze er minstens vijf zag. Soms lag ze wakker en luisterde naar het geluid van hun kleine schuifelende pootjes. Soms kon ze helemaal niet in slaap komen.

Haar moeder zag de kakkerlakken nooit. Ze zou een waslijst kunnen opstellen van de dingen waar haar moeder nooit aandacht voor had – voor haar kleinzoon om maar iets te noemen, die ze sinds zijn geboorte twee keer heeft gezien – maar nog steeds voelt ze een huivering van woede door zich heen gaan omdat haar moeder die kakkerlakken nooit zag.

Keer op keer had Joan gevraagd of ze gif wilde spuiten. *Je overdrijft*, zei haar moeder dan. *Je weet dat Daisy het dan misschien binnenkrijgt. En zoveel zijn het er toch niet.*

Ze kan zich nog herinneren dat ze het tapijt in de tv-kamer graag als podium voor haar voorstellingen gebruikte en haar moeder vroeg om te komen kijken. *Laat maar zien terwijl ik mijn ogen even rust geef*, zei haar moeder dan, terwijl ze op de bank lag en haar ogen al dicht had gedaan.

Ze kan zich nog herinneren dat haar moeder haar met alle geweld mee wilde nemen naar de manicure: *Dat is toch leuk*, zei ze. *Nee*, had Joan geantwoord, die toen al wat ouder was en eerder haar boosheid tot uiting liet komen. *Dat doe ik niet. Ik vind het vreselijk als ze aan mijn nagels zitten. Ik heb de pest aan die lucht, en die spullen waarmee ze werken doen pijn. Ik vind het vreselijk. Jij bent degene die er zo dol op is.*

En toen had haar moeder haar haarborstel zo hard op de toilettafel neergesmeten dat de make-upspiegel meetrilde, maar de dag daarna waren ze toch naar Lovely Nails gegaan, en tot op de dag van vandaag denkt haar moeder dat Joan het heerlijk vindt haar handen te laten manicuren.

Haar moeder zag nooit iets.

Haar moeder nam nooit de moeite om te kijken.

Ze zeggen toch altijd dat je je ouders meer vergeeft als je zelf eenmaal kinderen hebt? Als je begrijpt wat ouderschap precies inhoudt? Maar bij haar heeft het juist omgekeerd gewerkt. Toen ze een jaar of twintig was, had Joan een soort vrede met haar ouders gesloten, maar nadat Lincoln was geboren keerde de woede in alle hevigheid terug. Het beste wat ze kan doen is haar hoofd afwenden zodat het een donkere, kruipende vorm blijft.

Lee Stetson zei dingen als *Ik zou een moord doen voor deze bordeaux*, en hij reed in een zilverkleurige sportwagen en hij kuste Amanda's hand, en Joan had altijd gedacht dat het leven er zo uitzag als je volwassen was. Iedereen was mooi en geestig – cocktails en exotische plekken en zorgvuldig gemonteerde beelden. Zij had een moeder die met een pekinees in bed sliep en niet moeilijk deed over poepvegen van de hond op het laken maar wel de spot dreef met Joans schat aan glinsterende stenen, en ze had een vader die de hele dag op kleine beestjes joeg maar zich geen raad wist met zijn volgroeide dochter.

Het Sprite-lampje gaat steeds sneller flikkeren, slaat op hol.

Ze realiseert zich dat Lincoln niet beweegt, misschien slaapt. Er zit witte chocola op zijn vingers, die ontspannen naar boven wijzen. Zijn hoofd rust tegen haar bovenarm. Ze kijkt naar de zachte ronding van zijn wangen en naar zijn licht krullende wimpers en naar het tipje van zijn neus waaraan een volmaakt rond bolletje zit. Gisteren gebruikte hij het woord 'arsenaal' in een zin. Hij heeft allerlei woorden in zijn hoofd zitten.

Ze ziet hem.

Met haar niet-bebloede hand omvat ze zijn pols, zacht, als een armband. Ze voelt de botten onder zijn huid.

Ze ziet hem.

Alleen hem.

Blijven focussen, daar gaat het om.

'Ik wou dat ik Sarge bij me had,' mompelt hij en ze is verbaasd dat hij niet slaapt en omdat Sarge meestal zijn tweede keus is na zijn lievelingsknuffel, een zachte stoffen giraf. Sarge was haar eigen knuffelhond, nu al meer dan dertig jaar oud, en in zijn linkeroor zit een groot gat waar je je vinger in kunt stoppen en zijn neus is bijna weggesleten. Haar oom liet Sarge altijd over de ontbijttafel kruipen en vragen of hij alsjeblieft een hapje van haar ei mocht, en opeens mist zij Sarge ook, de Duitse herder met zijn bultige, bobbelige opgevulde lijf. Hij heeft iedereen gekend van wie ze ooit gehouden heeft.

'Waarom wil je dat Sarge bij je was?' vraagt ze.

'Omdat hij een politiehond is.' Lincoln verlegt zijn hoofd even. 'Hij beschermt dingen.'

Ze wil hem net geruststellen dat zij hem wel zal beschermen, maar dan is er een geluid en een beweging, midden in het felle licht.

In de seconde waarin ze zich realiseert dat er een deur opengaat – de deur aan de andere kant van de cola-automaat – klinkt er al een stem en dan ziet ze een gezicht dat roze oplicht door de rode en witte kronkelende lichtjes van de automaat.

Een gezicht. Lange rondzwiepende haren. Donkere ogen die hen aanstaren.

Joan heeft twee seconden nodig – de tijd is stroperig en traag, net als de pootjes van een met haarlak bespoten kakkerlak – voordat ze beseft dat de stem bij een meisje hoort en ze weet nog net een gil te onderdrukken.

Het meisje steekt haar arm uit, haar vingers gekromd, haar hele lichaam is heel even zichtbaar, en dan glipt het weer terug achter de automaat. Het is het lichaam van een jong zwart meisje, een tiener, en ze draagt het haar in allemaal vlechtjes met felrode strepen erin, als strepen van een kleurpotlood. Haar gezicht lijkt klein onder al dat haar.

'Kom binnen,' zegt het meisje. 'Snel.'

19.23 uur

Joan blijft doodstil staan en bestudeert het gezicht van het meisje om erachter te komen of ze een vriendinnetje van de schutters is, iemand die ze eropuit hebben gestuurd om met de prooi te spelen. Maar het meisje lijkt nog heel jong en heel nerveus en je zou haar niet snel van iets verdenken.

'Als je wilt, hoor,' zegt het meisje, en alleen haar achterhoofd is zichtbaar als ze zich omdraait en de duisternis in tuurt – ze klinkt onzeker en tegelijkertijd geïrriteerd.

En die irritatie overtuigt Joan – ze slaat een arm om Lincoln heen en tilt hem op, wacht tot hij op zijn benen staat, en komt dan half overeind en veegt de bananenbladeren voor haar gezicht opzij. Ze duwt haar zoon voor zich uit, langs de cola-automaat, schuifelend, met korte, snelle stappen, zijn hand zit in haar T-shirt gedraaid, het gaat allemaal heel onhandig, en haar benen doen pijn, en dan gaan ze het restaurant binnen en slaat de glazen deur met veel te veel lawaai achter hen dicht.

Joan gaat op haar hurken zitten met haar arm om Lincoln heen. Er is een lange barst in de glazen deur, ziet ze. Een zilverkleurige lijn in de vorm van een kippenpoot.

Het meisje zit voor haar, roerloos, ook op haar hurken. Ze zitten ineengedoken naast het lunchbuffet, met links van hen de kassa. Rechts van hen is een wand met een hele rij ramen. De verlichting op het plafond is uit, maar de vitrines van het restaurant worden vanbinnen verlicht, zodat er een fluorescerende gloed over de ruimte ligt, en de witte plastic tafeltjes en stoelen – ze denkt dat ze wit zijn – hebben nu dat bleke groen van diepzeewezens.

Het meisje heeft zich naar hen toe gedraaid en reikt boven hun hoofd, haar oksel komt dichterbij. Ze ruikt lekker, naar poeder en brood.

'De deur,' zegt het meisje en ze vergrendelt hem.

Dan maakt ze zich weer klein en loopt voorovergebogen naar voren, langs het buffet, en ze lopen achter haar aan. Bij een paar tafels zijn de stoelen er netjes bovenop gezet, met de poten omhoog, maar andere stoelen en zelfs tafels liggen her en der op hun kant op de grond. Een paar paaltjes met zo'n rood koord ertussen waardoor mensen weten waar ze in de rij moeten staan zijn omgevallen.

'Deze kant op,' zegt het meisje en ze gebaart dat ze naar voren moeten gaan, alsof ze niet al bijna op haar tenen staan.

'Wie is dat?' vraagt Lincoln, zijn stem voelt warm en klam tegen Joans wang.

De zoom van haar T-shirt zit nog steeds om zijn hand gewikkeld en hij trekt eraan.

'Dat weet ik niet,' zegt ze, en ze beseft dat er een heleboel is dat ze niet weet, zoals waarom ze heeft besloten zichzelf met deze onbekende in een gebouw op te sluiten. De deur ging open en daar stond een ander menselijk wezen, wat op dat moment een godsgeschenk leek – aan de andere kant, als God iemand zou sturen, waarom zou hij dan een tiener sturen? – en misschien heeft ze een verschrikkelijke fout gemaakt. Toch komt het niet in haar op om terug te gaan. Ze voelt zich gedwongen om naar voren te lopen, maar waarom eigenlijk?

Haar hoofd tolt, binnenin is het een grote chaos, maar haar voeten schuifelen voort. Met gebogen rug lopen ze langs de lege vitrines van metaal en glas waarin anders eten ligt uitgestald – muffins, denkt ze, en koude appelbollen. Ze zorgen ervoor dat ze onder het niveau van de ramen blijven. Een snelle blik door de ramen geeft zicht op de onderkant van het rieten dak en de duisternis achter de spotlights. De duisternis is ondoordringbaar, heel anders dan toen ze nog buiten was – ze ziet niets van het olifantenverblijf, niets van de dennenbomen in de verte of van de verlichte paden. Het rieten dak lijkt zich eindeloos uit te strekken, en de wereld daarbuiten zou net zo goed Afrika kunnen zijn.

Ze vraagt zich af hoe het er van de andere kant uitziet, als je van buiten naar binnen kijkt. Hoe duidelijk zijn hun contouren zichtbaar? Staat er iemand buiten die denkt dat ze een lichtgroene huid heeft, als een zeedier?

Ze kijkt weer voor zich uit. Het haar van het meisje lijkt in dit licht donkerrood. Strepen zwart en roestbruin.

De muziek buiten – 'Spooky Little Girl Like You'? – klinkt als een zacht gedruis.

Er ligt een lieveheersbeestje op de grond. Lincoln ziet het niet en het schildje knispert onder zijn schoen.

Het meisje gaat wat sneller. Joan blijft vlak achter haar, met haar arm stevig om Lincoln heen geslagen, maar hij loopt op eigen kracht. Ze krijgt pijn in haar rug van het gehurkt lopen.

Ze gaan om de bar heen, de keuken in, langs roestvrijstalen werkbladen en een enorm fornuis met allemaal grote en kleinere knoppen. De tegelvloer is nogal glad, zodat ze haar voeten voorzichtig neerzet en Lincolns hand stevig vasthoudt.

'We zijn er bijna,' fluistert het meisje.

Het keukengedeelte houdt op – geen apparaten meer – en de tegelvloer gaat over in een kort gangetje dat uitkomt bij een roestvrijstalen deur. Het meisje duwt de deur open en ze komen in een ruimte met aan weerszijden stalen werkbladen en daaronder kartonnen dozen. Er brandt natuurlijk geen licht, maar door een vierkant raam hoog in de muur schijnt een mengeling van maanlicht en de gloed van de spotlights naar binnen.

Een oudere vrouw met wit haar zit op de grond tegen een stapel dozen aan. Ze draagt jeans en een T-shirt, en ze knikt haar even toe, met haar gezicht in de schaduw.

'Kom maar,' zegt de vrouw.

'Deze kant op, Lincoln,' zegt Joan en ze duwt haar zoon naar binnen terwijl ze terug knikt.

De kartonnen dozen nemen de hele vloer in beslag, op een smal pad in het midden van de ruimte na. In één doos ziet Joan plastic vorken en lepels liggen en in een andere doos koffiefilters, maar de meeste zijn dichtgeplakt. Boven de werkbladen hangen zeker tien soeplepels aan een magnetische strip. Er staat ook een messenblok. Als ze iets verder een glanzend rode plas ziet liggen deinst ze achteruit maar dan ziet ze de ketchupflesjes staan. Er staan zeven – acht – flesjes tomatenketchup keurig op een rij. De doppen zijn er vanaf gehaald en op één plek is de ketchup over het blad gestroomd en heeft een plas op de grond gevormd.

'Ik was de restjes aan het overgieten,' zegt het meisje, terwijl ze de grendel voor de stalen deur schuift.

Joan kijkt achterom en de deur glimt zo dat zelfs in het halfduister de weerspiegeling van het meisje zichtbaar is, een schim die de op en neer gaande beweging van haar armen nabootst. Het meisje in de deur laat zich soepel op de grond zakken, net als het echte meisje, en vouwt haar benen in kleermakerszit.

Het echte meisje draagt een donkerrode baret, net zo donkerrood als haar vlechtjes, en haar jeans zit losjes om haar heupen. Ze is heel tenger.

'Ik bedoel de ketchup,' zegt het meisje. Ze leunt met haar elleboog op een kartonnen doos waarop *Non-Dairy Creamer* staat. 'Ik was de restjes aan het overgieten toen ik ze binnen hoorde komen, en toen heb ik gemorst, en ik vond het een beetje zinloos om dat op te ruimen, ja toch?'

'Ketchup?' herhaalt Lincoln, hij komt dicht tegen haar aan staan en zijn voeten raken verstrikt in Joans voeten terwijl ze een doos opzijschuift om wat ruimte te maken.

Joan gaat zitten en neemt de ruimte in zich op. Slechts één deur. En het enige raam zit te hoog om naar binnen te kunnen kijken. Ze vindt het makkelijker om zich op de ruimte om hen heen te focussen – op de sterke en zwakke kanten ervan – dan te begrijpen wat het meisje allemaal zegt over ketchup.

Op de stem van het meisje na is het stil. Joan hoort de Halloweenmuziek niet meer. Ze weet niet zeker of ze die stilte wel zo prettig vindt.

Ze ziet dat haar voeten bijna die van de oudere vrouw raken, die haar zwijgend opneemt. Joan trekt haar benen wat op en ze zet Lincoln op haar dijbeen. Zijn benen vallen in de ruimte tussen haar knieën.

'Dus u was hier toen de schutters het restaurant binnenkwamen?' fluistert ze tegen de vrouw.

'Nee, ik niet,' antwoordt de vrouw zacht. 'Ik was bij de olifanten. Ik had een koptelefoon op, dus eerst hoorde ik de schoten niet eens. Maar zij heeft me gevonden. Net zoals ze jullie heeft gevonden.'

'Ze wisten het niet,' zegt het meisje zonder haar stem te dempen. Alsof ze bij iemand op de bank zit te kletsen terwijl ze pizza eten en naar *Dancing with the Stars* kijken. 'Die mannen. Ze wisten niet dat ik hier was. Ze hebben niet eens goed gekeken. Dat is het maffe. Je zou toch denken dat ze beter gekeken hadden? Dat ze het serieus zouden aanpakken, snap je? Als je zoiets doet, dan heb je toch een plan?'

Het meisje praat met veel omhaal van woorden.

'Moeten we niet wat zachter praten?' fluistert Joan.

'Waarom?' Het meisje haalt heel even haar schouders op. 'Als je buiten staat, hoor je niks van wat hier binnen gebeurt. Geloof me. Ik heb het gecheckt, want als de manager iemand op zijn lazer wil geven, doet ze dat altijd hier, met de deur dicht, en we hadden een keer een meisje dat steeds maar van de mokkataart at, alsof ze eraan verslaafd was, en we dachten allemaal – maar goed – ik wil maar zeggen dat ik dus hier was toen die mannen binnenkwamen. Er waren geen klanten, en dat is maar goed ook, want eh, nou ja – toen ze weer naar buiten gingen, deed ik de deur open en zag ze weglopen, en door het raam zag ik een man en een vrouw over het pad aankomen en toen hoorde ik schoten, en toen vielen ze op de grond. Maar misschien zijn ze daarna weer opgestaan.'

Joan moet heel goed focussen op elk woord dat het meisje zegt. Het is alsof ze in een land is aangekomen waarvan ze de taal denkt te spreken, maar dan begint een taxichauffeur of conciërge razendsnel tegen haar te praten en beseft ze dat ze ondanks al die oefeningen en het afluisteren van cd's hier niet op is voorbereid: hoewel ze over een behoorlijke woordenschat beschikt, verstaat ze maar één op de drie of vier woorden.

'Misschien,' zegt ze tegen het meisje, en ze vangt de blik van de vrouw met het witte haar.

Ze nemen elkaar even op en het valt haar op dat de vrouw een T-shirt draagt maar ook zilveren oorbellen en een halsketting, en dat haar haar zorgvuldig in model zit – het ziet eruit alsof het weer op zijn plaats terugveert als je het aanraakt. Haar gemanicuurde nagels zijn keurig gelakt. Niks opvallends – in een pastelkleur. Smaakvol. Ingetogen.

Joan vermoedt dat de vrouw nooit zonder make-up de deur uitgaat.

Ze heeft al spijt dat ze achter het meisje aan is gelopen. Ze wil hier niet zijn.

Het meisje kantelt haar hoofd met de enorme bos haar naar achteren en staart omhoog. Ze wiegt lichtjes heen en weer waardoor haar vlechtjes over haar schouders zwieren.

'Weet je dat als iemand een pistool op je richt en je dwingt in een auto te stappen,' zegt ze, 'dat je dan maar het beste kunt wegrennen omdat de kans dat hij je van zeg maar twee meter afstand doodschiet maar iets van zestig procent is? En als je drie meter ver weet te komen, is het nog maar dertig procent. Dus ze kunnen je dan wel raken, maar je bent waarschijnlijk niet dood. En als ze tien of vijftien meter van je vandaan staan, raken ze je helemaal niet.'

Joan kijkt naar Lincoln die een stukje is opgeschoven op haar dijbeen. Hij lijkt helemaal in beslag genomen te worden door iets wat op een stamper om puree te maken lijkt – ze weet niet hoe hij aan dat ding is gekomen – maar vaak luistert hij aandachtiger dan ze denkt. Ze heeft geen zin om het tot in de details over schotwonden te hebben.

'Hoe oud ben je?' vraagt ze aan het meisje.

'Zestien.'

Het meisje klinkt trots. Joan is dat gevoel bijna vergeten – dat je zo blij kunt zijn met je leeftijd.

'Dus, hoe ging het nou eigenlijk?' vraagt ze weer, want hoe meer ze over de schutters te weten komt, des te beter. 'Toen die mannen hier binnenkwamen?'

Het meisje leunt wat verder achterover tegen de kartonnen doos. Haar kaken gaan een beetje op en neer, alsof ze op een hoesttablet sabbelt of kauwgom in haar mond heeft.

'Toen het begon?' zegt ze. 'Toen het begon hoorde ik iemand buiten schreeuwen. Maar er wordt wel vaker geschreeuwd, weet je. Als er kinderen rondrennen – weet je wel, bij dat beeld van die olifant waar water uitkomt? En als ze de giraffen mogen voeren, dan gaan die kinderen soms helemaal uit hun dak als ze die lange tong zien. En de muziek stond ook keihard en ik was bezig de checklist voor het afsluiten af te werken. Toen hield het geschreeuw op en bleef het een tijdje stil. Hebt u de schoten gehoord?'

Ze praat nog steeds heel luid en Joan moet zich beheersen om haar niet door elkaar te schudden. *We gaan dood als jij zo door blijft praten*, wil ze zeggen. Ze begrijpt, als ze logisch nadenkt, wat een geluiddichte deur is, maar logica telt hier niet.

'We hebben het van een afstandje gehoord,' zegt Joan kalm. 'We zaten in het bos bij de speeltuin. Ik wist niet dat het schoten waren.'

Lincoln laat zijn pureestamper vallen en hij staat op om hem op te rapen, de oudere vrouw reikt hem aan. Hij neemt hem behoedzaam in ontvangst.

Het meisje knikt enthousiast. 'Ik ook niet. Ze waren nog te ver weg. We waren al dicht – de deur zat dicht en alles – en ik was hierachter bezig toen ik iemand bij de deur hoorde.'

'Sst,' zegt Joan, ze kan zich niet inhouden. 'Iets zachter.'

'Ze kunnen ons niet horen,' zegt het meisje nog eens.

De vrouw met het witte haar steekt haar hand uit en pakt het meisje bij de arm. Niet lichtjes maar stevig, haar gemanicuurde hand sluit zich om de arm van het meisje.

'Stil,' zegt de vrouw, en haar stem klinkt verrassend gezaghebbend. 'Ze heeft gelijk. Je moet zachter praten.'

Het meisje kijkt haar verbaasd aan, maar knikt. De vrouw geeft een klopje op haar arm voordat ze haar weer loslaat.

'Goed zo,' zegt de oudere vrouw.

Joan kijkt haar nog eens aan en schat haar opeens anders in.

'Maar goed,' zegt het meisje, nu op fluistertoon, 'ik was die flesjes dus aan het overgieten – dat spul komt altijd op je handen, en ook al doe je nog zo hard je best, je krijgt spetters op je armen en polsen, en dat zie je pas als het is opgedroogd – en toen hoorde ik kloppen, en eerst dacht ik nog dat iemand naar het toilet wilde.'

Het meisje strekt haar dunne benen recht voor zich uit en vouwt ze dan over elkaar heen als origami. Ze zit geen moment stil.

Lincoln zit nu met grote ogen naar het meisje te kijken, een en al aandacht. De pureestamper is vergeten.

'Of nee,' zegt het meisje en ze begint weer te kauwen, 'weet je wat ik eigenlijk dacht? Had ik al verteld dat ik hiervoor bij Hawaiian Ice werkte? De eigenaresse van die ijstent gaat naar dezelfde kerk als ik. Maar goed, er was dus zo'n oude mevrouw die daar elke zaterdag kwam –'

Ze zwijgt even, maar ze lijkt nooit een reactie te verwachten. Die korte pauzes maken deel uit van het ritme waarin ze spreekt.

'Die wilde altijd mijn haar aanraken,' vervolgt ze. 'Er zijn dames die dat soms doen, blanke dames, ik bedoel dat niet vervelend hoor, maar ze ging pas weg als ze even aan mijn haar had gevoeld, en soms was ze te laat en had ik de ramen al dichtgedaan omdat het sluitingstijd was, en dan stond ze op het raam te bonken tot ik opendeed.'

De volgende korte pauze lijkt haar een kans te bieden. Joan is er niet langer zeker van of het meisje nog kan stoppen.

'Maar je was aan het vertellen over de schutters,' helpt ze haar herinneren.

'Ja. Dus ik duw die deur een klein stukje open' – het meisje knikt over haar schouder naar de massieve deur – 'en toen zag ik dat die mannen de zijdeur opentrapten en dat ze gewapend waren. Ze hadden een geweer bij zich, of zoiets. Ze kwamen binnen en begonnen met van alles te smijten en dat is toch dom? Ik wil maar zeggen, ik had niet geweten dat ze er waren als ze stil hadden gedaan – maar toen kwamen die twee binnen en begonnen de boel te slopen. En toen heb ik de deur achter me op slot gedaan. Het slot zit aan de binnenkant. Ik geloof dat er ooit iemand in opgesloten heeft gezeten, vandaar. Je kunt hem ook van de buitenkant openmaken, maar dan heb je de sleutel nodig, en die heb ik. Dus we zitten hier veilig.'

Het meisje slikt datgene waarop ze kauwt door.

'Ze draagt een hoed,' zegt Lincoln.

'Vind jij hoeden leuk?' vraagt het meisje en ze raakt haar baret even aan.

Hij knikt. Het is alweer een hele tijd geleden dat hij op straat om zich heen keek naar de voetgangers en fietsers en met zijn vinger naar hen wees en vertelde wat ze op hun hoofd hadden. *Hoed. Helm. Hoed. Hoed. Helm*, riep hij dan.

'Ik heb die kerels niet gezien,' zegt de oudere vrouw, en ze vertrekt haar gezicht even als ze haar been strekt. 'Ik was ze recht in de armen gelopen als Kailynn me niet naar binnen had getrokken. En jullie?'

‘Wij waren bijna bij de uitgang toen ik ze zag,’ zegt Joan. ‘En toen ben ik naar het vroegere stekelvarkenhok gerend.’

De oudere vrouw glimlacht naar Lincoln. Het is een lieve glimlach, die volkomen losstaat van alles wat er om hen heen gebeurt.

‘En deed jij net of je een stekelvarken was? Met van die scherpe stekels?’ De vrouw tikt met haar gekromde vinger tegen Lincolns hoofd en trekt weer snel haar hand terug. ‘Au!’

Lincoln moet lachen. Het is een schokkend, sprankelend geluid. Het licht door het raam schijnt op het gezicht van de vrouw, ze heeft een vrolijke, oplettende blik in haar ogen, en Joan krijgt een vermoeden.

‘Bent u lerares?’ vraagt ze.

De vrouw knikt even, haar lippen krullen zich licht. ‘Groep drie. Zesendertig jaar. Verleden jaar ben ik met pensioen gegaan.’

‘Welke school?’

‘Hamilton Elementary.’

Op een feestje of lunchbijeenkomst zou Joan nu gezegd hebben *O, de kinderen van een vriendin van mij zitten op Hamilton*, en dan zouden ze daar een gesprekje over hebben gevoerd, zoals dat gaat, maar op een of andere manier voelt dat heen-en-weergepraat nu niet goed. Ze gaat niet doen alsof alles normaal is. En ze wil niet meer te weten komen over deze mensen. Ze heeft geen behoefte aan babbelverhalen.

Kailynn, zei de vrouw. Het meisje heet Kailynn.

‘Toen je die mannen zag,’ zegt Joan tegen Kailynn, ‘heb je toen ook gijzelaars gezien?’

‘Gijzelaars?’ zegt het meisje. ‘Waarom zouden ze mensen doodschieten als ze gijzelaars willen?’

Joan schudt haar hoofd. Dat slaat inderdaad nergens op. Maar misschien is het pure verspilling van tijd en energie om zelfs maar een poging te doen de puzzelstukjes in elkaar te passen.

‘Wil je mijn muts proberen?’ zegt Kailynn tegen Lincoln.

‘Nee, dank je,’ antwoordt hij.

Het meisje draait zich om en licht de flap op van een doos die links van haar staat. Er klinkt geritsel van cellofaan als ze er een zakje uit trekt.

'Weet jij wat ik hier heb?' vraagt Kailynn. 'Dierenkoekjes.'

Zelfs in het halfduister ziet Joan Lincolns tanden wit oplichten.

19.32 uur

Lincoln heeft zijn dierenkoekjes bijna op. Joan vindt het een goed teken dat hij trek heeft – bij de gedachte aan eten wordt haar keel dichtgeschroefd.

Misschien is zij niet de enige. De lerares is eindelijk ingegaan op Kailynns herhaalde aanbod, maar ze heeft nog geen aanstalten gemaakt om het koekje dat ze uit de zak heeft gehaald ook echt op te eten. Ze houdt het tussen haar duim en wijsvinger en tikt ertegen met een gelakte nagel.

Kailynn lijkt nergens last van te hebben. Ze heeft zojuist een tweede zak opengetrokken. Ze wiegt ook van links naar rechts, waarbij haar vlechtjes heen en weer zwaaien.

Joan wordt langzamerhand gek van het meisje.

'Weet je waar ik nou zin in zou hebben?' zegt het meisje al kauwend. 'In uienringen. En misschien puree van zoete aardappelen en een maïskolf, maar dan niet uit de diepvries. Hebben jullie een frituurpan?'

Joan schudt haar hoofd. En de lerares ook.

'Ik zeur mijn ouders al heel lang aan hun hoofd om een frituurpan,' zegt Kailynn, 'ik heb al heel vaak gevraagd of ze er een willen kopen want meestal ben ik degene die het avondeten maakt, en als je het in de pan bakt is het niet hetzelfde. In een frituurpan kan ik uienringen of mozzarellakroketjes frituren. Of vis bakken. Wie weet vindt m'n moeder het wel zo verschrikkelijk van die massamoord hier dat ze er nu eentje voor me gaat kopen.'

Niemand reageert.

Kailynn veegt haar handen af aan haar jeans en kijkt naar Lincoln. 'En hoe heet jij?'

'Lincoln,' antwoordt hij, nog steeds kauwend.

'Net als Abraham Lincoln?'

'Ja,' zegt hij.

Het verbaast Joan niet dat het meisje niet vraagt hoe zij heet. Het interesseert niemand meer hoe zij heet.

'Weet je wie Abraham Lincoln was?' vraagt ze.

'Ja,' zegt Lincoln. 'De president. Hij is vermoord.'

Joan moet even glimlachen, al beseft ze dat het een beetje raar is dat ze vertederd raakt door het woord 'vermoord', maar ja, hoeveel vierjarigen kennen dat woord nou helemaal? Het dateert uit de periode dat hij helemaal gek was van presidenten – weer zo'n fase die achter hen ligt –, toen hij het geweldig vond dat Reagan dol was op *jelly beans* en dat Nixon van bowlen hield en dat Obama graag basketbal speelde. Hij vond het prachtig dat George Washington een pruik droeg en dat Franklin Roosevelt in een rolstoel zat. Als ze doktertje speelden, onderzocht ze hem en zei dat hij oorontsteking had of buikgriep, en hij zei dan dat zij polio had.

Een potje voetballen op de veranda voor het huis: hij wilde Gerald Ford zijn en zij was Ronald Reagan. *Gerald Ford heeft balbezit,* schreeuwde hij dan, met zijn ene voet op de bal. *Gerald Ford neemt een aanloop en... hij scoort! Ronald Reagan probeert de bal van Gerald Ford af te pakken! Ronald Reagan schopt de bal uit!*

'Hij bewaarde papieren in zijn hoge hoed,' zegt Lincoln.

'Hoe wist je dat wij buiten waren, Kailynn?' vraagt Joan.

Ze vraagt zich af hoe zichtbaar ze waren toen ze daar door het duister slopen, terwijl ze elke vierkante centimeter om hen heen afspeurde en zelfs haar best deed om niet op een droog blad te stappen. Ze herinnert zich nu ook het donkere Koala Café waar ze langs liepen toen ze van het bos en het Spetterparadijs kwamen. De stoelen waren op de tafels gezet en er was geen enkel teken van leven, maar misschien hadden daar binnen ook wel medewerkers gezeten. Wie weet zaten ze in de keuken verstopt of gehurkt achter de kassa's, een paar stappen verwijderd van waar zij haar hand tegen de deur had gelegd. Het kan best zijn dat ze wel tien mensen is gepasseerd die veilig verstopt zaten, die haar door de donkere ramen gadesloegen en haar misschien allemaal voorbij hebben laten lopen zonder een woord te zeggen.

Kleine vingertjes, die zich naar haar uitstrekken. Handjes die slaande bewegingen maken.

Ze zou het de anderen kunnen vertellen. Die gedachte komt steeds weer bij haar op. Ze zou hun over de baby kunnen vertellen en ze zou de baby zelfs kunnen halen en hiernaartoe kunnen brengen, zichzelf verlossen van haar zonden, en ze houdt zich voor dat ze het niet moet doen omdat ze niet weet wat er met Lincoln gebeurt als ze wordt neergeschoten. En bovendien, stel dat deze ruimte niet helemaal geluiddicht is en de huilende baby hen allemaal de dood injaagt? Maar dat is niet de reden waarom ze zwijgt.

Ze kan zich niet voorstellen dat ze het hun vertelt. Ze kan zich niet voorstellen dat ze het aan wie dan ook zou vertellen.

Kailynn is nog bezig haar te antwoorden.

'En toen hoorde ik de snackautomaat,' zegt ze. 'Je hoort de trilling door de muur heen. Ik haal er weleens wat uit in de pauze, en ik hoorde dat geluid dus. Ik keek naar buiten en zag u nog net tussen de planten duiken. Ik heb nog even gewacht, want ik was van plan om u naar binnen te trekken op het moment dat u langs de deur liep, maar u kwam niet. Dus toen heb ik de deur maar opengedaan en ben ik u komen halen. Het is daarbuiten niet veilig.'

Joan kan nog steeds geen hoogte krijgen van het meisje. Met haar dierenkoekjes en oeverloze gekwebbel lijkt ze niet bepaald een heldin. Maar ze heeft wel haar eigen leven op het spel gezet om hen veilig naar binnen te krijgen – dat valt niet te ontkennen.

Kailynn veegt de kruimels van haar jeans. 'Ik weet heel zeker dat ze niet binnen kunnen komen. U hoeft zich nergens zorgen over te maken.'

Misschien is het meisje heldhaftig noch dom. Misschien is ze gewoon zelfverzekerd zoals alleen zestienjarigen dat kunnen zijn. Ze zwaait weer met haar haar, zwiept het van de ene schouder naar de andere, heen en weer, heen en weer.

Joan wendt haar blik af. Ze voelt zich beter als ze het meisje niet ziet. De lerares is tenminste verstandig: zij zit daar met haar ogen dicht. Zwijgend en op zichzelf. Ze heeft het koekje nog steeds in haar hand, laat het tussen haar vingers door glijden alsof het een talisman is.

Dan, alsof ze voelt dat Joan haar gadeslaat, doet de lerares haar ogen open.

'Het komt allemaal goed,' zegt ze op een kalme en ietwat neerbuigende toon, en Joan vraagt zich af waarom ze uitgerekend op dit moment iets zegt en waarom ze juist deze woorden kiest.

'Denkt u?' antwoordt Joan, en ze klinkt waarschijnlijk iets te bits.

'God zou ons niet helemaal hierheen brengen om ons gewoon dood te laten gaan,' zegt de lerares.

Joan glimlacht geforceerd. Ze heeft geen zin om te antwoorden dat ze om te beginnen niet gelooft dat God hen hierheen heeft gebracht. Wat betekent dat trouwens? Heeft hij de schutters dan ook hierheen gebracht? Die dode mensen op het wandelpad – heeft hij hen hiernaartoe geleid?

'Tot nu toe hebben we geluk gehad,' zegt de lerares en ze wrijft over haar knie. 'Iemand waakt over ons.'

'Dat is een prettige gedachte,' zegt Joan, en nu is zij degene die neerbuigend klinkt. En de waarheid is dat ze het nog neerbuigend bedoelt ook en dat ze een hekel heeft aan deze vrouw met haar te perfect gestylede kapsel en haar naïeve antwoorden, maar de vrouw kan er niets aan doen dat ze in onzinnige dingen gelooft.

Joan probeert het nog een keer.

'Fijn dat u dat zo zegt,' zegt ze, en deze keer klinkt haar stem beter. Ze waardeert het dat de vrouw slechts knikt en dan haar ogen weer dichtdoet.

Lincoln laat zijn lege zakje op de grond vallen en komt overeind. Blijkbaar voelt hij zich op zijn gemak want hij schuifelt van haar vandaan, met gebogen knieën, waarbij zijn voeten nauwelijks van de vloer loskomen. Hij schuifelt naar de tegenoverliggende muur, waar hij waarschijnlijk over de flap van een open kartonnen doos met papieren bordjes zal struikelen. Maar het is goed om te zien dat hij haar loslaat.

'Straks struikel je nog over die doos,' zegt Joan tegen hem.

'Echt niet,' zegt hij.

Ze slaat hem gade en naast haar zit het meisje weer met haar vlechtjes te zwaaien.

'Weet u wat mijn vader altijd deed?' zegt Kailynn. 'Dan speelden we verstoppertje –'

'Kun je even je mond houden?' valt Joan haar in de rede. 'Jezus nog aan toe! Kun je alsjeblieft even je mond houden?'

Ze heeft spijt van die woorden zodra ze over haar lippen zijn gekomen, en dan ziet ze de blik op Lincolns gezicht en wordt het nog veel erger.

'Mammie,' zegt hij, en hij kijkt haar met grote ogen aan.

Joan haalt diep adem. Ze kan zich niet herinneren dat ze hem ooit zo teleurgesteld in haar heeft gezien. De lerares staart haar ook aan, met een afkeurende blik in haar ogen. En het ergste is nog de blik op Kailynns gezicht. Gekwetst.

'Ik weet dat ik veel praat,' zegt het meisje. 'Sorry.'

'Nee, ik moet sorry zeggen,' zegt Joan. 'Ik had dat niet moeten zeggen. Ga verder. Vertel maar over je vader.'

Ze verwacht eigenlijk niet dat het meisje verder zal praten. En diep in haar hart hoopt ze dat Kailynn zo'n overgevoelig, nukkig tienermeisje is dat nu nors voor zich uit gaat zitten kijken en niets meer zegt. Maar nee, het meisje is blijkbaar taaier.

'Nou, het ging dus zo,' zegt Kailynn voorzichtig, hoopvol, alsof Joan alsnog van gedachten zou kunnen veranderen, 'dan speelden we verstoppertje. Met mijn vader dus. En mijn zus en ik verstopten ons en dan ging mijn vader ons zoeken, maar dan liep hij altijd heel eng rond te stampen en zwaar te ademen, en dan werd je al doodsbang als je hem aan hoorde komen. En dan werd het opeens doodstil en wist je dat hij dichtbij was, en dan was hij er opeens – dan greep hij naar je onder het bed of rukte de lakens uit de wasmand, en dan begonnen wij keihard te gillen. Hij vond het leuk om ons bang te maken. Dan moest hij altijd heel hard lachen.'

Joan vindt de man een klootzak, niet dat het er ook maar iets toe doet.

'En één keer,' gaat het meisje verder, 'zat ik in de kast verstopt en toen rukte hij de deur open, en ik was zo verbaasd dat ik achterovervie tegen een plank en m'n arm bezeerde, en die begon toen te bloeden, en ik had zeg maar nog nooit zoveel bloed uit mezelf zien komen. Ik bleef maar huilen.'

'Moest hij lachen?' vraagt Joan, terwijl ze eigenlijk niets had willen zeggen.

'Nee. Hij tilde me op en ik zag aan zijn gezicht dat hij het heel erg vond – hij bleef steeds maar sorry zeggen – en hij legde een papieren zakdoekje op de snee en nam me op schoot, maar ik bleef maar huilen en hij zei dat ik dapper moest zijn en ik zei dat ik dat niet kon omdat ik bloedde. En toen pakte hij een mes van het aanrecht en maakte een snee in zijn arm, hij sneed gewoon in zijn arm waar ik bij was. En toen begon hij ook te bloeden, en hij stak zijn arm uit en zei: "Adem maar met me mee, schatje, adem in adem uit. Jij en ik samen." En dat deed ik toen. En daarna hebben we er een pleister op gedaan.'

Joan ziet het voor zich. Ze ziet het duidelijker voor zich dan ze wil. Ze ziet de tranen over Kailynns gezicht stromen, ze had vast twee staartjes toen ze nog klein was, misschien met van die haarklemmetjes erin, en ze ziet een bebloed armpje en een vader die zichzelf tot bloedens toe snijdt.

Ze glimlacht naar het meisje. Een meisje dat mannen met geweren heeft zien zwaaien en mensen dood heeft zien neervallen. Een meisje dat haar veilige schuilplaats verliet om mensen te helpen die ze nooit eerder had gezien.

'Soms helpt het om door te blijven ademen,' zegt Joan.

Kailynn kantelt haar hoofd naar voren en laat haar haar weer van links naar rechts zwiepen, en nu raakt Joan niet geïrriteerd door die beweging. Het is de gewoonte van een kind, denkt ze. Het is misschien geruststellend, dat gevoel om je haar heen en weer te voelen zwaaien.

'Ik wou dat hij nu bij me was,' zegt Kailynn zacht.

Joan leunt wat dichter naar haar toe. Voor het eerst sinds ze hier met elkaar opgesloten zitten beseft het meisje dat ze hier is, midden in deze realiteit, en voelt ze werkelijk het gewicht ervan.

'Ja,' zegt Joan.

'Zou u willen dat uw vader nu hier was?'

Joan overweegt verschillende antwoorden.

'Tja,' zegt ze, 'mijn vader had wel een heleboel grote geweren.'

Kailynn lacht, het is een zacht giechellachje. Joan voelt vanbinnen iets ontspannen en ze is er niet zeker van of dat gevoel van ontspanning goed of slecht is.

'Waarom maak jíj altijd het avondeten klaar?' vraagt Joan.

'Papa en mama werken tot laat,' zegt het meisje. 'En ik vind koken leuk.'

'Mijn dochter bakte altijd taarten,' zegt de lerares met gesloten ogen. 'Met wel vijf of zes lagen. Toen ze nog klein was. Van die taarten die je bij een bakker ziet.'

Joan observeert de vrouw, die zo ontspannen oogt dat ze elk moment in slaap zou kunnen vallen. Haar haar is glad en zit niet in de war en de hanger van haar elegante halsketting zit perfect in het midden, in het kuiltje onder haar keel. Ze zit daar heel rustig.

Misschien is ze aan het bidden. Joan moet toegeven dat het een aantrekkelijke gedachte is om te geloven dat er iemand over hen waakt. Dat God bij hen is. Dat zou ze graag willen geloven. Daar zit ze over na te denken als Lincoln, die op en neer en heen en weer staat te springen – als een klungelige derwisj – achterovervalt tegen de doos, waar ze hem al voor had gewaarschuwd.

De ruimte baadt opeens in het licht. Joan is even confuus en verblind, maar dan kijkt ze naar haar zoon en ziet de lichtschakelaar boven zijn warrige krullen. Ze duikt boven op hem, trekt hem weg bij de muur terwijl ze een klap op de schakelaar geeft, waardoor het licht weer uitgaat.

Ze zwijgen in de duisternis.

Ze hoort zichzelf ademen. Ze doet haar mond dicht maar het geluid klinkt nog harder als ze door haar neus ademt. Ze tast naar Lincolns hand en zijn vingers klemmen zich om de hare.

Hij zit roerloos op haar schoot. Ze zitten daar allemaal op de grond en wachten.

'Het duurde maar een seconde,' zegt Kailynn, en waarschijnlijk heeft ze nog niet zo lang gezwegen sinds ze hier binnen zijn gekomen. Joan is blij om haar stem te horen.

'Het maakt niet uit,' zegt de lerares. 'We zitten hier goed.'

Joan is hun daar dankbaar voor.

'Mammie?' zegt Lincoln met een beverig stemmetje. Ze heeft expres niets gezegd waardoor hij zich schuldig zou kunnen voelen. Toch heeft hij iets gemerkt, hetzij van haar of van de anderen. Ze heeft weleens horen zeggen dat kinderen net honden zijn; ze ruiken gevaar.

'Het is goed,' zegt ze. 'Het is goed. We zitten hier allemaal goed.'

Een ruimte badend in het licht, uit en aan en weer uit. Verdomme net een vuurtoren die iedereen naar zich toe wenkt.

'Het is goed,' zegt ze nog eens en ze knijpt even in zijn hand.

Zijn vingertjes zijn klein.

Hij is zo klein.

Zijn knokkels voelen zacht aan – niets aan hem voelt al ruw of eeltig, zelfs zijn hielen en ellebogen niet, en soms strijkt ze daar met het topje van haar vinger overheen als hij in bad is geweest, gewoon om te voelen of de huid daar al wat ruwer is, in de hoop dat dat niet zo is, en tegelijkertijd voelt ze zich dan schuldig omdat ze dat hoopt, want dat hoort wel te gebeuren. Het gevoel van die knokkels en zijn harde, gladde nagels als schelpjes tegen haar handpalm breekt iets in haar open, iets wat al uren geleden aan stukken is geslagen maar dat ze al die tijd in bedwang heeft weten te houden.

Tot nu toe heeft ze die gedachte niet willen toelaten: hij kan doodgaan.

Ze kan dat soort dingen niet denken en tegelijkertijd functioneren, en ze móét nu functioneren, en ze heeft nooit zo'n moeder willen zijn die haar kind geen deeg laat eten waar een rauw ei in zit, of die haar kind niet zonder toezicht een straatje om laat lopen, en je moet je angst in toom weten te houden, anders kun je het nooit aan om je kind de deur uit te zien gaan. En nu zitten ze hier waar de dood zijn bloederige snuit in hun gezicht duwt, en ze heeft er niet over nagedacht, niet echt, omdat ze min of meer aanvoelt wat ze losmaakt als ze dat wel doet, de enorme gapende afgrond die zich dan opent. Want dat doe je toch als je een kind hebt: jezelf blootstellen aan onvoorstelbare angst en pijn en jezelf vervolgens wijsmaken dat dat allemaal niet kan gebeuren.

Ze concentreert zich op zijn hand. En in gedachten hoort ze zijn schurkenlach – *mwah-ha-ha-ha* – en ziet ze zijn glimlach als hij wakker wordt van zijn middagdutje en haar over hem heen gebogen ziet staan, en de angst trekt zich terug.

Terwijl ze waarschijnlijk allemaal nadenken over wat ze kunnen zeggen om de stilte te doorbreken, klinkt buiten het geknal en geknetter van geweervuur, maar zo ver weg dat het net vuurwerk lijkt.

Ze horen allerlei knallen en kleine explosies. Een onverstaanbare stem die zo luid klinkt dat Joan vermoedt dat er door een megafoon wordt geschreeuwd. En terwijl ze bedenkt wat dat allemaal zou kunnen betekenen hoort ze een paar harde dreunen die ze niet kan thuisbrengen. Het doet haar denken aan een stapel bakplaten die op de grond valt. Het zijn verschillende geluiden door elkaar heen en ze klinken steeds harder. Ze weet wat dat betekent, al dat geweervuur en dat lawaai en geschreeuw.

Eindelijk gebeurt er iets. Iemand komt hen redden. Ze zou nu toch opluchting of opwinding moeten voelen, maar het lukt haar niet om iets te voelen.

'Zie je wel?' zegt Kailynn, en ze gebaart met haar hoofd naar het raam. 'De politie.'

'Ja,' zegt Joan.

'Ze kunnen er nu elk moment zijn,' zegt het meisje.

'Ja,' zegt Joan en ze slaat haar benen over elkaar. Ze wil gaan staan. Bewegen.

Haar hand belandt in iets plakkerigs op de vloer. Ze tilt hem op, ze weet zeker dat ze ergens een keukenrol heeft zien liggen, en Kailynn pakt haar elleboog vast.

'U heeft uw arm bezeerd,' zegt het meisje, en vanaf de plek waar zij zit ziet ze de open wond op Joans pols. Niet de snee in haar handpalm.

'Het is niet ernstig,' zegt Joan.

'Maar het mag niet gaan ontsteken,' zegt Kailynn. 'We hebben hier geen verbandspullen, maar ik kan er wel iets omheen doen.'

Voordat Joan kan tegensputteren reikt het meisje al naar het aanrecht en trekt ze een la open. Ze laat zich weer terugzakken op de vloer met een dunne witte theedoek in haar hand die ze om Joans pols begint te wikkelen.

'Deze is schoon,' zegt ze.

Haar bewegingen zijn verrassend efficiënt, wat Joan ervan weerhoudt om te protesteren. Ze kijkt alleen maar toe terwijl het meisje de theedoek strak om haar pols bindt, aan de twee punten trekt en er een knoop in legt.

'Kijk,' zegt Kailynn, achteroverleunend op haar ellebogen waarbij haar vlechtjes over de tegels strijken. 'Zo beter?'

'Ja,' zegt Joan. En de wond voelt inderdaad minder pijnlijk aan met die theedoek ertegenaan.

Ze bestudeert haar pols nog als er geweervuur in de ruimte weerklinkt, zo oorverdovend dat het een heel nieuw geluid is. Joan stoot van schrik haar hoofd tegen de rand van het werkblad en ze klemt Lincoln zo stevig tegen zich aan dat hij tegenspartelt. Het lawaai van de schoten omringt haar van alle kanten – ze hoort ze in haar hoofd weergalmen als cimbalen.

Ze hoort Kailynn gillen en Lincoln roept iets in haar oor, maar ze verstaat hem niet.

Het lawaai doet lichamelijk pijn en ze heeft een paar seconden nodig om weerstand te bieden aan de impuls om haar handen tegen haar oren te houden. Om haar handen tegen Lincolns oren te houden. Ze heeft zich zo omgedraaid dat ze met haar rug naar de deur zit, over Lincoln heen gebogen om hem te beschermen.

Eén ding is duidelijk: er is iemand in het restaurant. Er staat iemand voor de stalen deur en die probeert binnen te dringen. Ze voelt het lawaai tot in haar tanden. Bij ieder volgend schot is ze er zeker van dat er een kogel door de deur heen dringt.

Heel even is het stil. Het waren een stuk of tien schoten. Vrijwel onmiddellijk daarna begint het schieten opnieuw.

Kailynn is overeind gekrabbeld en in de verste hoek van de ruimte weggekropen, terwijl er links en rechts van haar dozen omvallen en koffiefilters en kartonnen bekertjes over de grond rollen. De lerares staat bijna recht overeind, haar handen zoeken steun tegen het werkblad.

Het schieten houdt weer even op en de stilte is angstaanjagender dan het lawaai.

'Ze kunnen niet binnenkomen,' zegt Kailynn. Ze huilt, hoewel dat alleen te zien is aan haar natte gezicht. Haar stem klinkt krachtig. 'Dat kunnen ze niet.'

Joan is daar niet zo zeker van. Het is een stalen deur, geen magische deur. Hij is maar tot op zekere hoogte bestand tegen kogels. Ze raakt haar gezicht aan om te voelen of zij ook huilt, maar dat is niet zo. Huilen is tijdverspilling. De afgelopen uren heeft ze geleerd haar tanden niet op elkaar te klemmen. Zichzelf geleerd in en uit te ademen.

Ademhalen helpt.

Ze hoort het geweervuur nog steeds nagalmen in haar oren.

'Het raam,' fluistert ze, en ze staat op en zet Lincoln op het werkblad. Zij klimt achter hem aan en geeft een zetje tegen het raam, en godzijdank gaat het moeiteloos open. Ze hoeft alleen maar een draaibeweging met haar pols te maken en de hendel komt omhoog: het raam gaat naar buiten toe open, maar blijft al snel steken. De ruimte tussen het raam en het kozijn is zeker groot genoeg voor Lincoln, maar te krap voor haar. Er wordt niet meer geschoten – misschien zijn de schutters een strategie aan het bedenken? En waarom hebben ze niets gezegd? Zouden ze geen rijmpjes moeten opzeggen? Staan ze bij de deur of staat een van hen buiten voor het raam te wachten? – en dan hoort ze een nieuw geluid, een zwaardere dreun tegen de deur en tegen die tijd heeft ze Lincoln opdracht gegeven om stil te blijven staan terwijl zij zich optrekt om door het raam te kijken.

Het licht schijnt fel bij het raam. Beslist meer kunstlicht dan maanlicht. Ze kijkt omhoog en ziet lieveheersbeestjes, kleine donkere knopjes, op het plafond zitten.

'Kom op,' zegt ze tegen de anderen, en ze mimet de woorden meer dan dat ze ze werkelijk uitspreekt. Ze is niet van plan om boven het kabaal uit te schreeuwen.

Kailynn komt naar haar toe, zet een voet op het blad en klimt er razendsnel op, een en al armen en benen.

Het beukende geluid – is het een stormram? – davert door haar schedel terwijl de lerares haar hoofd schudt.

Joan houdt Lincoln met een hand vast en gebaart driftig met

de andere, haar hand beweegt snel heen en weer, maar de lerares blijft haar hoofd schudden.

'Het lukt me niet om –' begint ze, maar de rest van haar woorden wordt overstemd.

Het volgende moment klinkt het lawaai anders – weer een klap, maar dit keer klinkt hij anders. Heeft hij een ander soort effect op de deur. Ze hoort een metalig galmend geluid en een gekraak.

Heel even blijft het stil – zalig stil – en dan beweegt de deur. Het is een minieme beweging, misschien een centimeter. Zo'n minieme beweging dat Joan zichzelf eerst kan wijsmaken dat ze het niet heeft gezien. Maar de deur blijft bewegen, heel langzaam, en ze weet dat hij open zal gaan, en ze kijkt naar haar zoon en ziet een kruimel op zijn wang zitten. Kailynn staat tegen haar rug aangedrukt, warm en lichtjes trillend, en de lerares, die het dichtst bij de deur staat, loopt nu achteruit en het licht schijnt op haar haar waardoor het glanst. Het moment rekt zich, vertraagt steeds verder, en dan wordt de deur helemaal opengegooid en knalt hij tegen de planken erachter.

Er staat een man.

Joan denkt onwillekeurig dat ze dus al die tijd gelijk heeft gehad: hij is amper een man. Misschien hoeft hij zich nog niet eens te scheren. Hij draagt geen laarzen zoals ze zich had voorgesteld. Hij draagt tennisschoenen.

Een seconde.

Twee seconden.

Ze gaat snel voor Lincoln zitten, haar benen hangen over de rand van de tafel. Ze denkt dat ze hem daarmee onzichtbaar maakt en misschien is er een kans dat de schutter haar zoon niet ziet – zou ze hem door het raam kunnen duwen? Zonder dat hij gezien wordt? Achter haar staat een messenblok, een meter of wat van haar vandaan, maar ze wil er niet naar kijken.

In plaats daarvan kijkt ze naar de man. Het kost moeite om langs de lange loop van het geweer te kijken dat hij op hen gericht houdt – op de lerares gericht houdt – maar ze kijkt er toch langs.

In zijn andere hand heeft hij een bijl, maar terwijl ze naar hem kijkt smijt hij de bijl achter zich op de grond. Zijn jack is te groot en zijn jeans zit te strak, en zijn buik bolt er een beetje overheen. Hij heeft een gedrongen postuur en tegelijkertijd heeft hij iets zachts. Ze tast achter zich en probeert te bedenken hoe ze – áls ze erin slaagt een mes te pakken zonder dat hij het ziet – hem te grazen kan nemen voordat hij haar neerschiet, en als hij haar raakt, kan ze hem dan alsnog neersteken, ook al is ze dodelijk gewond? Ze denkt dat er een paar seconden verstrijken waarin het lichaam weet dat het gaat sterven, en zou ze genoeg kracht hebben om het mes in zijn hart te stoten? Of misschien is het makkelijker om hem in zijn hals te steken, zachter, geen ribben die in de weg zitten. Terwijl ze daarover nadenkt en met haar vingers achter zich rondtast, probeert ze zijn gezicht te zien.

Drie seconden.

Vier seconden.

Ze ziet niet genoeg. Hij kijkt omlaag en ze ziet alleen maar brede donkere wenkbrauwen. Die schaduwen zitten haar dwars en maken dat ze geen details kan zien. Ze wil dat hij haar aankijkt. Zijn geweer is op de borst van de lerares gericht, maar hij kijkt nog steeds naar de grond.

Joan wil zijn gezicht zien.

Haar vingers sluiten zich om het messenblok en haar vingertoppen glijden omhoog naar een heft. Zal ze er een mes uit trekken of zal ze proberen om Lincoln door het raam te laten zakken? Maar als ze dat doet, als ze zo'n snelle beweging maakt, dan zal hij zeker zijn geweer op hen richten – en misschien is het daarvoor nu al te laat want de schutter kijkt eindelijk op.

Hij kijkt strak naar de lerares. Zonder zich om te draaien reikt hij achter zich en slaat met zijn hand tegen de muur, en als hij de schakelaar vindt knipt hij het licht aan. De ruimte wordt weer helder verlicht en ze knijpt haar ogen half dicht om aan het licht te wennen.

Hij staart de lerares nog steeds aan. En de lerares staart terug, met knipperende ogen, haar borstkas gaat op en neer.

Vijf seconden.

Zes seconden.

Hij laat zijn geweer zakken.

'Mevrouw Powell?' zegt hij.

De lerares kijkt hem alleen maar aan, zonder te bewegen en zonder iets te zeggen. Haar broekspijp is omhooggeschoven zodat haar bleke kuit zichtbaar wordt. Ze leunt achterover tegen het werkblad waardoor er een stukje buik onder haar T-shirt uit piept.

Lincoln gaat verzitten en prikt met zijn voet in Joans zij.

Zeg iets, zegt ze in gedachten tegen de lerares. *Doe iets. Het doet er niet toe wie je bent, zeg gewoon tegen hem dat je mevrouw Powell bent.*

De lerares richt zich op.

'Ja,' zegt ze uiteindelijk, op een volslagen kalme toon alsof iemand appel houdt. Ze trekt haar T-shirt omlaag.

De lerares is de enige van hen die bewogen heeft. Joans hand ligt op het heft van het mes dat ze nog niet uit het messenblok heeft getrokken. Ze verlegt haar blik naar Kailynn en ziet de vochtige glans op haar wangen. Ze ziet de benen van het meisje trillen, van angst of van inspanning, omdat ze al zo lang op de bal van haar voeten heeft moeten balanceren.

Een lieveheersbeestje valt van het plafond op de grond.

'Ja,' herhaalt de lerares, nog steeds even kalm. 'Ik ben Margaret Powell.'

De schutter laat het geweer met zijn linkerhand los, balt zijn vuist en ontspant zijn vingers weer. Keer op keer. Tastend in het niets.

'Ik ben Rob,' zegt hij en zijn stem klinkt zo luid dat Joan hem herkent. Hij heeft de franjeaap doodgeschoten. 'Robby –'

Hij zwijgt, fronst zijn wenkbrauwen, misschien kwaad op zichzelf omdat hij zijn naam heeft genoemd. Joan denkt dat hij deze fout misschien gaat herstellen door hen allemaal te vermoorden, maar hij kijkt naar zijn voeten, laat zijn geweer nog verder zakken en begint weer te praten.

'Ik had u in groep vijf,' zegt hij. 'Robby Montgomery.'

Opnieuw zwijgt de lerares. Ze zegt niets. Ze zou hem moeten inpakken, maar heeft duidelijk geen flauw idee hoe ze te werk moet gaan. Misschien is ze verstijfd van angst of misschien wil ze niet toegeven dat ze zich hem niet herinnert. Ze kijkt alleen maar naar hem, naar zijn haar dat over zijn kraag krult, naar zijn te grote jack en naar zijn wapens: het geweer in zijn hand, het pistool onder zijn jack en nog iets groots dat hij op zijn rug heeft vastgemaakt.

De lerares houdt haar T-shirt nog steeds met beide handen krampachtig vast.

'Robby,' zegt mevrouw Powell.

Hij knikt.

'Robby Montgomery,' zegt ze.

Nu laat hij zijn blik even over hen heen glijden. Hij kijkt Kailynn aan die nog steeds gehurkt op de tafel zit. Hij kijkt Joan aan en als hij zijn hoofd wat schuin houdt weet ze dat hij Lincoln achter haar ziet zitten.

Dan doet hij een stap naar achteren, drukt zich tegen het deurkozijn aan.

'Deze kant op,' zegt hij, zijn stem vult de hele ruimte. 'Mee naar buiten komen.'

Hij kijkt de lerares weer aan – mevrouw Powell – en het is niet duidelijk of dat bevel ook geldt voor de rest van hen, en wat voor bevel het eigenlijk is. Misschien is hij van plan de lerares te sparen en komt hij daarna terug voor hen. Of misschien leidt hij haar naar buiten om als eerste vermoord te worden en komt hij daarna terug voor hen.

Maar als mevrouw Powell naar de deur toe loopt, gebaart Robby Montgomery dat zij ook moeten meekomen. Joan laat zich van de tafel glijden en tilt Lincoln op, ze neemt de tijd en bedenkt ondertussen of ze moet proberen een mes mee te grissen. Dan draait ze zich om – nog steeds aarzelend – en is het moment al voorbij. Ze hoort Kailynns voeten op de grond komen en zet Lincoln op haar heup.

Joan stapt over de kartonnen bekertjes heen. Ze concentreert zich op de vloer. Als ze weer opkijkt ziet ze dat Robby Montgomery de lerares aanraakt. Hij legt zijn hand op haar arm als ze door de deuropening loopt.

'U weet niet meer wie ik ben, hè?' zegt hij.

Mevrouw Powell kijkt naar zijn hand en hij laat haar los. Het duurt even voor de lerares antwoord geeft. Maar als hij haar eenmaal heeft losgelaten, legt ze twee vingers op zijn pols.

'Jij zat naast dat jongetje dat altijd lijm in zijn oor stopte,' zegt ze. 'Harrison... Harrison nog wat. En je vond het altijd leuk om me te helpen met het nieten van de nieuwsbrieven. Eigenlijk met alles wat geniet moest worden. Je vond de nietjesverwijderaar prachtig – je zei dat die leek op –'

'Vampiertanden,' zegt hij glimlachend.

'Mammie?' zegt Lincoln zacht, zijn adem is warm en ruikt naar kaas. Ze weet dat het woord vampier zijn belangstelling heeft gewekt. Maar ze ziet de schutter glimlachen en dat is een vreemd gezicht, en ze bedenkt dat ze misschien toch niet zoveel van Lincoln verschilt – zij vindt ook dat schurken niet blij mogen kijken.

Dan maakt Robby Montgomery een hoofdbeweging in hun richting en komen ze in beweging. Joan loopt achter mevrouw Powell aan door de deuropening en probeert in het voorbijgaan Robby Montgomery of zijn geweer niet aan te raken. Kailynn loopt vlak achter haar en ze voelt hoe de hand van het meisje zich om haar arm sluit, vlak boven het verband.

Ze staan weer in het gangetje, met voor hen de donkere roestvrijstalen glans van de keuken.

'Luister,' zegt Robby Montgomery, 'jullie moeten ergens anders heen. Niet hier blijven. De politie komt door de ingang naar binnen – maar jullie moeten niet die kant op gaan. Ze zijn nog aan het schieten.'

'Wie zijn "zij"?' vraagt mevrouw Powell.

'De politie,' zegt hij achteloos. 'En Destin. Tenzij hij dood is, maar hij heeft zich goed voorbereid en als hij dood was zou de politie nu niet meer schieten.'

'Wie is Destin?' vraagt mevrouw Powell. Ze zegt het op een nuffig toontje dat bijna grappig klinkt, alsof ze nog niet zo goed weet of ze het meisje met wie hij naar het schoolbal wil wel zo geschikt vindt.

'Destin is de ster van de show,' zegt Robby Montgomery, en hij zet een stem op die niet de zijne is. Het is de stem van een nieuwslezer, veel te theatraal.

Joan doet een stap van hem vandaan. Ze vindt het vreselijk als hij van die stemmetjes opzet.

Mevrouw Powell trekt haar wenkbrauwen op en Robby Montgomery lijkt dat in de gaten te hebben. Als hij weer begint te spreken, praat hij op een normale toon.

'Als je een tank op benen ziet, dan is dat Destin,' zegt hij. 'Hij draagt topkwaliteit spullen – een zwaar kogelwerend vest en een Blackhawk-helm, de hele handel. Die wil je niet tegenkomen. En dan is Mark er nog met wie ik optrek, maar hij heeft me weer eens in de steek gelaten. Daar hebben jullie geluk mee. Kom mee. Jullie moeten hier weg.'

'Mammie?' fluistert Lincoln weer.

'Nu even niet,' fluistert Joan terug, zo zacht dat ze zichzelf amper hoort.

Hij laat hen gaan.

Hij laat hen gaan.

Die gedachte is zo overweldigend dat ze aanvankelijk niet verder kan denken. En als ze dat wel doet kan ze bijna niet bevatten wat hij allemaal zegt. Er zijn drie mannen bij betrokken, met inbegrip van deze jongen, en hij strooit namen in het rond alsof het allemaal niets uitmaakt. Hij zou dat soort details niet mogen prijsgeven: ze vraagt zich af of hij eigenlijk wel begrijpt wat er gebeurt. Wat er is gebeurd en wat er nog gaat gebeuren. Of misschien weet hij wel degelijk wat er gaat gebeuren en doet het er daarom niet toe of hij namen noemt.

Die laatste gedachte overvalt haar zo plotseling dat ze achteromkijkt. Ze kijkt naar de kartonnen bekertjes die omgekeerd op de grond liggen alsof het torentjes van een zandkasteel zijn. Naar de messen die nu te ver weg zijn. De derde man, Destin, klinkt bepaald niet menselijk. Ze stelt zich een monster voor uit een film met Arnold Schwarzenegger in de hoofdrol. Monsters laten zich niet vermurwen door bejaarde leraressen.

'De politie –' brengt ze uit, maar Robby Montgomery wil alleen met mevrouw Powell praten want hij kapt haar af terwijl hij haar nauwelijks een blik waardig keurt.

'Die kant op,' zegt hij, en met zijn geweer wijst hij naar de zijdeur van het café. 'Langs die kant naar buiten en dan teruglopen naar het zeeleeuwenverblijf. Weten jullie waar dat is?'

En dus schuifelen ze allemaal naar de zijdeur – Kailynn voorop, Lincoln en zij in het midden, mevrouw Powell achteraan met Robby Montgomery. De deur hangt bijna uit zijn scharnieren – hij moet hem hebben open gebeukt en het verbaast haar dat ze dat niet hebben gehoord, ook al zaten ze achter hun geluiddichte deur.

Buiten hebben de lichtjes van de cola-automaat een psychedelisch effect op hen na de duisternis van het restaurant. Achter de bomen horen ze nog steeds geschreeuw en geschiet. De bananenbladeren zwaaien heen en weer en zij loopt naar het wandelpad.

'Sneller,' roept Robby Montgomery, en Joan gaat sneller lopen.

◆

Margaret Powell is zich er scherp van bewust dat ze de komende minuten misschien zal sterven, in de rug geschoten door een van haar leerlingen. Dat verbaast haar niet echt.

Kailynn en de andere vrouw lopen veel sneller en raken steeds verder uit het zicht, maar Robby loopt maar een paar passen achter haar. Ze werpt een steelse blik over haar schouder. Hij lijkt een Vietnamsoldaat na te doen en tuurt links en rechts door de bomen – in een andere situatie zou het volslagen belachelijk zijn. Ze is er nog niet helemaal uit of hij haar beschermt of haar naar haar dood leidt, en ze is er evenmin zeker van of hij het zelf wel weet. Hij is duidelijk een psychopaat. Of het scheelt niet veel, en dat komt op hetzelfde neer. Maar zelfs Hitler was dol op jonge hondjes, toch?

Haar knie klopt. Soms is zitten erger dan staan.

Ze zijn allang voorbij de schaduw van het rieten dak. Nog steeds hoort ze af en aan geweervuur bij de ingang van de dierentuin. En Robby loopt nog steeds achter haar. Ze had niet verwacht dat hij zo dicht bij haar zou blijven. Ze gaat langzamer lopen en kijkt weer over haar schouder, en deze keer probeert ze niet te doen of ze hem niet heeft gezien.

'Kom je met ons mee?' vraagt ze.

Hij schudt zijn hoofd, maar hij loopt wel naar haar toe. Hij is lang, hoewel hij nog steeds wat babyvet heeft. Hij houdt zijn geweer losjes in de hand, de loop beweegt op en neer alsof het een metaaldetector is of iets anders wat geen mensen doodt.

Ze heeft bedacht dat het goed is als ze tegen hem praat, hoe meer hoe beter. Hoe meer hij haar stem hoort, des te meer zal hij moeten accepteren dat ze een mens van vlees en bloed is. Een mens die zijn hand vasthield terwijl hij schreef en die hem zijn veters hielp strikken. (Dat kan ze zich niet herinneren, maar ze veronderstelt dat ze dat bij al haar leerlingen weleens heeft gedaan.)

'U gaat te langzaam,' zegt hij. 'U moet sneller lopen.'

Ze blijft nu helemaal stilstaan, draait zich om en kijkt hem aan.

'Ik ben achtenzestig,' zegt ze. 'Ik heb een slechte knie. Ik kan niet sneller.'

Vóór hen is de moeder blijven stilstaan, met haar zoontje op haar heup. Ze kijkt over haar schouder. Margaret zou liever hebben dat de moeder niet bleef wachten.

'Wandel een eindje met me op, Robby,' zegt ze op haar lerarestoontje, dat zijn uitwerking heeft gehad op alle kinderen die ze ooit in de klas heeft gehad. Ze is er zeker van dat ze daarmee kenbaar maakt dat ze zijn gezelschap op prijs stelt: dat werkt meestal het beste bij de probleemkinderen, de lastige kinderen, de kinderen tegen wie andere leerkrachten schreeuwen of die eruit worden gestuurd. Dat zijn de kinderen die vooral aandacht willen, en dat is het geheim om ze voor je in te nemen.

Natuurlijk stelt ze zijn gezelschap niet op prijs. Eigenlijk vindt ze het een akelige gedachte dat hij achter haar loopt. Ze wil hem in de gaten kunnen houden. Nog een geheim: je zet de lastposten altijd zo dicht mogelijk bij je lessenaar neer.

Het verbaast haar niet dat ze hem heeft lesgegeven. Ze heeft weleens fantasieën gehad over dit soort situaties – zich talloze keren voorgesteld dat een overvaller een pistool op haar richt en haar portemonnee eist, en dan zegt: 'Hé, mevrouw Powell, u bent het!' Ze heeft zoveel kinderen lesgegeven – duizenden, door de jaren heen – en allemaal in deze stad, dus ze komt haar vroegere leerlingen constant tegen in winkelcentra en restaurants en op parkeerplaatsen. Al die achtjarigen die nu veranderd zijn in mannen in pak en vrouwen met hooggehakte laarzen.

'Mevrouw Powell!' zeggen ze altijd met een glimlach, en ze herkent ze nooit omdat ze natuurlijk volwassen zijn geworden, maar ze weet dat het leerlingen van haar zijn vanwege de manier waarop ze haar naam zeggen.

Soms herinnert ze zich hen nog. Soms weet ze zelfs nog waar ze zaten of wat ze haar met kerst hebben gegeven. Ze omarmen haar en vertellen dat ze advocaat of arts of autoverkoper zijn geworden of dat ze drie dochters of een zoon op de universiteit hebben zitten. Ze willen haar laten weten wat er van hen geworden is.

Er zijn ook anderen. Oud-leerlingen die zich nooit aan haar

hebben voorgesteld, maar ze weet wel wat er van hen geworden is. Demetrius Johnson was de eerste die in de dodencel belandde. In een ruzie om een televisie had hij een jongen vermoord, en toen hij bij haar in de klas zat had hij een meisje zo hard geschopt dat haar been bloedde. Maar hij was ook heel goed in legpuzzels maken, daar had hij echt talent voor, het soort talent waarmee hij verder had kunnen komen. En ze had Jake Harriman in de klas gehad, een ontzettend lief joch dat nooit lastig was, maar die kwam uit een probleemgezin en zat vaak onder de blauwe plekken. Ze had het aan het hoofd van de school gerapporteerd en er was iemand van jeugdzorg langs geweest, maar er waren verder geen stappen ondernomen, en een jaar of twintig later had ze zijn foto op het journaal gezien omdat hij op de parkeerplaats van de K-Mart een vrouw had vermoord en haar auto had gestolen. Dodencel. Horace Lee Block was luidruchtig en kon nooit stilzitten, en zelfs toen had hij al een kwaadaardig trekje, en als hij haar omhelsde moest ze zich altijd loswurmen. Dodencel.

Ze ziet hun namen in de krant en staart naar hun onherkenbare foto's op het journaal. Voor zover ze weet heeft ze lesgegeven aan vier moordenaars, zes verkrachters en negen gewapende overvallers. Het is niet zo dat ze die aantallen per se wil bijhouden, maar dat optellen gaat gewoon vanzelf. Drie van haar jongens en meisjes zijn vermoord, onder wie een meisje dat door haar man in brand is gestoken. Ze herinnert zich een lange vlecht, aan het eind bijeengehouden met van die haarelastiekjes met plastic balletjes. Het is afschuwelijk, en vaak wanneer ze weer eens een foto zag van een monster met kille ogen en zich een mager jochie met grauwe, askleurige ellebogen herinnerde, wilde ze stoppen met lesgeven, want het ergste is nog dat het haar eigenlijk nooit echt geschokt heeft. Voordat zij ze onder haar hoede krijgt is hun levensloop al uitgestippeld. Als ze bij haar komen, boos, nors, agressief en scheldend, zijn hun ouders meestal ook boos, nors, agressief, en schelden ze iedereen verrot. Als ze bij haar komen, wanhopig en afgestompt, zijn hun ouders ook wanhopig en afgestompt. Ze ziet gewoonlijk welke kant ze opgaan en daar kan ze niets aan veranderen. Ze heeft het weleens geprobeerd, maar dat is vechten tegen de bierkaai.

Ze lopen haar klaslokaal uit en kijken geen moment om. Ze zijn weg.

Maar Robby? Daar snapt ze niets van, hoewel ze zich hem nog niet helder voor de geest kan halen. Hij zat constant te praten. Dat weet ze nog wel. Arm kind, hij had een harde stem, alsof er geen volumeknop op zat, dus als de andere kinderen zaten te fluisteren werd hij steeds betrapt. In sociaal opzicht was hij onhandig, maar ze had nooit problemen met hem gehad. Ze denkt terug aan een dikkig kind dat te hard lachte om de grappen van andere kinderen en dat 'Ja, m'vrouw' zei als ze zei dat hij stil moest zijn, en hij was heel gezeglijk, denkt ze. Of nee, niet gezeglijk – hij was een pleaser. Het effect was hetzelfde, maar de onderliggende reden verschilde.

Ze voelt het als hij haar heeft ingehaald: hij geeft warmte af. Er hangt een uienlucht om hem heen.

'Waarom hebben we zo'n haast?' vraagt ze zacht, en ze herinnert zich dat hij altijd vroeg of hij haar mocht helpen met de nieuwsbrieven, maar ze kan zich niet herinneren dat ze ooit een gesprekje met hem heeft gevoerd.

'Mark,' zegt hij. 'Deels dan. Hij komt eraan.'

'Is dat een vriend van je?'

'Ja.'

'Als hij je vriend is,' zegt ze aarzelend, 'kun je dan niet tegen hem zeggen dat hij ons niet moet doodschieten?'

Ze staart recht voor zich uit en kijkt hem niet van opzij aan, en het duurt even voor hij antwoordt. Ze lopen onder een breed vertakte eik door, waar een wegwijzer staat met onleesbare pijlen in het donker, maar ze weet dat ze de pijl met UITGANG DIERENTUIN volgen.

'Hij heeft zo zijn eigen ideeën,' zegt hij uiteindelijk, en dan brengt hij zijn geweer omhoog. Ze wil gillen om de anderen te waarschuwen, maar hij richt zijn geweer nog verder omhoog en vuurt een paar schoten af op de boomtoppen, en het voelt alsof haar oren openbarsten. Ze raakt ze aan, om te voelen of er bloed uit stroomt.

Ze hoort zijn stem amper als hij begint te schreeuwen.

'Niet te ver doorlopen, ik moet jullie kunnen blijven zien!' schreeuwt hij, en ze realiseert zich dat Kailynn en de vrouw en haar zoontje bijna om de bocht waren verdwenen. Nu niet meer – ze blijven stokstijf staan, als standbeelden.

'Niet stil blijven staan,' roept Robby, op een nog gefrustreerdere toon dan eerst. 'Jullie moeten niet stil blijven staan. Maar wel in de buurt blijven.'

Zijn geweer wijst weer naar de grond. De anderen beginnen weer te lopen en kijken voortdurend achterom. Ze voelt haar zere knie kloppen.

'Je zei dat ze snel moesten lopen,' zegt ze.

Hij geeft geen antwoord. Ze verstijft als hij zijn hand naar haar uitsteekt, maar hij pakt haar bij de elleboog en duwt haar zachtjes voort. Hij zal haar geen pijn doen.

'We moeten allemaal snel lopen,' zegt hij.

Hij wil duidelijk dat ze haar mond houdt, maar ze komt tot de ontdekking dat het er eigenlijk niet toe doet wat hij wil. Ze is niet langer bang voor wat hij haar kan aandoen: de dood is lang niet zo angstaanjagend als ze ooit dacht. Dat zou begrijpelijker zijn als ze zich een hemel met goud geplaveide straten voorstelde of als ze droomde van een ontroerende hereniging met haar ouders die ze dolgraag zou willen terugzien, in welke vorm dan ook, fysiek, als geest of als engel. Maar daar denkt ze helemaal niet aan.

Haar hele leven lang is haar verteld dat er een God is. Dat is vast en zeker ook het geval. Dat heeft ze zichzelf voor ogen proberen te houden. Ze heeft tegen hem gesproken. Maar ze dacht niet aan God toen de punt van het werkblad in haar rug prikte en ze in de loop van het geweer keek: ze dacht aan haar dochter die nu volwassen is en haar duidelijk heeft laten weten dat ze haar niet meer nodig heeft, en aan haar ouders die overleden zijn en aan haar ex-man die is hertrouwd met een vrouw die jonger en dikker is dan zij, en dat er niets meer in het leven is dat ze nog zou willen doen. Niet dat ze graag dood wil, maar de gedachte jaagt haar geen angst aan.

Dus strompelt ze naast hem voort en vraagt: 'Heb je vandaag mensen doodgeschoten?'

Hij haalt zijn schouders op. Dat is de meest puberachtige reactie die ze zich kan voorstellen.

'Bedoel je dat je het niet zeker weet?'

Weer haalt hij zijn schouders op. Hoe langer ze in zijn gezelschap verkeert, hoe meer ze de vijfdegroeper in hem ziet.

'Heb je er spijt van?' vraagt ze.

Hij bukt zijn hoofd om onder een tak door te lopen.

'Nee, m'vrouw.'

Maar waarom, denkt ze, *heb je mij dan niet vermoord? Als het je zo makkelijk afgaat?*

Ze zijn bijna onder aan de heuvel en lopen onder de gebeeldhouwde houten boog door die het begin van het Afrikapad aangeeft, en het volgende moment hebben ze Afrika helemaal achter zich gelaten. Zijn hand rust nog steeds losjes op haar elleboog. Voor iemand die altijd onophoudelijk kwebbelde is hij behoorlijk zwijgzaam. Misschien heeft het kwaad hem veranderd. Misschien zit de vijfdegroeper toch niet meer in hem.

Kailynn en de vrouw verdwijnen weer om de bocht en deze keer roept hij hen niet na. Ze is nu alleen met Robby en net als ze het heeft opgegeven om hem aan het praten te krijgen, begint hij weer.

'Het is net als wanneer je een blaar doorprikt, begrijpt u?' zegt hij. Hij geeft een kneepje in haar elleboog. 'Zo voelt het. Vindt u het ook niet zeg maar een lekker gevoel als je iets doorprikt? Net als met puisten en pukkels, van die opgezwollen dingen die er helemaal niet horen te zitten. Dan is er iets in je dat ze kapot wil maken. Misschien begrijpt u het dan een beetje. Want je denkt misschien dat je vanbinnen massief bent, maar er is maar één prikje voor nodig en we zijn alleen nog maar huid en pus en infecties, en ik denk dat we dat diep in ons hart ook weten. We fantaseren van alles, weet u. Alle dingen die we zo belangrijk vinden, die doen er eigenlijk niet toe. Het is niet echt. En misschien is het beter om die zeepbel door te prikken. Heeft u dat weleens bedacht? Dat je misschien beter af bent als je jezelf laat leeglopen? Want we zijn eigenlijk niet meer dan gezwollen blaren waar pus en bloed uit komt, maar we doen godverdomme net of we eenhoorns zijn – sorry – eenhoorns of elfen of weet ik wat, of we heel mooi en magisch zijn, maar we zijn lege zakken.'

Hij ademt hoorbaar in en uit. Margaret weet niet zeker of dat komt doordat hij zich schaamt voor zijn monoloog of dat het gewoon gebrek aan lucht is. Ze struikelt over een uitstekend stuk beton en verzwikt haar enkel bijna.

Ze denkt koortsachtig na maar kan geen antwoord bedenken waarmee ze hem zou kunnen helpen. Ze wil al dat gepraat over mensen die met pus gevulde zakken zijn niet aanmoedigen. Ze draait aan haar horloge – een Kate Spade die ze in de uitverkoop voor twintig dollar heeft gekocht.

'Dus jij denkt dat dit allemaal niet echt is?' zegt ze.

'Ik denk dat we in ons leven stomme dingen doen en in stomme dingen geloven,' zegt hij, op een iets rustiger toon.

Hij probeert haar te overtuigen, beseft ze. Hij wil uitleggen wat hem beweegt.

'Dus je hebt mensen gedood omdat je denkt dat ze zo beter af zijn?' vraagt ze.

'Ik weet niet of ik ze gedood heb. Het is niet zo dat ze dan beter af zijn. Ik ben geen Jezus die zieltjes redt of zo. Maar ze zijn ook niet slechter af. We kunnen niet slechter af zijn.'

Ze slikt en proeft iets zuurs. Van het begin af aan heeft ze gelijk gehad: hij is een psychopaat en hij laat haar zo snel lopen dat ze bijna struikelt. De muziek hoort ze niet meer, maar de geluiden vanaf de ingang van de dierentuin worden steeds harder – stemmen, mannenstemmen, een heleboel, en het gedreun van iets metaligs.

'Eet u nog steeds een sinaasappel bij de lunch?' vraagt hij.

Ze is zo verbaasd dat ze zonder nadenken antwoord geeft.

'Soms, ja,' antwoordt ze.

'U pelt ze in plaats van ze in partjes te snijden en zo uit de schil te eten,' zegt hij.

Ze weet niet hoe het komt dat hij zich dat nog herinnert.

'Ja,' zegt ze.

Hij blijft staan om iets van de zool van zijn schoen te schrapen. Ze wil niet nadenken over wat er allemaal aan de zool van zijn schoen zou kunnen plakken.

'Hebt u nog met een bijl leren hakken?' vraagt hij.

Ze denkt terug. Dus hij zat bij haar in de klas in de periode dat er in een halfjaar tijd twee bomen in haar tuin waren omgevallen, en het was echt belachelijk hoeveel geld tuinlieden vroegen om ze in stukken te hakken. Nadat de tweede boom was omgevallen had ze een bijl gekocht en was ze vast van plan om zelf hout te leren hakken. Alle jongetjes in de klas hadden dat een prachtig idee gevonden.

'Nee,' zegt ze. 'Ik heb mijn handen opengehaald aan de steel. En uiteindelijk heb ik iemand betaald om het voor me te doen.'

'Ik stelde me dan voor dat u in uw overall in de tuin stond te werken,' zegt hij. 'Met uw bijl. En daarna ging u op de veranda in de schommelstoel limonade zitten drinken. Hebt u een veranda?'

'Nee. Ik had wel een terras in de achtertuin.'

'Woont u buiten de stad?' vraagt hij.

'Nee.'

'Dat heb ik altijd gewild.'

'Buiten wonen?'

'Ja. Waar je zo het bos in kon lopen.'

Een lichtstraal doet haar opkijken van het betonnen pad dat

voor haar uit kronkelt. Door de takken ziet ze de grote vijver, die helemaal verlicht is. Een meter of wat voor haar loopt de spoorlijn over het pad heen en daar staan Kailynn en de vrouw met haar zoontje.

Robby laat haar los en gebaart in de richting van de vijver.

'Ik ga nu weer terug,' zegt hij. 'Verstoppen jullie je maar ergens in de buurt van de zeeleeuwen en de vogels. En blijf daar zitten tot het achter de rug is.'

Hij draait zich al om voordat ze beseft dat hij wegloopt. En om een of andere reden herinnert ze zich een moment van tig jaar geleden, en Robby zat toen vast niet in haar klas, maar ze gaf een biologieles over wortels en vertelde toen ook over mossen. Ze had in het park grote stukken mos gevonden en had die de klas rond laten gaan en verteld dat mossen geen echte wortels hebben, maar de kinderen waren helemaal niet geïnteresseerd in wortels. Ze wilden het mos op hun hoofd leggen en net doen of het haar was, en ze hielden het tegen hun gezicht om te voelen hoe het was als je in het bos op een kussen van mos zou slapen, en uiteindelijk had ze het maar opgegeven en ze hun gang laten gaan.

'Kom met ons mee,' zegt ze tegen hem.

Hij blijft staan, zijn mond staat een beetje open als hij zich weer naar haar toe draait.

'Waarom?' vraagt hij.

Als ze eerlijk was zou ze zeggen dat ze hem meevraagt omdat hij een geweer heeft. Als ze zijn vrienden tegen het lijf lopen, kan dat geweer nog goed van pas komen. Maar als ze eerlijk was zou ze ook tegen hem zeggen dat ze er zeker van is dat ze hem kan redden. Bij die gedachte voelt ze een schok door zich heen gaan, scherp als het schrapen van versleten kraakbeen tegen het onderliggende bot. Ze ziet het voor zich: dat ze hem, met zijn handen omhoog, aan de politie overdraagt, hem bezoekt in de gevangenis en taart meebrengt, als dat tenminste mag, en dat ze hem brieven schrijft waarin ze vraagt of hij chocoladetaart wil of liever kokostaart. Ze zou hem kunnen redden en daarmee hen allemaal kunnen redden, en automatisch ziet ze in gedachten al de krantenkoppen voor zich waarin staat beschreven hoe zij hem zover kreeg dat hij zijn wapens neerlegde, hoe zij erin slaagde hem te bereiken terwijl alle anderen faalden.

Hij staat haar nog steeds afwachtend aan te kijken. Ze moet al die gedachten over tweede kansen en taarten en mos verenigen.

'We kunnen tegen ze zeggen – tegen de politie – dat je ons geholpen hebt,' zegt ze. 'We kunnen tegen ze zeggen –'

Hij glimlacht naar haar, ze ziet zijn tanden oplichten in het donker.

'Het is goed, mevrouw Powell,' valt hij haar in de rede.

'Wat is goed?'

Hij heeft zich weer omgedraaid.

'U hoeft helemaal niets tegen ze te zeggen,' zegt hij, zijn stem klinkt weer net zo luid als vroeger, en ze hoort elk woord heel duidelijk.

Hij loopt de heuvel op en kijkt geen moment meer om. Hij is verdwenen.

19.49 uur

De wolken zijn weer voor de maan geschoven. De vijver strekt zich voor haar uit en Joan ziet de Halloweendecoraties aan het hek hangen en zelfs in het water drijven. In het midden van de vijver licht een veelkleurig zeemonster op en langs de randen ziet ze nog meer verlichte figuren. Aan de overkant van de vijver komt vanaf de ingang van de dierentuin het lawaai op hen af.

Als ze haar hoofd omdraait ziet ze achter zich de lerares en Bobby Montgomery gezellig bij elkaar staan, en het kost haar de grootste moeite om stil te blijven staan. Er is geen tijd om stil te staan. Ze moet in beweging blijven – ze moet Lincoln uit de buurt zien te krijgen van het geweer en van Robby Montgomery. Als ze in beweging blijft hoeft ze ook niet na te denken en alles wordt eenvoudiger als ze zichzelf zo opjaagt dat haar spieren in brand lijken te staan.

Ze moet ook in beweging blijven omdat ze iets op het betonnen pad denkt te zien liggen – een paar meter van haar vandaan, aan de andere kant van het spoorlijntje. Ze zorgt ervoor dat ze haar blik afgewend houdt.

Ondanks haar drang de afstand tussen hen zo groot mogelijk te maken is ze toch vertwijfeld stil blijven staan bij het spoorlijntje. Robby Montgomery zei dat ze niet te ver mochten gaan. Hij heeft ze bedreigd. Maar als ze nu rechtsaf slaat wordt het pad naar de flamingo's en de zeeleeuwen overschaduwd door een groepje bomen. Die schaduwen zien er aanlokkelijk uit. Ze overweegt even om het op een lopen te zetten, het risico te nemen, maar ze denkt er niet lang over na, want ze bezwijkt al bijna onder Lincolns gewicht en ze weet dat Robby Montgomery of zijn kogels haar binnen een seconde zullen inhalen.

En dan is die Destin er nog, die rondzwerft in zijn kogelvrije vest en zijn eigen plan uitvoert.

'Wat staat ze daar te doen?' fluistert Kailynn; ze staat zo dichtbij dat haar vlechtjes tegen Joans schouder zwaaien. Haar hand heeft zijn weg gevonden naar Joans elleboog.

'Tijd te verspillen,' antwoordt Joan, en ze schaamt zich een beetje omdat ze zo-even nog vond dat de lerares de moordenaar moest inpalmen zodat hij hen uit schuldgevoel zou helpen, maar nu ze ze zo dicht bij elkaar ziet staan voelt ze alleen maar afkeer.

Ze doet een stap naar links, weg van de vijver, terwijl Kailynn haar nog steeds vasthoudt, maar in plaats van zich los te maken van het meisje slaat ze een arm om haar schouders en voert haar mee, deels omdat ze weet dat het meisje behoefte heeft aan troost en deels omdat ze niet wil dat Kailynn en Lincoln zien wat daar achter het spoorlijntje languit op de grond ligt.

Uiteindelijk komt mevrouw Powell de heuvel af lopen. Er is duidelijk iets mis met haar been – ze loopt mank. Zelfs haar voetstappen klinken onbeholpen en onregelmatig.

'Hij is weg,' zegt de lerares als ze bij hen is. 'Hij zegt dat we ons moeten verstoppen.'

Joan werpt een blik achter zich. 'Is hij echt weg?' vraagt ze.

'Hij wilde niet met ons meekomen,' zegt de lerares.

Joan besluit daar geen commentaar op te geven. Ze kan zich het niet veroorloven nog meer tijd of gedachten of woorden aan zaken te besteden die onnodig afleiden.

'Weet u zeker dat hij zich niet ergens verscholen heeft?' vraagt ze. 'Hebt u hem de heuvel op zien lopen?'

'Ja,' zegt de lerares.

'Laten we dan maar gauw doorlopen,' zegt Joan, en ze zet een voet op de spoorlijn. Ze is vastbesloten haar blik strak op het spoor gericht te houden. De bielzen liggen netjes op gelijke afstand van elkaar, volgen elkaar mooi op. Geen verrassingen. Ze zou ze voor altijd kunnen volgen.

Mevrouw Powell legt haar hand op Joans schouder. Haar greep is stevig.

'Hij zei dat we naar de zeeleeuwen moesten lopen,' zegt de lerares en ze trekt Joan met een lichte beweging naar achteren.

Doordat ze wordt tegengehouden gooit ze al haar afkeer en woede en zelfs haar ergernis vanwege het kreupele been van de lerares er in één keer uit.

'Ik doe absoluut niet wat hij zegt!' snauwt Joan en ze moet moeite doen om haar stem te dempen. 'Doe niet zo stom. We gaan de andere kant op en we zorgen dat we zo ver mogelijk van hem en de anderen afzitten.'

'Maar waarom gaan we niet naar de zeeleeuwen?' zegt mevrouw Powell. 'Misschien weet hij iets. Hij had ons allang vermoord als hij dat had gewild. Ik ken deze jongen – ik denk dat hij –'

'U kent hem niet,' zegt ze tegen de vrouw.

'Ik herinner me –'

'U heeft hem niet bezig gehoord tegen zijn vriend,' onderbreekt Joan haar. 'U heeft niet gehoord hoe hij is. Hij verveelt zich. Het is gewoon een spelletje. Misschien wilde hij ons wel laten gaan om ons daarna weer te gaan zoeken, gewoon om het allemaal wat spannender te maken. Echt, het interesseert hem niet of wij veilig zijn.'

Ze drukt Lincoln dichter tegen zich aan en concentreert zich weer op de spoorlijn, op de gladde ijzeren rails die haar doen denken aan smeden en gereedschap en aan alles wat sterk en onbuigzaam is. De zilverachtige brokken steen – te groot om kiezels te heten – knerpen onder haar voeten. Ze lijken op de steentjes die

Hans uit 'Hans en Grietje' op het bospad achterliet.

En dan begint Kailynn te praten; dat is het probleem als je met meer mensen bent – er is altijd wel iemand aan het praten. Er is altijd wel iemand die de zaak compliceert. Joan moet weer blijven staan. Ze heeft nog maar een paar stappen gezet, ze staat drie bielzen verder.

'Waarom gaan we niet op zoek naar de politie?' zegt Kailynn, maar ze is wel achter Joan aangelopen. Ze houdt haar bij haar T-shirt vast.

Het geknetter van geweerschoten verklaart waarom ze niet in de richting van de politie zullen lopen, maar toch draait Joan zich om naar de ingang van de dierentuin, hoewel ze had gezworen dat ze niet meer die kant op zou kijken. Ze kijkt naar de andere kant van de vijver, en de flikkerende lichtjes op het zeemonster doen het wezen flonkeren – een golf van rode en oranje kleuren die elkaar achternazitten.

Haar blik glijdt naar beneden – het was onvermijdelijk – en onwillekeurig kijkt ze naar de liggende gestalten op het betonnen pad. Het worden meer dan gestalten en dan kan ze niet meer wegkijken. Ze legt haar ene hand op Lincolns hoofd en drukt zijn voorhoofd stevig tegen haar wang. Dit mag hij niet zien. Maar zij ziet het allemaal, elke lijn, iedere ronding van de twee lichamen die daar languit op de grond liggen. Haar rechtvaardigheidsgevoel zegt haar dat ze dit moet onthouden. Dat is ze aan hen verplicht of misschien aan God.

Ze ziet de zolen van de hooggehakte sandalen van het meisje. Ze ligt op haar buik, met haar veel te korte rokje strak om haar dijen, feloranje met een zwart kantwerkje. De jongen ligt boven op haar, met zijn armen wijd, waardoor hij bijna haar hele lichaam bedekt, hij dacht natuurlijk dat hij haar kon redden, dat is vast zijn laatste gedachte geweest. Er ligt meer bloed dat Joan had verwacht, het is alle kanten op gespat en gespoten en vormt een plas op het beton. Ze weet dat het bloed is omdat het er glanzend donker en nat uitziet, net als het water in de vijver.

Toen hij zijn coschappen deed tijdens zijn studie geneeskunde had haar broer haar eens verteld dat de instructeurs de poten van een geit afzaagden en dat hij dan een pootloze geit van het zogenaamde slagveld naar de zogenaamde hulppost moest dragen zonder dat het dier doodbloedde. Het ging er niet om dat de geit bleef leven want die ging sowieso dood, maar hij moest ervoor zorgen dat hij langzaam bloedde in plaats van snel, en hij vertelde dat het bloed een plas rond zijn voeten vormde terwijl hij een tourniquet aanlegde.

De hand van de jongen ligt op het hoofd van het meisje, op haar haar. Zijn mond staat open.

Uiteindelijk wendt Joan haar blik af, al zal ze dat beeld nooit uit haar hoofd krijgen – ook dat is rechtvaardig –, en ze staart naar de andere kant van de vijver; daarachter is het rechthoekige, met hout afgetimmerde entreegebouw met de saaie, ouderwetse loketten, maar het is allemaal onherkenbaar.

Hoewel de contouren van de ingang zich aftekenen in de schijnwerpers, is alles in een waas gehuld, niet alleen vanwege de afstand maar ook vanwege de kruitdamp. Rood en blauw licht, vrijwel zeker zwaailichten van politieauto's, weerkaatst tegen de mist. Ze ziet de zitstokken van de papegaaien boven de mist uitsteken, maar ze hebben een abstracte vorm. Alles is abstract. Rond de ijzeren toegangshekken – staan ze open? – ziet ze een groepje donkere gestalten en ze is er zeker van dat het politieagenten zijn, want het zijn er een heleboel. Het zijn vast van die speciale agenten die ze hierheen sturen voor dit soort klussen.

Ze ziet een beweging bij het gebouw, misschien een deur die ergens opengaat. Enkele politieagenten maken zich los van het groepje en lopen naar voren – ze vormen een donkere massa.

Het is een en al rook en lawaai en schimmen. Ze luistert naar het geweervuur en ze kijkt weer naar de lichamen.

'Gaan jullie maar je eigen kant op,' zegt ze tegen Kailynn en de lerares.

Ze begint te rennen, zorgt dat haar voeten steeds op de bielzen terechtkomen, steeds sneller, en ze probeert het losse grind te ontwijken. Ze is hieraan gewend – ze doet dit al een eeuwigheid – terwijl ze Lincoln hoger op haar heupen hijst, aan zijn enkel trekt zodat hij zijn benen steviger om haar heen klemt, en hij is er ook al aan gewend, want hij gehoorzaamt zonder een woord te zeggen. Haar schouder doet zeer – steeds als ze haar arm naar achteren beweegt in plaats van naar voren voelt ze een hevige pijnscheut – maar verder houdt haar lichaam het goed vol.

Ze rent blijkbaar zo snel dat Kailynn haar heeft moeten loslaten. Maar aan het geknerp van de steentjes hoort ze dat een van hen of beiden achter haar lopen. Ze klemt haar slippers tussen haar tenen vast. Het geklepper van haar zolen klinkt steeds harder en ze hoopt maar dat haar schoenzolen niet loslaten.

Wat ze de anderen niet heeft uitgelegd, omdat ze het beu is om tijd te verspillen en omdat het toch niet uitmaakt wat ze ervan vinden, is dat het spoorlijntje hen naar de buitenste rand van het terrein leidt, en zelfs als Robby Montgomery alleen een spelletje met hen speelt en zich nu klaarmaakt om ze weer op te jagen, of als die Destin in zijn kogelvrije vest achter hen aan komt, kunnen ze misschien toch op een of andere manier bij het hek komen en eroverheen klimmen. Misschien staan er aan de andere kant agenten te wachten. Agenten die niet midden in een vuurgevecht zitten. In het ergste geval ligt daar een uitgestrekt stuk bos, en als ze zich daar in het donker kan verstoppen zitten ze goed tot de politie met de schutters heeft afgerekend.

Langs de spoorlijn loopt een snoer van witte lichtjes van paal naar paal. Er zijn stukken duisternis en banen onverbiddelijk fel licht. Een paar stappen in het veilige donker en dan weer vol in het licht. Ze kan het licht niet ontwijken: het spoor is ingeklemd tussen de vijver aan de rechterkant – met langs de oever een ruw houten hek, want alles is zogenaamd authentiek – en aan de linkerkant een beek, die een ruisend, kabbelend geluid voortbrengt.

'We lopen over de spoorlijn,' kondigt Lincoln aan, en hij brengt haar uit evenwicht als hij over haar arm leunt om naar beneden te kijken. 'Straks worden we overreden.'

Het geluid van zijn stem maakt haar nerveus. Dat is weer een geluid erbij – weer een spoor van hen dat iemand zou kunnen volgen, en er spelen nu constant twee vragen door haar hoofd: kunnen ze ons zien? Kunnen ze ons horen?

Ze moet zorgen dat niemand hen weer kan vinden.

'Sla je armen om mijn nek,' fluistert ze, en tussen de woorden door haalt ze adem. 'Hier rijden 's avonds geen treinen.'

Daar neemt hij genoegen mee, en zijn armen zijn waar ze horen te zitten en zijn hoofd bonkt tegen haar schouder.

Ze hoort haar eigen voetstappen en de voetstappen achter haar, en het duurt even voordat ze zich realiseert dat ze verder niets hoort. Het schieten is opgehouden. De nacht is stil, maar de stilte stelt haar niet gerust.

◆

De stilte is aangenaam. Robby heeft erop zitten wachten.

Hij stelt zich Destin voor, en zelfs in zijn gedachten is Destin gigantisch groot, past hij niet in de omlijsting. Hij heeft net zulke armen als Popeye, geen polsen. Hij stelt zich Destin voor op zijn paard – zijn paard! – en denkt terug aan die keer dat Destin hem mee uit rijden nam door de heuvels, en dat hij, Robby, maar deed alsof hij het te gek vond. De gedachte om paard te rijden was leuker dan het ook echt te doen. En hij denkt aan de Gilamonstertatoeage op Destins biceps, supercool, en dat Destin hem ooit een echte teamplayer had genoemd. Tegen Mark zei hij dat soort dingen nooit.

Er zitten krekels of zoiets in de bosjes, en als Robby erlangs loopt zwijgen zij ook. Mooi zo.

Er is een spelprogramma op tv waarin een bordkartonnen figuur een berg beklimt net als Robby deze heuvel beklimt, en als de sukkelige deelnemer een vraag fout heeft, valt het bordkartonnen mannetje naar beneden en verdwijnt. Hijzelf ploetert steeds maar verder omhoog, zonder te weten wanneer hij van het bord af wordt geknikkerd.

Links, links, links, rechts, links.

Een eindje voor hem, ergens voorbij de wegwijzer naar Afrika, hoort hij Mark met zware stappen over het pad rennen. Hij weet bijna zeker dat het Mark is – de politie zou vanaf de ingang van de dierentuin komen. Hij kijkt over zijn schouder en door de rook heen denkt hij ze te zien lopen, in de richting van de vijver.

Robby kijkt weer voor zich. Hij probeert harder te lopen, maar dat kan hij niet omdat hij van bordkarton is.

En dan ziet hij Mark voor zich, sprintend, met rondmaaiende armen, volslagen inefficiënt. Hij mindert nauwelijks vaart als hij Robby ziet. Ze botsen tegen elkaar op, schouder tegen schouder, en Mark stuitert terug als een bal in een flipperkast.

'Volgens mij hebben ze Destin doodgeschoten,' zegt Mark, terwijl hij door blijft rennen. 'Denk ik. Het kan niet anders.'

'Ja, dat denk ik ook,' zegt Robby en hij ziet Mark steeds verder van hem vandaan lopen. Een kakkerlak schiet over het pad langs zijn voet, en die kakkerlak, ja, die is pas echt efficiënt.

'Je weet toch dat ze eraan komen!' zegt Mark.

Hij houdt zijn pas in omdat hij merkt dat Robby niet achter hem aan komt.

'Ik weet dat ze eraan komen,' zegt Robby, en hij is trots omdat het voor de verandering nu eens Mark is die harder praat dan hij. Nu moet tegen Mark worden gezegd dat hij zachter moet praten.

'Wat doe je nou?' vraagt Mark.

Robby weet het niet zeker. Hij weet niets meer zeker en dat is eigenlijk niet eens zo'n vervelend gevoel. Alles is waziger dan daarvoor. Hij is in vloeipapier gewikkeld, net als de bonbons die zijn moeder hem stuurde toen hij een semester op de universiteit probeerde, of hij voelt zich net als die dooie gedrochten die Harding in bruinig rood mos wikkelt voordat hij ze begraaft. Mevrouw Powell heeft hem weer in zichzelf doen veranderen, deels, en nu zit hij klem, daar ergens tussenin. Hij zag haar in die opslagruimte en herkende haar meteen omdat zij in die veertien jaar totaal niet veranderd is, alleen haar haar is wat lichter geworden, en hij kon maar niet begrijpen waarom ze zijn naam niet riep zoals ze altijd deed als hij niet netjes in de rij liep, op weg naar de kantine, en toen besefte hij dat ze niet meer wist wie hij was, maar toch had hij onwillekeurig haar naam gezegd.

'Robby!' roept Mark. 'Kom nou mee!'

Over een seconde zet hij zichzelf in beweging. Hij weet dat Mark zal flippen. Maar eerst moet hij mevrouw Powell ergens naartoe brengen waar ze hem met rust laat. Het was te optimistisch van hem om te hopen dat ze het zou begrijpen, dat ze zou inzien dat hij hier iets tot stand brengt, dat hij in feite iemand is die goed over de dingen heeft nagedacht. Ze snapte het niet. Of misschien snapte ze het wel. Misschien had ze daarom gevraagd of hij bij haar wilde blijven. Misschien had hij uiteindelijk tot haar door weten te dringen en misschien blijft ze hierna aan hem denken. Blijft ze zich hem herinneren.

Ze had hem toen een sinaasappel gegeven. Ze had hem een sinaasappel gegeven.

Was hij dat toen?

Hij had er in geen jaren meer aan gedacht, maar toen hij haar zag kon hij de sinaasappel bijna proeven. Hij zat dicht bij haar lessenaar, en toen hij de vrucht rook waren ze bezig met een opdracht op een werkblad. In die tijd had hij altijd honger, hoeveel zijn moeder hem ook te eten gaf, en hij was opgestaan terwijl hij bedacht wat een goede reden was om naar haar toe te lopen. Zijn voeten kwamen in beweging, en nog voordat hij een goede vraag had bedacht stond hij al voor haar lessenaar. Hij zag hoe ze een sinaasappel pelde en toen ze opkeek zei ze dat ze die ochtend geen tijd had gehad om te ontbijten. *Ik vind sinaasappels lekker*, had hij gezegd. *Ik vind ze lekker ruiken.*

In plaats van hem terug te sturen naar zijn tafeltje had ze een beetje gelachen en hem een partje voorgehouden, en hij had het in één hap opgegeten. Niemand anders had een partje sinaasappel gekregen, alleen hij.

Hij had haar niet kunnen vermoorden, en dat was misschien ook wel oké, maar hij had de anderen evenmin kunnen vermoorden waar zij bij was. Zelfs niet na die stoere act met de bijl die daar aan de muur hing alsof hij speciaal was gemaakt om dwars door een deur heen te hakken. Dat moment was net als in de film. Maar hij kon ze niet vermoorden en toen raakte hij zoals altijd de kluts kwijt. Hoe was het mogelijk dat hij zo zeker wist wat hij wilde en zo'n duidelijk plan voor ogen had om vervolgens precies het verkeerde te doen zonder zich dat ook maar te realiseren?

Maar eigenlijk kan het hem niet zoveel schelen, beseft hij. Hij zit helemaal ingepakt.

'Ik smeer 'm,' zegt Mark, en hij begint te rennen met dat stomme onhandige loopje van hem. 'Ik ga hier niet staan wachten tot ze me vinden.'

'Destin is dood,' zegt Robby, hoewel het er half uitkomt in de vorm van een vraag.

'Dat weet je toch,' schreeuwt Mark.

Robby komt in beweging. De waarheid is dat hij liever niet alleen wil zijn als het zover is. En het doet er niet toe waar ze zijn. De politie weet hen toch wel te vinden.

Hij voelt zich alsof hij deze heuvel al een eeuwigheid op en af rent. Het schild van een andere kakkerlak – niet snel genoeg – kraakt onder zijn schoen.

Destin zou kakkerlakken met zijn blote voeten doodstampen.

Destin zei dat je als je uitslag kreeg van een giftige klimop je met een scheermes de bovenste laag van je huid af moest snijden en er dan bleekwater overheen moest gieten. Robby had het hem een keer zien doen, en Destin had geglimlacht toen hij er bleekwater overheen goot.

Misschien is er toch iets na dit leven, want het lijkt bijna onmogelijk dat iemand als Destin in het niets verdwijnt.

Hij had zoveel meer van Destin kunnen leren als hij meer tijd had gehad. Ze hadden hem tien maanden geleden pas leren kennen, als een online ontmoeting tenminste meetelde. Robby had met Mark zitten kissebissen over wat nou het beste wapen in de jungle was, en hijzelf dacht een M14, als je manschappen echte scherpschutters waren, of misschien een Stoner, half- of volautomatisch, en Mark dacht een AK103, en ze hadden het gegoogeld om te kijken wie gelijk had. Ze hadden een paar discussieforums bezocht en begonnen zich te realiseren dat mensen op internet over van alles en nog wat discussieerden, van zelfgemaakte granaten tot het inblikken van hertenvlees. Een tijdje later hadden ze een *thread* gevolgd over een gezin dat na drie dagen in de wildernis van Wyoming gered was door een hulpsheriff, en toen had iemand anders daar commentaar op geleverd en gezegd dat je ook nooit de deur uit moest gaan zonder een stevige ketting en een lier, en ze hadden geen flauw idee wat dat zou kunnen zijn.

Dus hadden ze het aan die gast zelf gevraagd en dat was Destin, en hij had het helemaal uitgelegd toen ze het vroegen. Destin wist echt alles, bijvoorbeeld dat je een bandana als filter en als handboei en als drukverband kon gebruiken, en dat je altijd een extra wapen tussen je schouderbladen moest stoppen voor het geval iemand je onder schot hield en je je handen achter je hoofd moest leggen. Echt alles. Robby was altijd al snel onder de indruk van mensen die alles weten. En Destin bleek zo'n vijftig kilometer buiten de stad te wonen. Na een heleboel e-mails hadden ze een keer afgesproken om wat te drinken.

Ze hadden het over van alles en nog wat gehad en daarna hadden ze nog een keer afgesproken, en ze hadden echt geluk dat iemand als hij met hen af wilde spreken. En toen had Destin op een dag gevraagd: *Willen jullie voor altijd blijven leven?*

Mark had geantwoord: *Ja!*

En toen had Destin gezegd: *Ik weet hoe we dat kunnen doen.*

Hij had hun verteld dat de politie het na Columbine heel anders aanpakte. Voordat die twee jongens die school overhoopschoten ging de politie bij de melding dat er iemand in een openbare ruimte met een wapen liep te zwaaien ervan uit dat het een gijzeling betrof en wachtte ze tot het SWAT-team ter plaatse was om te onderhandelen. Maar na Columbine werden de regels herschreven – de politie realiseerde zich dat je ook te maken kon hebben met een schutter die schoot op alles wat bewoog en iedereen zo snel mogelijk wilde vermoorden. Dus wachtten de agenten niet meer voordat ze naar binnen gingen: ze hadden een nieuw protocol. Of er nou één of twintig agenten stonden, ze stormden meteen naar binnen en gingen onmiddellijk op zoek naar de schutter om hem zo snel mogelijk uit te schakelen, en waarschijnlijk zou je ze er ook nog om bewonderen als je niet wist wat voor zakkenwassers het waren. De politie kreeg ruimschoots de kans om met het nieuwe protocol te oefenen, omdat het na Columbine veel vaker is voorgekomen. Want de gekken hadden nu ook een nieuw protocol ontdekt.

Destin vond 'protocol' een mooi woord.

Destin had gezegd: *Protocollen zijn gevaarlijk. Protocollen laten je niet zelf nadenken. De geschiedenis herhaalt zichzelf niet, Rob. Elke seconde is een nieuw iets.*

Destin had gezegd: *Als jij iemand bent die de waarheid ziet, moet je proberen anderen iets bij te brengen. Als je de mensen laat zien hoe beperkt ze zijn, proberen ze misschien die beperkingen te overstijgen.*

Die gedachte sprak Robby wel aan. Hij wilde anderen laten zien hoe beperkt ze waren.

Ze hadden het plan tot in de puntjes uitgewerkt. Robby en Mark zouden rustig en onopvallend de dierentuin binnengaan met hun wapens onder hun kleren. Destin zou apart binnenkomen, van het begin af met zijn geweren rondzwaaien en de doorgedraaide gek uithangen. Hij kon goed toneelspelen. Hij zou meteen een paar mensen neerknallen en dan zogenaamd mensen gijzelen en die in een van de kantoortjes opsluiten. Robby en Mark zouden zich een heel eind van de ingang opstellen, zodat als er al mensen wisten te ontsnappen, die niet zouden weten dat zij er ook nog waren. Destin zou de politie het idee geven dat ze een bepaald scenario volgden, maar in feite volgden ze een totaal ander scenario.

Over dat deel van het scenario hadden Robby en Mark de leiding. Terwijl Destin een gijzelingssituatie naspeelde en de politie weghield, konden Robby en Mark op jacht gaan. Ze konden zich in de hele dierentuin naar hartenlust uitleven. Ze konden iedereen vermoorden die ze maar wilden, hoe ze maar wilden. Geen regels. Geen grenzen.

En pas tegen het eind zou de politie beseffen dat ze voor gek was gehouden. Dan zouden ze pas doorkrijgen hoe ze daar hadden staan dralen en treuzelen en ondertussen iedereen hadden laten afslachten. Iedereen met een laptop of een tv zou zien dat de politie zich als een kudde domme schapen had gedragen. En op dat moment zou de hele wereld zich ook realiseren dat mensen zich allemaal als een kudde makke schapen gedroegen. Dat ze allemaal stompzinnige dieren waren die nooit zelf nadachten, en dat Destin, Robby en Mark hun een glimp van verlossing hadden laten zien. Een glimp van genialiteit. Dat was het juiste woord als iemand een idee had dat nog nooit iemand voor hem had gehad.

Destin had gelijk toen hij zei dat elke seconde iets nieuws brengt, want hier staat Robby, en hij wist de hele tijd dat dit moment zou aanbreken, maar hij kan het nog steeds amper geloven. Hij is er nog en Destin is dood. Dat was ook het plan, maar in deze seconde voelt het anders.

De rook zweeft als mist door de lucht. Robby ruikt het.

Dat kogelvrije vest was natuurlijk helemaal niet bedoeld om Destin te redden. De enige functie ervan was om het allemaal langer te laten duren. Destin had gezegd dat alles van waarde offers met zich meebracht, kijk maar naar Jezus. Kijk maar naar Galileï en Lincoln. *Ja*, had Robby toen gedacht. *Ja*. De rest klonk allemaal even goed, en Destin had het over façades en de realiteit en hij had het over één enkel punt van toegang en uitgang en over perimeters, maar al die details interesseerden Robby niet zo. Het was enorm eervol om uitverkoren te zijn, en Destin wist alles, en Mark was zijn beste vriend. Maar het was de afloop die hem uiteindelijk over de streep had getrokken.

Hij gaat dit afmaken en het wordt het enige dat hij ooit goed heeft gedaan. Ook al is hij niet perfect geweest, dit gaat hij afmaken.

Hoe zal het zijn, vraagt hij zich af, en hoe zou het nu voor Destin zijn? De mensen hebben het over engelen en over met goud geplaveide straten, en zijn moeder heeft een keer gezegd dat ze hoopt dat de dood voelt als slapen in een warm bed met alleen de mensen van wie ze houdt tegen zich aan, rug tegen rug, net als toen hij als baby bij haar in bed sliep. Hij vraagt zich af of ze dan ook aan zijn vader denkt, die hufter, of dat ze hem niet in haar hemel wil. Maar Robby wil niemand om zich heen, hij wil zich niet warm of geliefd of vervuld van licht voelen en dat soort onzin. Hij wil helemaal niets voelen. Hij hoopt dat het voelt alsof je in een bad ligt en je hele lichaam onder water is, behalve je neus, en je niets kunt horen of zien en je zelfs niet voelt of je nog wel een lichaam hebt.

Hij hoopt dat er hierna niets komt. Dat zou het mooiste zijn.

Er zullen mensen zijn die hem gaan missen. Die ouwe man die zijn naam altijd weet wanneer hij bij de kassa komt afrekenen, maar die zou Robby dankzij die lul van een baas van hem sowieso nooit meer zien. De caissière van de drankwinkel glimlacht altijd tegen hem. Zijn oma heeft verder geen kleinkinderen, dus dat telt wel. Mark, maar Mark zal hem niet kunnen missen omdat Mark er straks ook niet meer is. Zijn moeder met wie hij vroeger op zaterdagochtend donuts ging halen als zijn vader uitsliep, en daarna gingen ze samen naar de dierentuin. Ze wilde altijd naar de vogels, ook al waren de vogels zo ongeveer het saaiste wat er was, en ze kon ook nooit onthouden wat het verschil is tussen zeeleeuwen en zeehonden.

Zeehonden, zei ze dan.

Zeeleeuwen, verbeterde hij haar dan, telkens weer.

Hij kan maar beter niet aan haar denken.

Mark zegt iets. Ze staan bij het spoorlijntje en Mark loopt maar te kakelen dat ze die stomme rails moeten volgen en dan bij een straat – Cherry Street of Dogwood Street? – over het hek moeten klimmen.

Het doet er allemaal niet toe. Het is een enorme opluchting dat het er allemaal niet toe doet. Want ondanks Marks krankzinnige ontsnappingsplan is het mooie einde bijna nabij en kunnen ze het niet ontlopen, waar ze ook heen gaan. Het enige wat Robby hoeft te doen is zijn geweer blijven vasthouden. Het enige wat hij hoeft te doen is zijn rol vervullen.

19.53 uur

Er glipt een scherp steentje in Joans slipper en heel even raakt ze uit haar ritme. De vijver ligt nu achter hen en langs de smalle beek aan haar linkerhand groeit een ondoordringbaar bamboebos, zodat ze het water niet meer kan zien.

Kailynn loopt een paar passen achter haar en mevrouw Powell loopt een meter of drie achter het meisje. Het is duidelijk dat de lerares moeizaam vooruitkomt, nog voordat ze zegt: 'Gaan jullie maar zonder mij verder.'

Joan gaat langzamer lopen. Zoveel sneller loopt ze niet dan de lerares, zeker niet nu het dragen van Lincoln het uiterste van haar spieren vergt.

'U doet het prima,' antwoordt ze.

Ze weet niet goed of ze dat zegt om de vrouw aan te moedigen of om te voorkomen dat er weer eindeloos heen en weer wordt gepraat.

Maar de vrouw gaat nog langzamer lopen en Kailynn stopt met rennen. Joan heeft geen andere keus dan ook te blijven stilstaan.

'Ik kan niet meer,' zegt de lerares. 'Mijn knie wil niet meewerken. Ik zoek hier wel een plekje en blijf daar zitten wachten tot het is afgelopen.'

Joan knikt en draait zich om.

'We laten u hier niet zomaar achter,' zegt Kailynn, en ze blijft staan waar ze staat.

Dit is nu juist het probleem. Ze hebben geen tijd voor beleefdheden en rekening houden met de ander, en ze hebben geen tijd om hier te blijven praten. Dat betekent hun dood – is dat nou nog steeds niet tot ze doorgedrongen?

Joan heeft dat wel begrepen, en goed ook. Ze laat ze achter. Ze heeft haar beslissing al genomen. Ze heeft al een paar meter afgelegd en het is haar gelukt niet achterom te kijken om te zien of de anderen haar volgen als ze een geweerschot hoort. Ze schrikt zich wezenloos van het lawaai na die lange seconden – minuten? – van stilte. Boven haar hoofd springt een van de witte lampen kapot en haar eerste idiote gedachte is dat de lamp is doorgebrand. Maar dan brengt ze het schot en het brekende glas met elkaar in verband en realiseert ze zich dat ze hout hoorde versplinteren en dat er een tak boven haar hoofd is geknapt.

Robby Montgomery heeft alleen maar een spelletje met ze gespeeld.

Of Destin de moordmachine is ze aan het opjagen.

Details doen er nu even niet toe.

Weer het geluid van krakende takken en om hen heen dwarrelen bladeren naar beneden. Ze kijkt achterom. Voor één keer houden ze allemaal, goddank, hun mond – ze kennen nu allemaal het geluid van een kogel en ze zijn allemaal weer aan het rennen, zelfs mevrouw Powell, die in haar onderlip bijt. In iedere plooi van haar gezicht staat de pijn te lezen en daar is niets aan te doen. Joan probeert langs Kailynn en de lerares te kijken, maar het spoorlijntje kronkelt van links naar rechts en ze kan niet ver zien.

Er komen geen kogels meer. Maar ze meent wel voetstappen te horen.

Nog twintig of dertig passen en dan komen ze bij de speeltuin uit, met zijn enorme rotspartijen en touwbrug. En daarna bij de versteende kikker en de schildpad die Medusa in haar spoor achterliet. *Ik ben een schildpad, ik ben een schildpad*, zegt Lincoln altijd als hij op het toilet zit en de deksel als rugschild gebruikt. Of hij kruipt onder een poef of legt een kussen op zijn rug – *Ik ben een schildpad.*

Joan gaat sneller lopen. Haar ademhaling piept en haar longen doen zeer. De lerares kan hen amper bijhouden. Nu zijn ze voorbij de speeltuin en lopen langs het Spetterparadijs en de nog steeds spuitende fonteintjes.

Langs de draaimolen met de in hun sprong gestolde dieren.

Boven haar eigen schurende ademhaling uit hoort Joan de lerares bij elke stap kreunen. Ze kijkt weer om en ziet geen spoor van de schutters. Maar in de verte hoort ze nog steeds het knerpen van het grind. Ze denkt dat ze zich dat niet verbeeldt.

'Ga van de spoorlijn af,' roept ze over haar schouder naar de lerares. 'Verstop je achter de draaimolen. Maak je klein.'

'Wat?' zegt de lerares.

'Kom op, mevrouw Powell!' sist ze, want ze weet haar voornaam niet. 'Ga achter de draaimolen zitten, dan zien ze je niet.'

Er is geen tijd om het uit te leggen – ze ziet niemand, dus hopelijk kan Robby Montgomery of zijn vriend of de moordmachine hen ook niet zien. Maar ze hoort hun voetstappen wel, dus misschien gaan de mannen ook op het geluid af en blijven ze de spoorlijn volgen, en ze is die lerares iets schuldig, ja toch? Het maakt de zaak ook eenvoudiger – één persoon minder die haar ophoudt. Mevrouw Powell is van de spoorlijn af gegaan en verdwijnt strompelend achter de rijen houten paarden, giraffen en antilopen.

Ze is weg.

Kailynn loopt nog achter haar. Joan gaat een bocht om en kan de draaimolen niet meer zien, en vervolgens maakt de spoorlijn weer een bocht en heeft ze alles wat ze kent achter zich gelaten en betreedt ze de andere wereld van de dierentuin, de wereld die je alleen maar vanuit de trein ziet, en achter zich hoort ze niemand meer, maar dat weet ze niet zeker.

Als je een tijger scheert, zei de treinconducteur een keer, *dan zie je dat zijn huid ook gestreept is.*

Om haar heen is het godzijdank donker. Niet die totale duisternis van het platteland waar ze als kind ging kamperen, maar de duisternis van de stad. Voor het merendeel is alles in duisternis gehuld. Ze lopen nu langs de achterkant van de dierenverblijven. Nog meer bamboeomheiningen belemmeren het zicht op wat de zebra's en de struisvogels nu allemaal aan het doen zijn, om haar heen groeit het struikgewas dicht op elkaar, en hier en daar hangt Halloweenverlichting in de bomen – een gloeiend spook, een rijtje knipperende zwarte vleermuizen, een grijnzend geraamte.

Ze hoeft niet langer dicht bij de spoorlijn te blijven. Het bos is een en al schaduw en maanlicht. Ze kunnen tussen de bomen verdwijnen.

'Denk je dat ze –' hoort ze Kailynn vragen, maar de rest van haar woorden gaan verloren in de wind.

Joan springt van de rails, komt hard neer en verzwikt bijna haar enkel, maar ze weet overeind te blijven en loopt snel door het gras, over de dennenappels en de half vergane takken. Droge bladeren dwarrelen omhoog tot halverwege haar kuiten. Ze kan niet zien waar ze haar voeten neerzet.

Een eindje voor zich, dichterbij dan ze had verwacht, ziet ze iets wat het buitenste hek van de dierentuin lijkt te zijn, bijna onzichtbaar – niet massief of zo –, alleen maar harmonicagaas. Het hek is nog geen twee meter hoog en ze zou er met haar blote voeten zo overheen kunnen klimmen. Achter zich hoort ze dat Kailynn stil blijft staan, maar Joan holt door en houdt even later haar vinger tegen het gaas; ze is er niet helemaal zeker van of het niet onder spanning staat en eigenlijk zou ze Lincoln eerst moeten neerzetten, maar daar is geen tijd voor en ze raakt het heel lichtjes aan – en het blijkt het risico waard. Ze voelt geen schok.

Dit gaat lukken.

Ze is van plan Lincoln omhoog te tillen, hem te helpen zijn voeten in de gaten te zetten en zijn vingers door het gaas te steken, en dan klimt zij achter hem aan en houdt zich met één hand vast en helpt hem verder omhoog, misschien gaat het langzaam maar het gaat wel lukken.

Maar dan ziet ze het. Aan de andere kant van het hek loopt een sloot van zeker anderhalve meter breed. Ze kan niet zien hoe diep hij is. En die hindernis kan ze met Lincoln nooit nemen, ook al zou ze hem over dat hek weten te krijgen. De hoop dat ze met Lincoln over het hek zou kunnen klimmen wordt de bodem ingeslagen. Dat lukt niet, zelfs niet als Kailynn een handje helpt. Ze zouden een makkelijk doelwit vormen als ze daar weerloos aan het hek hangen.

Ze draait zich om en rent de andere kant op, terug over de spoorlijn, naar de dierenverblijven.

Ze springt over een vermolmde boomstam en kreunt even: dat moet ze niet nog eens proberen, niet met achttien kilo op haar heup. Er zitten onverwachte kuilen in de grond en Lincoln slaakt een kreet als zijn kin tegen haar schouder bonkt. Overal liggen vermolmde boomstammen tot humus te vergaan, het blad vormt nog steeds een dichte, dikke laag op de grond, en boven haar hoofd bungelen nog meer lichtgevende vleermuizen. Links van hen ziet ze de silhouetten van de giraffen achter hekken van zeker drie meter hoog.

Ze voelt dat Kailynn haar T-shirt weer vastheeft, de stof strak om haar hand heeft gedraaid. Ze hoort het meisje ademhalen. Ze hoort geen schoten meer, en dat is goed nieuws voor mevrouw Powell. Maar ze hoort wel andere geluiden: terwijl Kailynn en zij dwars door het gebladerte lopen, dat knispert en ritselt onder hun voeten, hoort ze grind knarsen onder andere schoenen. En als zij de mannen kan horen, kunnen zij haar waarschijnlijk ook horen.

Als ze langzamer gaat lopen klinken haar voetstappen zachter. Maar als ze langzamer gaat lopen, krijgen ze haar alleen maar sneller te pakken.

'Ze zitten achter ons,' sist ze tegen Kailynn, en ze draait haar hoofd om.

Haar T-shirt is opeens veel wijder als het meisje haar loslaat. En dan, zonder een woord te zeggen, spurt Kailynn naar links, in de richting van de giraffen, het is een goed idee van haar om een andere kant op te gaan want samen vormen ze een groter doelwit. Het is juist helemaal niet veilig om bij elkaar te blijven. Eigenlijk wilde ze sowieso van Kailynn af, toch? De lerares en het meisje waren haar eerder tot last dan dat ze iets aan ze had.

Het is makkelijker als Lincoln en zij met zijn tweeën verder gaan. Het is veiliger.

Dus zegt Joan geen woord terwijl de afstand tussen hen groter wordt. Ze kan het meisje nog steeds zigzaggende bewegingen zien maken als ze met haar eigen voet blijft haken – misschien heeft haar slipper het begeven en struikelt ze daarom of misschien is het bandje losgeschoten, ze zal het nooit weten – maar de valpartij lijkt seconden lang te duren en tijdens haar val voelt ze panische angst, voelt ze Lincoln uit haar armen glijden en hoort ze zichzelf een hoge kreet slaken. Ze slaat een arm steviger om hem heen en probeert ondertussen een draai te maken zodat ze niet boven op hem valt. *Ik mag hem niet laten vallen, ik mag hem niet laten vallen, ik mag hem niet laten vallen*, denkt ze terwijl ze valt. Op een of andere manier weet ze zich zo om te draaien dat hij half over haar rug hangt als ze tegen de grond klapt, maar ze komt hard op haar elleboog terecht, waardoor haar armen omhoogvliegen en hij dus ook, en ze ziet hem vallen en met zijn hoofd tegen de grond slaan.

Ze is vol op haar linkerschouder en elleboog gevallen, en haar hand ligt naar achter gebogen tegen haar zij – en haar tanden zijn door haar lip gegaan. Ze likt het bloed weg. Ze probeert haar arm te bewegen als ze haar zoon wil vastpakken, en haar arm doet wat ze wil maar haar hand wil niet meedoen.

Hij huilt niet en dat maakt haar angstig. In het donker kan ze zijn gezicht niet zien, alleen de contouren. Maar dan beweegt hij en probeert overeind te komen, als een schildpad die op zijn rug ligt.

'Lincoln,' fluistert ze.

'We zijn gevallen,' zegt hij.

'Heb je je pijn gedaan?' vraagt ze, en ze kruipt naar hem toe en trekt hem met haar ene goede arm tegen zich aan.

'Nee,' zegt hij, en hij steekt zijn hand uit en raakt haar gezicht aan. 'Je gezicht is nat.'

Ze strijkt met haar hand over haar bebloede mond en luistert.

Stemmen.

Niet te dichtbij, maar wel dichtbij genoeg.

Haar rechterslipper is weg, verdwenen, net als het meisje. Haar knie bloedt en haar hand hangt er slap bij, maar het doet niet echt pijn. Misschien heeft ze haar pols verstuikt?

Ze kan hem niet dragen als haar hand het niet doet.

Ze hoort nog een ander geluid tussen de bomen achter hen. Een tak die beweegt. Geritsel van dennennaalden of bladeren. Minieme bewegingen, misschien is het de wind maar, alleen staat er nu geen wind. Een eekhoorn misschien.

Ze komt overeind, onderdrukt een kreet van pijn als ze met haar volle gewicht op haar zere knie steunt en gaat dan rechtop staan. De grond onder haar voeten voelt koud aan en niet echt stevig. Ze beweegt haar tenen heen en weer en overweegt even om haar linkerschoen ook uit te schoppen, maar er liggen allemaal scherpe dingen op de grond en misschien is het verstandiger om in ieder geval één voet te beschermen. Ze doet een stap naar Lincoln toe en zet zich schrap, maar toch slaat haar knie dubbel en valt ze bijna weer op de grond.

De geluiden achter haar veranderen: er klinkt geen geritsel meer. Het zijn voeten die langzaam en voorzichtig worden neergezet.

De mannen komen eraan en ze heeft geen flauw idee of ze tien stappen achter haar lopen of honderd meter, en de politie vertoont zich hier nog steeds niet. Haar knie kan haar gewicht amper dragen, haar pols is krachteloos, en ze kan niet snel genoeg vooruitkomen. Er prikt iets, onder haar blote voet, iets stekeligs.

Ze gaan dood, denkt ze, en ze haat zichzelf om die gedachte.

Nee. Ze is geen dier. Ze heeft meer in haar mars dan vechten of vluchten. Ze pakt Lincolns hand en fluistert dat de mannen met de geweren eraan komen en hij rent met haar mee, alleen maakt hij veel lawaai terwijl hij door de bladeren rent, en hij is langzaam. Dit wordt niets.

Ze kunnen niet harder lopen dan de moordenaars.

Voetstappen, voetstappen.

Ze hoort de beek weer, vlakbij, hoort het water tegen de rotsen klateren. Lincoln verstapt zich, valt bijna, en ze sjort hem aan een hand omhoog, zwiept hem naar voren en laat hem weer zacht op beide voeten landen terwijl ze verder rennen.

Ze kijkt omhoog naar de bomen. Ze zouden omhoog kunnen klimmen – er staan heel wat eiken met breed uitwaaierende takken die tot in de donkere hemel reiken. Maar als ze zich vergist, als ze gezien worden, kunnen ze niet meer ontsnappen, en ze weet niet zeker of ze hem kan optillen en ze heeft geen tijd om iets anders te bedenken dan hem op te tillen. Ze overweegt of ze hem ergens veilig kan verstoppen.

Niet de bomen. Ze zwenkt opzij maar blijft vaart houden en bestudeert de omgeving – een en al schaduwen en maanlicht met hier en daar een verlichte decoratie in de bomen. Voor haar staat een dichte struik, zo hoog als haar schouder. Ze loopt er met hem naartoe en glijdt met haar hand over de takken om te voelen of er doorns aan zitten, voordat ze de onderste takken optilt en daar wat ruimte maakt.

'Hier blijven zitten,' zegt ze tegen hem, haar krachteloze hand drukt licht tegen zijn rug en leidt hem ernaartoe. 'Eronder kruipen en op je buik gaan liggen. Doodstil zijn. Niet naar me roepen. Geen woord zeggen. Ik kom straks weer terug, maar als je lawaai maakt vermoorden ze je.'

Hij jengelt zachtjes maar hij kruipt er wel onder, en ze wil hem niet de kans geven om te protesteren en ze wil zichzelf niet de kans geven om na te denken over wat ze aan het doen is.

'Maak je onzichtbaar,' zegt ze en ze staat alweer overeind, neemt nog een seconde om haar hand op zijn hoofd te leggen – de dierbare ronding van zijn hoofd – en laat de takken zakken. Hij is helemaal verdwenen op zijn voeten na, en ze bukt zich en buigt zijn knieën een beetje.

Dan begint ze te rennen, half strompelend, en ze voelt zich als de tragische heldin in een horrorfilm. Ze verbijt de pijn en maakt grotere passen zodat ze sneller gaat, en haar knie doet er niet toe en in een boom hangt een enorme spin met een lichtje in zijn lijf, met alle kanten opzwaaiende poten, mysterieus. Met een glimlach rond zijn druipende rode giftanden.

Ze denkt dat Lincoln wel zal blijven zitten, omdat ze dat gezegd heeft en omdat het donker is en hij niet weet waar hij is. Hij zal niet gauw gaan rondzwerven, en al helemaal niet als hij bang is. Hij blijft daar wel zitten. Maar lawaai – dat is iets anders. Ze vertrouwt er niet op dat hij zich stilhoudt.

Onder het lopen maakt ze zoveel mogelijk herrie. De bladeren onder haar voeten verpulveren met veel lawaai. In het voorbijlopen breekt ze een tak af. Ze denkt dat ze eerder als een olifant dan als een vrouw klinkt. Wanneer ze vermoedt dat ze een heel eind van Lincoln af is stoot ze een kreet uit, een kort staccato *ah!* waarvan ze denkt dat het heel ver draagt. Ze ademt lang en luidruchtig uit en houdt haar gewonde hand dicht tegen haar buik. Ze loopt luid stampend verder, zo snel als ze kan, want al wil ze ze haar kant op lokken, ze wil niet dood.

Achter zich hoort ze de gestage voetstappen van de mannen, die zelf ook veel lawaai maken. Ze voelt een golf van voldoening, bloeddorst en angst door zich heen gaan.

Ze is nu voorbij het olifantenverblijf en links van haar staat een saai, hoog gebouw waarop in grote letters 'Research Grote Zoogdieren' staat geschreven. De zilverkleurige dakgoten en zinken daken glanzen in het maanlicht. Ze rent verder, bladeren en takjes slaan tegen haar gezicht. Ze passeert een rijtje laaghangende verlichte pompoenen. Haar knie klopt, en ze denkt aan de lerares, aan haar gestrompel, en ze stelt zich voor dat ze veilig achter de draaimolen verstopt zit. Ze denkt aan Kailynns handen die aan haar T-shirt trekken en ze mist de warmte van het meisje: op dit moment zou ze zich niet eens storen aan haar oeverloze gekwebbel, en ze heeft van dat mooie haar, als opwaaiende rode linten.

Stel dat Lincoln een licht ziet schijnen en hij wordt nieuwsgierig – zou hij dan in beweging komen? Of stel dat er een insect vlak bij hem rondkruipt en hij ervoor wegrent of stel dat hij haar stem denkt te horen? Ze raakt de controle over zichzelf kwijt, de paniek grijpt haar naar de keel en ze gaat nog sneller lopen. Ze denkt aan afvalbakken, massief en veilig, en dat hij zo'n makkelijke baby was die goed at en goed doorsliep, maar heel soms had hij een periode waarin hij constant lag te huilen en ze hem niet stil kon krijgen, en ze herinnert zich de heftige frustratie die ze dan voelde en dat ze zich dan – heel even maar – voorstelde dat ze hem in een kast opsloot en hem daar liet liggen. Stel dat de moeder van die baby diezelfde angst en uitputting en frustratie voelde, maar dan duizend keer heftiger, en dat ze in een moment van zwakte de baby weglegde en zelf wegrende – kan Joan daar geen begrip voor opbrengen?

Nee. Dat kan ze niet.

Maar stel nou dat die kerels steeds dichterbij kwamen, net als nu? Stel dat die andere moeder haar baby daar heeft neergelegd en heeft geprobeerd de mannen weg te lokken? Stel dat het zo is gegaan? Joan ziet de vrouw rennen, haar haar slaat tegen haar gezicht, haar armen zijn leeg.

Ze heeft lichtvaardig over die vrouw geoordeeld.

De grond onder haar voeten geeft mee – bladeren en humus en dennennaalden, denkt ze. Maar dan stapt ze – met haar geschoeide voet – op iets anders, iets waarvan haar keel dichtklapt. Het is zacht en het veert – bestaat duidelijk uit vlees en spieren. Ze deinst terug maar realiseert zich dan dat het veel te klein is om van een mens te kunnen zijn. Ze kijkt naar beneden en in het schemerige licht ziet ze de driehoekige punt van een vleugel en een rond kopje.

Een vogel. Een dode vogel.

Thuis hebben ze een bibliotheekboek over de sporten van de oude Grieken, en Lincoln had haar verteld dat ze in die tijd hockey speelden met een dode vogel, en als een team een doelpunt scoorde kwam de vogel weer tot leven en vloog weg.

Lincoln. Ze dwingt haar voeten om weer in beweging te komen.

Ze hoort een windgong.

Toen haar oom haar een keer een dagje mee naar buiten nam, viel het haar op dat de richtingaanwijzer precies hetzelfde ritme tikte als een tongbreker die ze net had geleerd – *Rub-ber Ba-by Bug-gy Bum-pers / Rub-ber Ba-by Bug-gy Bum-pers* – steeds als de richtingaanwijzer aanging zong hij dat wijsje, het was overduidelijk, zonneklaar, en nu zingen de tinkelende windgongs Lincolns naam, de bladeren onder haar voeten ook – *Lin-coln, Lin-coln, Lin-coln.*

Het is haar gelukt – de mannen zijn nu ver uit de buurt van Lincoln, maar over dit deel heeft ze niet nagedacht: hoe raakt ze ze kwijt? Ze kan ze niet terugleiden naar Lincoln. En ze is er zelfs niet zeker van of ze haar nog volgen. Ze kan ze niet meer horen, ze niet boven het geluid van haar eigen voetstappen en hijgende ademhaling uit horen komen. Ze blijft staan.

Niets. Alleen maar geritsel van bladeren en een windgong.

Ze blijft niet te lang stilstaan. Misschien heeft ze de mannen van zich afgeschud, maar het kan ook zijn dat ze nog achter haar aan zitten. Hoe dan ook, ze heeft Lincoln te lang alleen gelaten. Ze moet weer naar hem terug zien te komen en ze kan nog altijd een andere route nemen als ze de mannen in het oog krijgt.

Het is niet makkelijk om een plan te bedenken en tegelijkertijd boomstammen en doornstruiken te ontwijken. Ze kan zich moeilijk oriënteren – welke kant moet ze op? De bomen lijken allemaal op elkaar. Maar op het moment dat ze haar schouder schaaft aan de geschubde bast van een reusachtige dennenboom hoort ze de beek. Ze is zo gedesoriënteerd dat ze niet weet welke kant naar het buitenste hek leidt en welke kant ze op moet om bij Lincoln te komen, maar ze weet wel dat de beek haar in de goede richting brengt. Het geluid van het water maskeert het geluid van haar voetstappen en als ze die spin in de boom ziet hangen weet ze dat ze dichtbij is.

In dit deel van het bos is het pikkedonker. Ze kan de grond niet meer zien en gaat langzamer lopen omdat ze niet het risico wil lopen haar enkel te verzwikken. Ze realiseert zich dat ze haar arm niet meer voelt, die is volkomen gevoelloos van haar schouder tot haar hand, en dat zou haar eigenlijk zorgen moeten baren, maar voorlopig is het een zegen. Ze blijft het geluid van het water volgen en in het donker stapt ze bijna in de beek voordat ze hem ziet. Ze glijdt een beetje uit over de bladeren en tuurt naar het stroompje – slechts een spleet in de bosgrond. Ze zou er met gemak overheen kunnen springen als haar beide benen het goed deden.

De beek mag dan smal zijn, de oever is zeker anderhalve meter hoog en loopt steil af. Ze kan niet zien hoe diep het water is: het is een glanzende zwarte vlakte. Ze meent stroomafwaarts of stroomopwaarts of wat het ook is een bruggetje te zien, en ze vraagt zich af wie hier op deze verlaten plek over een brug zou willen lopen, maar die brug voert wel naar Lincoln. Maar moet ze de beek eigenlijk wel oversteken? Zit Lincoln nu aan deze kant van de beek of aan de andere kant? Ze wrijft over haar voorhoofd, razend op zichzelf, omdat ze juist nu scherp moet blijven, zich moet focussen –

Ze hoort weer voetstappen in het bos, terwijl ze er zo zeker van was dat ze haar kwijt waren. Ze hoort ze aankomen en denkt weer aan haar vader – hij had enorme handen – die duiven de nek omdraaide.

Lincoln, Lincoln, Lincoln. Hun voetstappen door de bladeren zingen zijn naam ook.

En dan ziet ze ze opeens, twee schaduwen die naast elkaar lopen. Ze zijn dichterbij dan ze had verwacht. Ze heeft niet de tijd om te kijken of een van hen Robby Montgomery is. In plaats daarvan laat ze zich op de grond vallen, op haar buik.

Zo direct zullen hun schoenen haar pletten als een dode vogel. Ze legt haar handen plat op de grond en zet zich af, laat zich van de oever glijden zodat ze eerst met haar voeten in het water terechtkomt, niet te snel.

Ze verdwijnt geruisloos onder water.

Het koude water beneemt haar de adem en ze knijpt haar ogen dicht, want als ze een contactlens kwijtraakt ziet ze niets meer. Ze veegt met haar vingers over haar ogen en knippert even, en als ze haar voeten eenmaal onder zich voelt kan ze zich oriënteren. Als ze rechtop stond zou het water tot amper boven haar knieën komen, maar ze ligt languit, bijna volledig ondergedompeld. Ze kan niet over het heuveltje van de oever heen kijken. De schaduwen zijn donker en veilig. Ze laat haar handen in het water zakken, de bodem voelt zompig aan tussen haar vingers, en dan begint ze zich op haar handen voort te bewegen, als een zeehond, en haar lijf drijft achter haar aan.

Ze denkt dat de mannen wel geschoten zouden hebben als ze haar hadden gezien.

Door het koude water is ze weer alert. Ze is zich bewust van elke handafdruk die ze in de bodem achterlaat, van elke steen tegen haar knie, van elke waterdruppel die tegen haar wang spat, van elke centimeter die haar dichter bij de brug brengt. Ze bedenkt dat – als ze niet sterft – ze misschien wel briljant is geweest zonder het te beseffen. Op deze manier kan ze bij Lincoln terugkomen – drijvend, zonder geluid te maken. Ze hoeft de mannen alleen maar te laten passeren en dan kan ze verder stroomafwaarts gaan om Lincoln te zoeken.

Binnen een paar seconden is ze bij de brug en dan draait ze zich om en gaat in de nis onder de brug zitten. Haar hoofd schampt langs de onderkant van de houten planken. Ze krijgt het niet warmer en slaat haar armen om haar knieën. Er strijken zachte plukjes van iets – algen? – langs haar arm en het bevalt haar niet dat ze niet kan zien wat er onder het oppervlak zit, maar dat betekent wel dat de mannen ook niets kunnen zien.

Het is stil op het geluid van het stromende water na. Ze laat zich wat dieper in het water zakken. In het water is het warmer dan in de openlucht. Het is een laag boogbruggetje en ze kijkt door de halve cirkelvormige opening tussen het bos en het water.

Daar komen ze: ze ziet twee paar voeten op de oever. Ze ziet alleen hun onderbenen, want de brug belemmert haar zicht. Een stel voeten springt over de beek heen, een lange, soepele sprong, waarbij eerst de ene voet landt en dan de andere. Ze is blij dat hij ofwel de brug niet heeft gezien of het beneden zijn waardigheid vond om die te gebruiken. Ze wacht tot het tweede stel voeten de sprong maakt, maar die voeten komen niet in beweging.

Toe dan, denkt ze. *Toe dan.*

Maar de tweede man steekt de beek niet over. In plaats daarvan springt de eerste weer terug over het water – werd hij teruggeroepen? – en hij gaat dicht bij de tweede man staan, alsof ze aan het praten zijn.

Ze denkt niet dat ze daar zouden staan als ze haar hadden gezien. Tenzij het nog steeds deel uitmaakt van het spel en ze haar uit haar schuilplaats proberen te verjagen. Ze laat zich nog dieper in het water zakken en draait haar hoofd opzij zodat haar wang in het water ligt, en daardoor kan ze hen nu duidelijker zien. Ze staan met hun rug naar haar toe, en de een draagt een slobberig jack en heeft het gezette lichaam van Robby Montgomery. De ander is kleiner en heeft smalle schouders. Dat zal Robby's vriend wel zijn, denkt ze.

Dus hier zijn ze dan, denkt ze. Met z'n drieën.

Ergens verderop in de dierentuin zijn de lerares en het meisje en Lincoln en het monster zonder gezicht in zijn kogelvrije vest en, veronderstelt ze, de politie. Ergens verderop ligt een krijsende baby in een afvalbak en loopt een ontbrekende moeder rond. Joan denkt aan haar zoon met zijn verzameling plastic mannetjes en dat die mannetjes soms niet zijn waar je ze zou verwachten. Soms is Thor achter een kussen op de bank gevallen en wordt Iron Man de ster van de show. Soms breekt de Joker een arm en dan zet je Poison Ivy in als de slechterik. Je gaat door met een nieuwe cast. Je bedenkt een nieuwe rolverdeling.

De mannen staan misschien twintig passen van haar vandaan. Ze realiseert zich dat ze haar tas ergens heeft laten liggen. Ze wordt bang dat ze misschien onderkoeld raakt. Ze denkt aan het verhaal dat haar oom vertelde over die keer dat hij en zijn beste vriend Larry over een brug over de Tennessee River reden en een vrouw, die vanaf de andere kant aan kwam rijden, op hun weghelft terechtkwam. Hun auto schoot door de vangrail en beide jongens werden door de voorruit in de rivier gekatapulteerd. *Deed het pijn toen u door de ruit vloog?* vroeg ze. *Deed het pijn toen u in het water terechtkwam? Raakte u de bodem?* Haar oom kon niet al haar vragen beantwoorden. Hij kon zich niets herinneren vanaf het moment dat hij met zijn hoofd tegen het dashboard sloeg toen hij op de rem trapte, tot het moment dat hij op de oever stapte, zonder schoenen – *Hebt u die uitgeschopt onder het zwemmen? Bent u ze kwijtgeraakt toen u door de lucht vloog?* Ze was mateloos geboeid door de dingen die hij haar wél wist te vertellen – hoe het slijk tussen zijn tenen voelde en dat de vrouw in die andere auto wit haar had – maar zat vooral te fantaseren over het gedeelte dat hij vergeten was. Ze zag zichzelf al in die rivier en zag dan al die dingen die hij zich niet meer kon herinneren.

Hebt u Larry gered? vroeg ze. *Hebt u om hulp geschreeuwd?*

Ik lag daar, vertelde hij. *Ik lag daar maar in de modder om me heen te kijken.*

Haar gedachten dwalen weer af. Haar geest raakt verdoofd. En haar voeten worden gevoelloos, zo gevoelloos dat ze bang is dat ze niet zal kunnen opstaan, laat staan lopen. Lincoln heeft niets aan haar als ze niet kan lopen.

En nog steeds staan die kerels daar maar.

Nee. Ze gaan uit elkaar. De dunne loopt van het water weg en Robby Montgomery grijpt hem bij de arm. Maar de kleine rukt zich los, en in het donker is er nog iets anders wat beweegt, maar ze kan het niet goed zien, en het volgende moment verliest ze de kleinere man uit het oog.

Robby blijft even staan en ze wil net het risico nemen en zich verder stroomafwaarts laten zakken als ze ziet dat er nog iemand aan komt lopen. Een stel voeten en benen die heel voorzichtig voortbewegen, en Joan herkent de dunne benen en de strakke jeans nog voordat ze de grote bos haar ziet.

Ze ziet het moment waarop Kailynn Robby in de gaten krijgt – haar hele lichaam verstijft. Ze ziet het moment waarop Kailynn in de gaten krijgt dat de andere schutter er ook staat – het meisje draait zich een kwartslag om. Ze houdt iets in haar armen.

Joan verstaat niet wat de mannen zeggen. Als ze zich iets verder terugtrekt onder de brug ziet ze helemaal niets meer.

Misschien is dat maar beter.

Ze laat zich nog dieper in het water zakken.

◆

Kailynn schreeuwt het bijna uit als er een beestje ritselend voor haar langs door de dennennaalden schiet, maar als het diertje verstijft en zijn voorpoten in de lucht houdt ziet ze wat het is. Een bosmarmot. Ze gelooft niet dat er hier wilde bosmarmotten rondlopen. Maar in de kinderboerderij woont een hele familie, en ze vermoedt dat de mannen dat gebouw aan puin hebben geschoten, net als ze met de andere gebouwen hebben gedaan, en dat er misschien nu ook schapen en geiten en shetlandpony's rondlopen. Nu kruipt de bosmarmot naar haar toe en ze blijft doodstil staan, laat hem aan haar voet snuffelen. Ze heeft de marmotten in de kinderboerderij alleen maar in elkaar gedoken tegen de achterste muur van hun hok zien zitten, omdat alle dieren in de kinderboerderij een hekel aan kinderen hebben.

Misschien is deze marmot getraumatiseerd. Misschien zoekt hij troost.

Ze bukt zich heel langzaam. Bij honden moet je je hand uitsteken en de hond naar jou toe laten komen, en ze denkt dat dat bij kleine kinderen ook zo is, en dat het ook voor deze bosmarmot geldt. Ze pakt hem stevig vast, maar wel voorzichtig, en de marmot vindt het fijn om opgepakt te worden. Hij kruipt wat dichter tegen haar aan terwijl ze zich een weg baant tussen de bomen door, zijn klauwtjes grijpen de uiteinden van haar vlechten vast. Haar kleine zusje doet dat ook, die klampt zich altijd aan haar vast als ze bang is. Kailynn zet een paar stappen – ze is al een poosje geleden opgehouden met rennen. Dat had geen zin. Ze weet niet waar ze is en ze weet niet waar ze heen moet.

Dat is niet waar. Ze zou op zoek moeten gaan naar Lincoln en zijn moeder. Ze had eigenlijk vijf minuten geleden moeten ophouden met rennen toen ze hen zag vallen, maar ze slaagde er niet in vaart te minderen en toen ze zichzelf eindelijk onder controle had was ze helemaal alleen. Waarschijnlijk zijn ze nu dood – die Lincoln had van dat mooie haar en hij had naar haar geglimlacht – en misschien zouden ze niet dood zijn als zij ze niet naar binnen had getrokken. Ze dacht dat ze daar goed aan had gedaan. Ze hield zichzelf voor dat ze het had gedaan om anderen te helpen, maar misschien is dat niet waar. Misschien wilde ze gewoon niet alleen zijn. Haar kleine zusje had haar gesmeekt niet naar haar eigen kamer te verhuizen, omdat ze af en toe midden in de nacht bang wordt en graag tegen Kailynn aan kruipt – net als een marmot – maar Kailynn weet niet zeker of ze nu voor haar zusje is gebleven. Hoe kan ze nou weten of ze het voor zichzelf deed of voor haar zusje? Want in het ene geval is ze lief en in het andere geval egoistisch, en als ze egoïstisch is, is het waarschijnlijk haar schuld als dat jochie en zijn moeder dood zijn.

Ze aait de marmot over zijn kopje.

Voor zich ziet ze een lichtje en eerst denkt ze dat ze misschien de weg terug heeft gevonden naar het hart van de dierentuin, maar dan realiseert ze zich dat het licht afkomstig is van een grote vorm tussen de bomen, en ze gaat wat langzamer lopen als ze bij een soort legertent komt waar zeker tien mensen in kunnen slapen. Daarnaast staat een kapotte jeep. De tent is vanbinnen verlicht en ze ziet de silhouetten van drie mannen die in een kringetje zitten, en even schrikt ze, tot ze beseft dat het poppen zijn. De zoveelste Halloween-uitstalling.

Ze loopt achteruit, in een iets andere richting, weg van het licht.

Ze wou dat ze meer dierenkoekjes bij zich had. Of misschien Oreo's of Famous Amos. Ze heeft er een hekel aan haar eigen mond te voelen. Haar vader zou haar uitlachen omdat ze aan koekjes denkt – dat weet ze zeker – en ze herinnert zich die keer dat ze met haar zusje alleen thuis was en ze net een glas thee inschonk toen ze een enorm lawaai in de studeerkamer hoorden, gevolgd door een griezelig lachje. Haar zusje en zij renden naar de badkamer, maar toen ze zichzelf eenmaal opgesloten hadden realiseerde Kailynn zich dat ze haar mobieltje had laten liggen, dat ze natuurlijk nodig had om de politie te bellen, en dus had ze de badkamer op een kiertje opengedaan. En vlak voor haar stond een man – ze had het uitgegild in die seconde voordat ze haar vader herkende, die dubbel sloeg van de lach.

Hij vindt het leuk om geintjes met ze uit te halen. Ze denkt dat het hem aan zijn jeugd herinnert – toen hij nog geen pakken hoefde te dragen en docentenvergaderingen moest uitzitten en kattenkots moest opruimen. Hij is een domineeszoon die voor zijn zestiende al twee keer de auto in de prak had gereden. Hij gooide met opzet ruiten in met een honkbal en hij had ooit in één middag drieëntwintig katten gevangen en die aan hun staart op een dak geslingerd.

Een donderstraal. Dat is het woord waarmee hij zijn oude zelf omschrijft. Andere kinderen waren als de dood voor hem. Volwassenen trouwens ook.

Mensen vinden haar aardig. Ze haalt meestal achten en negens. Zelden een zes. Ze heeft een spaarrekening bij de bank. Maar op dit moment zou ze willen dat ze een meisje was dat dingen in brand steekt en niet een meisje dat haar huiswerk nog eens extra nakijkt. Ze zou willen dat ze wist hoe ze mensen bang moet maken. Dat ze gisteren had gewerkt in plaats van vandaag en dat ze pepperspray bij zich had zoals haar moeder had gezegd en dat ze nu een Almond Joy had, ijskoud, en dat ze thuis in bed lag met haar kussens lekker opgeschud en dat ze die kleine Lincoln had vastgepakt en met hem was weggerend en hem had kunnen redden, en dat ze een vrouw was in een videogame, met pistolen op haar heupen en een diep decolleté. Ze zou willen dat haar vader haar nog steeds kon dragen, maar daar is ze te zwaar voor geworden.

De bosmarmot trilt in haar armen en elk geluid dat ze hoort lijkt op voetstappen. Ze blijft stilstaan, luistert, en besluit dat ze alleen maar bladeren hoort.

Haar vader was zo'n jongetje dat later een psychopaat had moeten worden – want dat zeggen ze toch? Dat je later een seriemoordenaar wordt als je dieren pest? Maar in plaats daarvan werd hij haar vader en heeft hij niets gemeens. Ze heeft hem zien huilen om reclamespotjes.

Een eindje voor zich hoort ze water stromen en alweer meent ze voetstappen te horen. Ze sluipt dichterbij om te zien of ze iets door de bomen ziet bewegen.

Ze ziet de beek en denkt een stem te horen, maar als ze stopt om te luisteren hoort ze weer niets. Ze gaat achter een boom staan, en ze wacht en kijkt om zich heen. Ze blijft daar voor haar gevoel een hele tijd staan en dan aait ze de bosmarmot even en loopt voorzichtig verder tot aan de rand van het water, en ze staat te overwegen of ze het water zal oversteken en dan – haar leraren hebben weleens gezegd dat ze concentratieproblemen heeft, dat ze soms afdwaalt – en dan kijkt ze op en staart ze Robby aan.

'Hoi,' zegt ze, alsof hij op school naast haar is komen staan terwijl zij haar boeken in haar kluisje opbergt, alsof hij daar niet met een geweer in zijn handen staat, met om zijn schouder iets wat op een patroongordel lijkt. Ze schaamt zich omdat ze hoi heeft gezegd en het is eigenlijk idioot dat ze zich daarvoor schaamt, maar ze kan het niet meer terugnemen.

En dan voelt ze dat er iemand achter haar staat en als ze zich omdraait ziet ze een andere man.

Hij is kleiner dan Robby, en als hij dezelfde is die eerder het restaurant binnenkwam, dan leek hij toen veel groter. Ze kijkt hem aan en bedenkt dat hij er niet veel sterker uitziet dan zij, het soort jongen van wie ze makkelijk zou winnen met armpje drukken, alleen heeft hij in zijn ene hand een groot pistool, en in de andere hand een wat kleiner wapen. Hij grinnikt tegen haar, met een vriendelijke glimlach waardoor haar mond nog droger aanvoelt.

'Heb je vrienden gemaakt?' vraagt hij, en hij heeft het duidelijk tegen Robby.

Robby zegt niets. Hij heeft nog geen woord gezegd.

Kailynn draait zich zo dat ze hen allebei in het oog kan houden, en doet twee stappen achteruit om niet in het water te vallen. De bosmarmot drukt ze zo stevig tegen zich aan dat hij begint te kronkelen. Ze hoopt dat ze het diertje geen pijn zullen doen. Ze doet nog een paar stappen achteruit en doordat er een tak onder haar voet knapt, maakt ze een schrikbeweging.

Ze staan haar maar aan te kijken. De schaduwen van de bomen bewegen over hun gezichten en zijn zo donker dat ze de uitdrukking daarop niet kan zien.

'Nog eentje om het af te toppen?' zegt degene die ze niet kent. Eerst is ze opgelucht omdat hij zijn wapens op de grond smijt. Maar dan grijpt hij haar zo snel vast dat ze niet eens tijd heeft om haar handen op te heffen voordat hij haar omdraait en haar met haar rug tegen zijn borstkas drukt, die staalhard aanvoelt.

'Hoe zit het dan met je ultieme ontsnapping?' zegt Robby, en ze houdt haar ogen op hem gericht. Ze wendt haar blik niet af. Ze weet niet waarom, maar dat lijkt haar belangrijk.

'Ze heeft zelfs net zulk haar als die gedrochten!' zegt degene die haar vasthoudt. 'Heb jij je weleens afgevraagd of je gewoon met je handen iemands nek kan breken? Mijn neef zegt dat dat alleen in de films kan, dat we te veel spieren in onze nek hebben, maar volgens mij is dat bij deze hier niet zo.'

Kailynn kan degene die praat niet zien omdat hij haar van achteren vasthoudt. Hij klauwt met zijn handen in haar haar, grijpt haar vlechten vast en rukt haar hoofd ruw naar achteren; ze voelt een paar extensions loskomen en een stekende pijn in haar hoofdhuid. Hij blijft net zo lang trekken tot haar gezicht naar de bomen is gericht en haar keel naar achteren is gebogen. Ze houdt haar ogen nog steeds op Robby gericht, dat lukt nog maar net.

Ze wil iets dappers zeggen. Ze wil de man die haar vasthoudt bespugen of bijten of tegen hem zeggen dat hij niet sterk genoeg is om haar iets aan te kunnen doen met die stakerige armen van hem, maar ze kan niets uitbrengen omdat hij zijn vingers nu om haar keel heeft gelegd en zo hard drukt dat hij waarschijnlijk blauwe plekken achterlaat.

Ze kijkt naar Robby. Hij heeft nog steeds zijn geweer in zijn hand. Ze kan zijn gelaatsuitdrukking niet peilen.

'Help,' probeert ze te zeggen.

'Ik had toch gezegd dat jullie naar de zeeleeuwen moesten gaan,' zegt Robby, of ze denkt dat hij het zegt.

Kailynn schopt naar achteren en ze denkt dat ze het scheenbeen van de kleine man heeft geraakt, maar het lijkt niet veel uit te halen.

Boven de bomen bewegen de wolken. Ze klemt haar beide handen om de polsen van de man, haar nagels klauwen in zijn huid, en de bosmarmot heeft ze laten vallen.

Ze denkt aan haar vader. Hoe hij katten op het dak slingerde. Hij vertelde dat hij elke kat als een discus wegslingerde en dat hij een enorme voldoening voelde als hij ze losliet en ze door de lucht zeilden.

Ze heeft stukjes huid onder haar nagels zitten. Bloed aan haar vingers. De man gromt in haar oor, en het enige dat ze op dit moment voelt is die man die zich om haar heen heeft gevouwen. Hij draait nu echt haar hoofd om, met beide handen, en hij heeft een van zijn vingers in het zachte kuiltje onder haar oor gedrukt. Ze hapt naar lucht. Het doet pijn.

Robby zegt iets.

'Nog een klein stukje,' fluistert de stem naast haar oor.

Iemand schreeuwt. Ze kan het niet goed horen en is er zelfs niet zeker van of de stem echt is, maar de greep om haar keel verslapt. Ze vangt zich op haar handen op als ze valt. Aan haar bebloede vingers kleven blaadjes.

Ze haalt zwaar adem, het klinkt niet als de adem van een mens.

Ze zoekt naar de bosmarmot tussen de bladeren, maar ziet hem niet. Dan kijkt ze omhoog naar Robby en die staat daar nog steeds, en ze is kwader op hem dan op de man die heeft geprobeerd haar hoofd van haar lijf te rukken.

Maar Robby kijkt langs haar heen. Kailynn draait zich om, nog steeds moeizaam ademhalend, en ze ziet een vrouw als een moerasmonster door het water waden.

'Robby Montgomery!' schreeuwt de vrouw, één keer maar, of misschien heeft ze het veel vaker geroepen en is dit de eerste keer dat Kailynns oren het weer doen.

Het is Lincolns moeder, drijfnat. Ze heeft Lincoln niet bij zich en dat beangstigt Kailynn.

De bosmarmot zit aan haar voeten. Ze pakt hem op, hij voelt warm aan. Iedereen behalve zijzelf is in beweging.

Lincolns moeder klimt uit het water.

De man die Kailynn bijna heeft gewurgd doet een uitval naar de plek waar hij zijn wapens heeft neergegooid.

Robby richt zijn eigen geweer op de vrouw.

'Ik moest van mevrouw Powell tegen je zeggen –' begint Lincolns moeder, die nu zo dichtbij staat dat Kailynn water op de bladeren hoort druppelen.

De wurger heeft zijn pistool in de hand, maar hij heeft het bij de loop vastgepakt en brengt het naar zijn andere hand over terwijl hij zich ondertussen naar de vrouw toe draait. Robby heeft zijn geweer met een abrupte beweging omhooggericht zodat het naar de hemel wijst, maar hij houdt het nog steeds stevig vast.

'Mevrouw Powell zei dat ze met je wil praten,' zegt de moeder. 'Mevrouw Powell zegt dat ze nog één keer met je wil praten.'

Kailynn beseft dat Lincolns moeder voor haar probeert te gaan staan. De vrouw komt stapje voor stapje dichterbij. Het water uit haar haar spettert op Kailynns schoenen en kleren.

Robby Montgomery staat hen allebei aan te staren.

'Het doet er niet toe,' zegt hij, en hij laat zijn geweer weer zakken en richt het op hen, en Kailynn denkt *nou, het deed er toch wel iets toe*, ongeveer drie seconden lang, en nu heeft de wurger zijn pistool in de aanslag en ze denkt aan haar vader en zijn katten.

Ze slingert de marmot naar hem toe.

Ze heeft niet goed gericht – ze weet de wurger of Robby niet te raken. Maar de marmot vliegt rakelings langs het gezicht van de wurger en hij deinst achteruit waardoor hij zijn evenwicht verliest en achterover op de grond valt. Robby Montgomery kijkt omlaag naar zijn vriend en daarna ziet Kailynn niets meer omdat Lincolns moeder nu boven op haar ligt, zwaar en nat. Ze is sterker dan ze eruitziet. Ze trekt Kailynn half omhoog, sleept haar mee, schreeuwt in haar oor, en duwt haar over de oever heen het water in.

Kailynn valt met haar gezicht naar beneden en krijgt water binnen, en dan begint het schieten.

20.05 uur

Joan hoort de kogels maar ze voelt ze niet. Ze komen met tussenpozen, de schoten, en ze houdt haar hoofd laag, haar kin glijdt langs het water, haar handen en voeten zinken weg in de modder en de algen, en ze vraagt zich af of Robby Montgomery en die andere man hen duidelijk kunnen zien. Omdat ze zelf haar eigen handen amper door het water kan zien maaien kunnen die kerels hen vast niet beter zien, en dat verklaart waarom ze nog niet dood is.

Ze voelt haar dij hard tegen een steen stoten, gevolgd door een stekende pijn. Kailynn moet kokhalzen van het water dat ze heeft binnengekregen of misschien moet ze wel overgeven, maar toch kruipt het meisje zo snel als Joan haar kan duwen naar de brug toe.

En nu zijn ze onder de brug. Niet veilig maar wel veiliger, een paar seconden lang in ieder geval. Het schieten stopt.

'Doorgaan. In beweging blijven,' fluistert ze tegen Kailynn, en de twee paar voeten komen al op de brug afgerend, want waar anders zouden Kailynn en zij naartoe kunnen dan naar de brug?

Ze duwt het meisje weer naar achteren en dan zijn ze onder de brug vandaan, achteruit kruipend, en heel even onttrekken de houten planken de mannen volledig aan het zicht. Dan ziet ze de vage contouren van hun hoofden en ze staan stil. Het lijkt alsof ze wat aan elkaar staan te trekken – wil de een de ander meetrekken? Als ze ruzie hebben duurt die in ieder geval niet lang, want al snel springen ze allebei over de beek en rennen aan de andere kant het bos in.

Onwillekeurig dringt de vraag zich bij haar op of Robby Montgomery eigenlijk wel heeft geschoten met zijn geweer. Hij heeft haar niet afgemaakt toen ze kwetsbaar en hulpeloos uit het water kwam, maar ze heeft geen tijd om daarover na te denken.

'Het komt goed,' zegt ze tegen Kailynn, die gestruikeld is en kopje-onder is gegaan en snakkend naar adem weer bovenkomt. Ze schuift haar ene arm onder de rug van het meisje en tilt haar op, veegt het water uit haar gezicht. Kailynns haar rust zwaar op haar arm en haar nek voelt heel breekbaar aan, maar ze mogen niet stoppen, dus blijft ze het meisje voortduwen.

Ze bewegen zich weer door het water terwijl Joan Robby Montgomery en de andere man dieper het bos in ziet rennen. Maar daar kan ze niet op vertrouwen, want ze kan nergens op vertrouwen.

Haar been klopt van de pijn en ze begint zich af te vragen of het wel een steen was waaraan ze zich bezeerd heeft. Ze focust op het koude water en de slijmerige algen op haar handen en op de gedachte aan Lincoln die, toen hij de reusachtige vijver voor het eerst zag, achterdochtig naar het water staarde en vroeg: *Leven er nijlpaarden in Amerika?* Ze zou nu niets liever willen dan zijn gewicht voelen.

Kailynn en zij liggen nog in het zwarte water, maar ze zijn een heel eind voorbij de brug. Joan kan de twee schutters nauwelijks zien: ze zijn alleen nog maar schimmen. Terwijl ze nog sneller op handen en voeten voortbeweegt, heft een van hen zijn arm in de richting van de beek, en het volgende moment keilt iemand een steen over het water.

Joan beseft meteen dat dat niet kan kloppen, maar zo klinkt het – als een steen die drie, vier keer op het water ketst. Een halve seconde na het geplons hoort ze achter elkaar vier knallen in de lucht. Een van de mannen valt luid kreunend op zijn knieën.

Dan begrijpt ze het.

Het zijn kogels die niet alleen het water raken maar ook in de aarde slaan en de bladeren doen opstuiven – geen kogelregen, het lijkt totaal niet op wat ze in films ziet, maar een reeks schoten, de ene na de andere. Het lijkt meer op wat ze zich herinnert van het duiven schieten – een knal van het geweer, dan herlaadde haar vader zijn geweer en klonk er weer een knal.

Ze kijkt naar de mannen en nu ziet ze dat het Robby Montgomery is die op zijn knieën is gevallen. Ze herkent hem aan zijn brede schouders en het jack dat om hem heen slobbert. De andere man rent door.

Iemand schiet op de schutters.

Er vliegen vuurvliegjes rond die door het geweervuur zijn opgeschrikt. Ze flitsen tussen de bomen door. Robby Montgomery valt op zijn ellebogen en dan beweegt hij helemaal niet meer. Ze herkent hem niet meer als een menselijk wezen – hij is een donkere vorm op de grond. Een berg bladeren. Een boomstam.

De ander is nog steeds aan het rennen.

Joan draait haar hoofd naar de andere kant van de beek en nu ziet ze eindelijk de politie aankomen. Het zijn twee groepen en ze bewegen zich voort in een driehoek: één man voorop en twee mannen aan weerszijden achter hem, en dat doet haar denken aan ganzen, alleen loopt er helemaal achteraan ook nog een man.

Er nadert nog een derde groep door de bomen, van alle kanten komen redders aan, een vormeloze, samengeklonterde massa van opgeheven armen en geweren, dik ingepakt rond hun middel waardoor ze er vreemd uitzien, en ze houden zich heel stil. De kogels blijven komen – ze denkt dat ze ze kan horen, een voor een, een suizend geluid door de lucht, de afzonderlijke knal van het geweervuur – en het wordt steeds luider. Nog meer geweren. Nog meer kogels zeilen over haar heen en komen een meter of wat van haar neer. Sinds die eerste schoten zijn er geen kogels meer in het water terechtgekomen, maar ze zijn nog steeds te dichtbij.

Ze laat zich zo diep mogelijk in het water zakken.

De rennende man schreeuwt iets, maar ze kan de woorden niet verstaan.

De vuurvliegjes bewegen ritmisch op en neer.

Ze slaagt erin haar handen en voeten zo te laten samenwerken dat ze zichzelf achteruit kan duwen, verder van hen vandaan, maar haar zere pols klapt dubbel en ze gaat kopje-onder. Nu is Kailynn degene die haar omhoog helpt, en er zitten algen om haar arm – of nee, het zijn Kailynns vingers die haar pols omvatten, die zich om het verband vouwen dat het meisje bij haar heeft aangelegd. Joan blaast water uit haar neus.

Vooruit, zegt ze tegen zichzelf. *Kom op.*

Ze vertellen je niet hoe het is.

Ze vertellen je niet dat je de goeden niet van de slechten kunt onderscheiden, dat het lawaai zo oorverdovend is dat het je niet alleen doof maakt maar ook blind, omdat je vanzelf je ogen dichtdoet, en dat de geluiden en bewegingen van alle kanten komen zodat je niet weet welke kant je op moet.

Ze begrijpt niet helemaal waarom er zoveel rook hangt.

Een van de mannen – een goede? – is bijna bij de beek, nog maar een paar stappen ervan verwijderd, en hij lijkt heel lang. Hij is de voorste punt van de driehoek, en hij is niet aan het rennen of wandelen, maar iets ertussenin – snel en soepel. Hij komt zo dichtbij dat ze ziet dat hij een soort oorbeschermers draagt, maar zijn gezicht kan ze niet zien – en ze zou zijn gezicht graag willen zien. Ze wil niet opspringen en hem aan het schrikken maken omdat ze slechts een gestalte in het donker is, en wie weet wat hij doet als hij wordt verrast?

Hij heft zijn geweer en ze ziet werkelijk een flits als hij de trekker overhaalt. Ze wist niet dat je de kogel uit de loop kon zien komen.

Er zijn geen vuurvliegjes, realiseert ze zich.

Ze ziet de maat van Robby Montgomery op de grond vallen, maar hij blijft schieten. Hij kruipt achter een dennenboom, en vanuit haar hoek gezien is hij vrijwel onzichtbaar.

In beweging blijven, brengt ze zichzelf in herinnering.

Vlak voor haar zoeft iets door de lucht. Ze voelt een warme luchtstroom langs haar wang strijken.

Het kan best dat Lincoln door het bos is gaan dwalen, bedenkt ze, en stel dat hij hierin verzeild raakt, of een andere groep schietende mannen tegen het lijf loopt – er zijn god weet hoeveel politieagenten de dierentuin binnengevallen, en nu ze blijkbaar hebben besloten de slag te winnen pakken ze het ook grondig aan – en Lincoln heeft geen idee wat het geluid van schoten kan betekenen. Hij weet helemaal niets en ze zouden hem onmiddellijk doodschieten. Hij is ook zo klein, zo moeilijk te zien in deze mallemolen van rook en lichamen.

Bij haar voeten spat weer water op. Ze kruipt nu voort op haar handen en voeten, nog steeds diep in het water, maar ze gaat wel sneller, en Kailynn blijft naast haar. Joan zegt tegen zichzelf dat als het schieten ophoudt ze om hulp zal roepen, en ze vertrouwt erop dat de politie hoort dat het een vrouwenstem is en niet op haar zal schieten. Maar het schieten houdt niet op. Kailynn en zij kruipen gestaag voort, hun ledematen bewegen als de peddels van een kano – en ze negeert de kou, ze negeert haar hele lichaam, haar krachteloze polsen en gevoelloze voeten en alle zwakke delen die het nu laten afweten. Als ze over haar schouder kijkt kan ze geen menselijke gestalten onderscheiden. Misschien jagen de politieagenten de schutter verder het bos in. Nu zijn er alleen bomen en het wegstervende geluid van schoten.

Ze blijven nog even in het water – het voelt alsof ze kilometers hebben afgelegd, maar waarschijnlijk is het maar honderd meter.

‘Kom, we gaan eruit,’ fluistert ze tegen Kailynn, en voor het eerst bedenkt ze dat het meisje geen woord heeft gezegd. ‘Alles goed met je?’

‘Waar is Lincoln?’ vraagt het meisje, terwijl ze zich op de modderige oever hijsen.

Joan verliest haar evenwicht en moet zich opvangen.

'Ik heb hem onder een struik verstopt. We moeten hem halen. De kogels,' zegt ze buiten adem.

Ze staat rechtop. Haar rok plakt tegen haar benen en is nog min of meer intact, en Kailynn krabbelt ook overeind. Joan helpt haar en trekt haar omhoog aan een arm, en ze bedenkt dat ze heel anders aanvoelt dan Lincoln, die compact en stevig is. De botten van dit meisje voelen aan als porselein, als handgeblazen glas, als het oor van een theekopje.

Als je het meisje aanraakt, moet je onwillekeurig denken aan allerlei waardevolle en kostbare dingen. Joan snapt niet dat ze dat nu pas ziet. Blijkbaar was ze stekeblind toen ze dit meisje niet op waarde schatte, dit meisje met haar als rode linten en benen als origami, die uienringen bakt en een vader heeft die voor haar bloedt.

'Heb je hem verstopt?' herhaalt Kailynn.

'Ze kwamen eraan,' zegt Joan, en haar zicht wordt wat wazig.

Ze herstelt zich weer. Ze grijpt haar rok vast en trekt hem op tot boven haar knieën. Ze kijkt omlaag en ziet dennennaalden onder haar voeten, maar ze voelt geen verschil meer tussen de voet mét en de voet zonder slipper. Dat is goed. Dat helpt, dat ontbreken van gevoel. Ze rent en het voelt goed, net zoals ze zich voelt als ze vijftien kilometer heeft gelopen, losgekomen van haar lichaam, haar gedachten uitgeschakeld. Alleen struikelt ze steeds en moet dan steun zoeken tegen de bomen. Waarschijnlijk zit ze toch nog vast aan haar lichaam, want het functioneert niet goed.

'We vinden hem wel,' zegt ze tegen Kailynn.

'We vinden hem wel,' zegt het meisje terug en onder het lopen deint haar haar op en neer, en Joan denkt bij zichzelf dat het een onbezonnen plan was om op de schutters af te rennen zonder dat ze enig idee had wat ze moest zeggen behalve het noemen van mevrouw Powells naam, als een soort talisman, een toverwoord waarmee ze Robby Montgomery kon verslaan. Ze heeft geluk dat

Kailynn en zij nog leven, maar ze leven nog, dus misschien was het toch niet zo'n slecht plan.

Joan voelt de rest van haar lichaam niet, maar wel haar been, de pijn schiet naar haar heup, en ze struikelt voortdurend. Toch blijft ze rennen, en niets ziet er bekend uit, maar net als de paniek dreigt toe te slaan ziet ze de spin tussen de bomen hangen – niets meer dan een vormeloze gloeiende klodder – en ze rent ernaartoe. Ze roept zijn naam, zacht, en gaat iets langzamer lopen. Ze is vier meter van hem vandaan. Twee meter, weer roept ze zijn naam.

Geen antwoord.

'Zat hij hier?' zegt Kailynn.

'Hij zit hier,' zegt Joan.

Ze loopt op de spin af en geeft een tik tegen een van zijn poten waardoor hij heen en weer zwaait. Ze is er zeker van dat het dezelfde spin is. Ze kijkt om zich heen – de struik, welke was het nou?

Daar. Ze denkt dat het daar is.

In de verte neemt het geknetter van het geweervuur af, net als popcorn die bijna klaar is.

Ze rent naar de struik, maar om een of andere reden beweegt ze zich half kruipend voort, en tegen de tijd dat ze de takken kan aanraken ligt ze met haar hoofd op de grond en drukken haar knieën in de aarde. Ze tilt de takken op en tuurt eronder.

Hij is er niet.

'Lincoln? Lincoln?' roept ze toch, niet in staat om haar blik af te wenden van de lege plek en de lege takken, van de ruimte waar hij niet zit.

'Lincoln?'

Ze wil harder roepen, maar haar stem doet het niet. Als ze weer overeind staat loopt ze eerst de ene kant op, stopt, en gaat dan de andere kant op.

Ze weet niet hoe ze hem moet zoeken. Er is geen patroon dat ze kan volgen. Hij loopt nooit weg. Hij houdt altijd haar hand vast. Ze is hem maar één keer kwijtgeraakt, op de kermis, en toen had ze hem binnen dertig seconden teruggevonden.

'Lincoln?' fluistert ze, en in plaats van harder gaat ze steeds zachter praten.

'Líncoln!'

Ze schreeuwt. Opeens doet haar stem het weer en zijn naam galmt luid en lang na, en het kan haar niets schelen of iemand het hoort. Kailynn roept hem ook.

Haar jongen heeft te goed naar haar geluisterd. Waar hij ook zit, hij houdt zich stil. Ze was er honderd procent zeker van dat hij te bang was om iets te ondernemen, maar ze heeft hem verkeerd ingeschat, en nu?

Er zijn mogelijkheden waar ze niet over na wil denken.

Zolang ze maar in beweging blijft hoeft ze er ook niet over na te denken.

Ze besluit in steeds wijdere cirkels om de struik heen te lopen waar ze hem heeft achtergelaten. Ze valt voorover en komt hard op haar handen terecht. Ze richt zich weer op.

Ze kijkt onder struiken en reikt naar iedere heen en weer zwaaiende tak, ze loopt weer langs de bungelende spin, en langs twintig bomen die er allemaal precies hetzelfde uitzien, en ze ziet een holle boomstam, en een lange sluier van klimop die een jong boompje heeft overwoekerd. Ze ziet een plastic spook hangen, onverlicht, klokvormig.

Ze blijft staan, schuifelt wat met haar voeten en voelt dat er iets niet klopt. Ze bukt zich en ziet dat haar tenen onder het bloed zitten. Maar ze voelt er niets van, dus het is niet belangrijk.

Kailynn is nog steeds in de buurt en roept zijn naam.

Joan concentreert zich op de grond, die eerst een zich eindeloos herhalende vlakte van rottende bladeren en dood hout leek, maar waarin nu ze er goed naar kijkt allerlei afzonderlijke details zijn waar te nemen. De maan is zo helder dat ze hier en daar paddenstoelen en pollen met leliegras ziet staan. Een leeggelopen ballon waar het touwtje nog aan zit. Een plastic heksenketel die scheef op zijn kop ligt. Een eenzaam rijtje witte lampjes die de duisternis doorsnijden. Ze blijft uit de buurt van de lampjes en tilt de takken van een wilg op. Ze komt weer voorbij het met klimop begroeide boompje en ze trekt de klimop uit elkaar. Die is te dicht – ondoordringbaar –, uitgesloten dat hij daar zit.

Er is geen woord voor wat zij in haar ribbenkast omhoog voelt golven, pulseren. Het lijkt op een schreeuw, maar dan met vuisten en klauwen. Ze wil hem niet naar buiten laten komen.

Ze ziet de gloeiende spin weer, die nu slechts een vage vorm tussen de bomen is. Ze kijkt nog eens naar alle dingen waar ze langs is gekomen, naar het nutteloze rijtje witte lampjes, en ze ziet een vormeloze klimplant die op een uitgebloeide blauweregen lijkt. Ze loopt op de plant af die zo breed is dat hij zich erin kan verstoppen. Links van haar ligt de heksenketel weer, en deze keer ziet ze wat haar de eerste keer niet is opgevallen.

Ze blijft abrupt stilstaan.

De ketel ligt zo schuin op zijn kop dat er weleens iets onder zou kunnen zitten. Zó dat de rand misschien op een enkel of een voetje rust.

Ik ben een schildpad, ik ben een schildpad, ik ben een schildpad.

Ze ziet voor zich hoe hij zich weleens onder een poef verstopt, waar zijn hoofd onder uitsteekt.

Nog voor ze de ketel optilt weet ze dat ze goed zit – ze weet dat ze een onzichtbare draad tussen zijn brein en dat van haarzelf heeft gevolgd. Er bestaan miljoenen van die draden tussen hen, van het ene naar het andere brein, en door die draden weet ze wanneer hij honger krijgt en wanneer hij gaat huilen, en weet ze dat hij het een leuk idee vindt om laarzen van marshmallows voor een speelgoedastronaut te maken. Soms raken de draden in elkaar verstrikt: diezelfde draden hadden haar namelijk verteld dat hij daar in dat bosje zou blijven zitten. Maar dit is een volmaakte draad, zacht en warm als de vacht van Sarge en zilverkleurig als de helm van Thor – en die draad leidt haar naar hem toe.

Ze tilt de goedkope plastic ketel met één hand op en daar ligt hij, helemaal opgerold tot een balletje. In dezelfde houding die zij zich herinnert van de tornado-oefeningen op school toen ze nog klein was. Hij heeft zijn armen over zijn hoofd gelegd en hij kijkt niet op.

Ze smijt de ketel op de grond en laat zich op haar knieën vallen. 'Lincoln?'

'Mammie,' zegt hij, en hij kijkt glimlachend naar haar op, en alweer doet haar lichaam het niet. Ze kan haar handen niet eens naar hem uitsteken, maar dan komt hijzelf in beweging en daardoor zijzelf ook weer. Ze pakt hem onder zijn armen vast en sleept hem door de bladeren, en hij hangt warm tegen haar aan. Compact en zwaar.

De ingehouden schreeuw in haar borstkas verdampt als ze hem tegen zich aan voelt, lost weer op in lucht en bloed en botten. Ze laat haar hand over haar zoon glijden – hij klinkt kalm, maar zijn gezicht voelt vochtig aan.

'Weet je wat ik was?' vraagt hij met zijn mond bij haar oor.

Ze kan het eerst niet zeggen. Ze slikt.

'Een schildpad,' antwoordt ze.

'Ja!' fluistert hij opgewonden, en hij woelt met zijn handen door haar haar. 'Waarom ben je zo nat?'

Hij trekt zijn handen uit haar drijfnatte haar. Joan neemt zijn hand in de hare en vouwt zich om hem heen: ze is tot op het bot verkleumd, maar ze is waarschijnlijk nog nooit zo opgelucht geweest.

'Ik ben in de beek gevallen,' zegt ze.

'O. Wat is dat voor geluid? Geweren? Nog meer geweren?'

Zijzelf hoort de geweerschoten bijna niet meer.

'De politie is er,' fluistert ze. 'Waarom gaf je geen antwoord toen ik je riep?'

'Ik hoorde je niet. Ik was verdwenen.'

Ze komt moeizaam overeind en houdt zijn handen vast omdat

ze niet zeker weet of ze hem kan optillen. Ze moeten terug naar de ingang van de dierentuin – er is vast een eind gekomen aan wat daar aan de hand was.

'Alles goed met hem?' vraagt Kailynn, die buiten adem achter hen opduikt.

'Ja,' zegt Joan terwijl ze een stap doet. 'Alles is goed met hem. Kom.'

Als Kailynn naast haar komt lopen ziet ze dat het meisje blaadjes in haar haar heeft.

'Wat scheelt er?' vraagt Kailynn.

Joan begrijpt niet waarom het meisje dat vraagt, maar dan voelt ze dat ze weer op haar knieën zit. Het gevoel van de klamme aarde brengt haar aanvankelijk in verwarring.

Ze heeft pijn.

Ze heeft weleens gehoord dat je het niet voelt als je door een kogel wordt geraakt – wie zei dat? Een echt of een denkbeeldig iemand? Nu voelt ze het wel. Het doet haar denken aan die keer dat haar vader per ongeluk haar hand tussen de deur klemde toen ze nog klein was – hij wist niet dat ze achter hem stond – en de pijn was zo intens dat ze niet voelde waar hij begon.

Kailynn pakt haar hand en wil haar omhoogtrekken. Joan kijkt naar beneden en ziet dat het bloed zo snel langs haar been stroomt dat het een plasje op de grond vormt.

Kailynn houdt op met trekken.

'O,' zegt het meisje, en haar gezicht is heel dichtbij. Haar vingers worden zacht. 'O.'

Joan raakt haar zij aan, en haar zij is ook nat en ze kan haar benen niet bewegen. Maar ze hoort ook nog steeds voetstappen in het bos, niet ver weg genoeg, en ze is er niet zeker van of het schieten werkelijk is opgehouden.

Het is niet veilig om hier te blijven.

'Neem hem mee,' zegt ze tegen Kailynn terwijl ze naar Lincoln knikt. 'Ga terug naar de dierenverblijven en ga ergens zitten wachten tot de politie je komt helpen.'

Dat vindt ze een prettig beeld. Niet dat schimmige beeld van de politieagenten in het bos, maar een massieve, veilige muur van geüniformeerde mannen en vrouwen zonder geweren. Ze zullen haar zoon vertellen dat het voorbij is. Ze zullen hem in veiligheid brengen. Ze zullen mevrouw Powell vinden en haar knie verzorgen, en elk hoekje en gaatje en elke afvalbak doorzoeken. Ze zullen een baby optillen en een moeder vinden, en natuurlijk zullen moeder en kind herenigd worden. Zo zal het ongetwijfeld aflopen.

Lincoln klampt zich met beide handen stevig aan haar vast.

'Nee,' zegt hij, en hij schudt zijn hoofd, zijn ogen opengesperd. 'Nee.'

'Toe nou maar,' zegt ze tegen hem, en ze duwt hem van zich af. Dan trekt ze hem weer naar zich toe omdat ze niet anders kan, omdat ze hem niet kan laten gaan zonder hem eerst weer even vastgehouden te hebben. Ze zit op één knie, haar andere been is naar achteren gestrekt, en slaat haar armen om hem heen. Ze drukt haar gezicht tegen zijn slaap en snuift zijn geur op, die altijd weer anders is en toch hetzelfde blijft, en op dit moment ruikt hij naar brood. Ze doet enorm haar best om die herinnering in iedere cel van haar lichaam vast te leggen – zijn hand in haar haar, de zachte huid op zijn jukbeenderen, *mammie* – zodat als er iets is wat ze voor altijd met zich mee kan dragen het dit gevoel zal zijn.

'Je bent een grote jongen. Ga maar met Kailynn mee.' Nee, beseft ze, dat is niet eerlijk. Hij heeft meer nodig. Hij wil het begrijpen. 'Ik moet hier blijven wachten, lieverd. Tot de dokters komen.'

Hij huilt nu.

Ze dwingt zich de vingers van haar zoon los te laten, dwingt zich hem helemaal los te laten, hoewel het moment waarop zijn huid zich losmaakt van de hare onverdraaglijk is.

'Ik wil bij jou blijven,' zegt hij. Kailynn pakt zijn hand en haakt haar vingers door de zijne. Hij loopt met haar mee en zegt 'Oké' op dat beverige toontje van hem, en ze voelt zich zweverig worden.

Ze knippert met haar ogen en weet één tel lang niet waar ze is, en dan gaan haar ogen weer open.

De lichtjes die in de bomen hangen zien er nu mooi uit. Ze snapt niet waarom ze dat niet eerder heeft opgemerkt. Ze vormen lange witte koorden, als van parels of manen, en in de verte vlamt een feloranje bal op en flitsen van rode en blauwe lichten die tegen de bomen weerkaatsen.

Ze zit nog steeds op haar knieën. Nee, ze ligt op haar buik. Straks komt ze overeind, maar nu kijkt ze nog even naar Lincoln, die wegrent met Kailynn terwijl hij haar hand vasthoudt. Hij gaat sneller dan ze verwachtte met dat ietwat onbeholpen loopje van hem dat ze zo lief vindt, waarbij zijn voeten opzij en omhoog zwaaien. Hij is niet snel, niet lineair, maar alles aan hem beweegt – zijn schouders, voeten, handen en ellebogen gaan alle kanten op. Hij heeft geen aerodynamische bouw, haar jongen.

Ze proeft bloed. Misschien heeft ze weer op haar lip gebeten.

Hoe verder weg hij is, hoe groter hij lijkt te worden, en ze is zich nog zo goed bewust van alles dat ze beseft dat dat niet kan kloppen. Maar hij vult haar hele blikveld, de zwaaiende takken van de dennenbomen worden uit beeld verdrongen. Alleen hij is er. En de lichtjes. Heldere lichtstralen, zwaaiend door de lucht als de linten aan de meiboom toen ze in groep acht zat en in haar lavendelkleurige jurk opkeek naar het lange, kronkelende lint dat ze vasthield – *goed opletten, meisjes*, zei mevrouw Manning, die de leiding had over de hele beproeving, *dit is lastig* – en ze vervlocht haar lint met dat van de anderen, erin en eruit, en de hemel was vol sorbetkleurige linten, en aan het eind van elk lint een paar handen die het stevig vasthielden – Kailynns vingers in haar T-shirt gedraaid, Kailynns hand in die van Lincoln, in elkaar draaiende linten – zo zien die lichtjes er nu uit. Mooi.

Er zijn mooie dingen. Goed opletten.

Er zitten slierten haar in haar mond en ze beweegt haar hoofd opzij. De aarde onder haar is vochtig.

Lincoln. Ze weet niet waar hij is. Ze wil haar hoofd oprichten.

Ze raakt weer even weg en daarna, als ze haar hoofd omdraait, vangt ze een glimp van hem op in de verte, met zijn warrige krullenbos, omringd door in donkere kleding gehulde mensen die gehurkt bij hem zitten. Het is aardig als volwassenen een poging doen om niet boven hem uit te torenen. Maar ze is er niet zeker van of hij daar werkelijk met politieagenten staat te praten of dat haar gedachten stroperig zijn geworden.

Dit verhaal gaat over Steve, een jongetje dat later een Paardenman wil worden.

Dit verhaal gaat over robots en lasers.

Dit verhaal gaat over wanneer ik ga trouwen, mammie. Dan heb ik een vrouw die Lucy heet. Ik krijg vijf jongens en vijf meisjes. Maar die groeien in mijn buik, niet in die van haar, net als bij zeepaardjes.

Dit verhaal wil ze horen. Ze zal haar ogen dichtdoen, dan hoort ze hem beter.

Ze moet haar ogen ook dichthouden want de linten van licht zijn te fel.

Geen linten. Eén lichtstraal.

Een man met een zaklamp buigt zich over haar heen.

'Mevrouw?' zegt hij terwijl hij bij haar neerknielt, en het licht is weg. 'Het komt goed.' Ze voelt iets hard tegen haar been drukken. 'Nog even volhouden. Er is hulp onderweg.'

Hij draagt een donker hemd en op zijn borst zit iets glimmends. Misschien is het meneer Simmons, een leraar die ze in groep zeven had en die een door haar geschreven opstel had voorgelezen en tegen haar had gezegd dat ze ooit beroemd zou worden.

'Lincoln,' zegt ze.

'Uw zoontje?'

De man strijkt het haar uit haar gezicht, heel voorzichtig.

'Een jochie met donker haar?' vraagt hij.

Haar ogen zijn dicht. Ze doet ze zo weer open.

'Lincoln,' zegt ze.

Ze denkt dat ze het zegt.

Ze denkt dat de tijd verstrijkt. Ze voelt dat ze wordt opgetild. Er zijn stemmen, maar ze zeggen geen echte woorden. Er zijn nog meer lichtjes. Gedaanten bewegen om haar heen.

Ze voelt vingertjes op haar hand.

Ze verlegt haar hand een beetje en Lincolns hand glijdt in de hare. Ze denkt dat hij haar naam zegt. Ze denkt dat ze zijn warme adem kan voelen. Ze voelt zijn huid tegen de hare, en zijn vingertoppen fladderen over haar handpalm en vertellen haar alle verhalen die ze ooit heeft gehoord.

Dankwoord

Dank aan Laura Tisdel, mijn vriendin, die mijn krankzinnige droom dat ik ooit een briljante redacteur zou tegenkomen met wie je ook een gezellig slaapfeestje kon houden nieuw leven inblies. Want zo heb ik dit hele proces ervaren: als één geweldig slaapfeest op afstand. Zowel Frankie Gray als Anne Collins heeft geholpen dit boek tot een meer gestroomlijnde, betere versie van het origineel te boetseren. Ik ben Kim Witherspoon diep dankbaar omdat ze me op het hart heeft gedrukt alles ingewikkelder te maken, en meer in het algemeen voor het feit dat ze een indrukwekkende deskundigheid en charme weet te combineren. William Callahan heeft me geholpen met het aandachtig doorlezen van het boek, waardoor het steeds beter werd. Dank je, Jason Weekley, voor je wapenkennis en je correcties op dat vlak. En dank aan mijn broer Dabney, die me uitlegde wat het effect is als je op verschillende objecten schiet (en dank je voor de geiten).

Dank aan mijn moeder, Gina Kaye Phillips, voor alle verhalen, de vrucht van meer dan vier decennia voor de klas staan. Hannah Wolfson wil ik bedanken voor een waardevol gesprek in het eerste stadium van het schrijven van dit boek, en Donny Phillips voor de verhalen over de escapades van zijn kat. Ook ben ik schatplichtig aan de verwijzingen in deze tekst naar *Goodnight Moon* van Margaret Wise Brown, *The Highwayman* van Alfred Noyes, en 'That

Hell-Bound Train' van Robert Bloch.
Tot slot, dank je, Fred, de beste echtgenoot en de beste lezer.